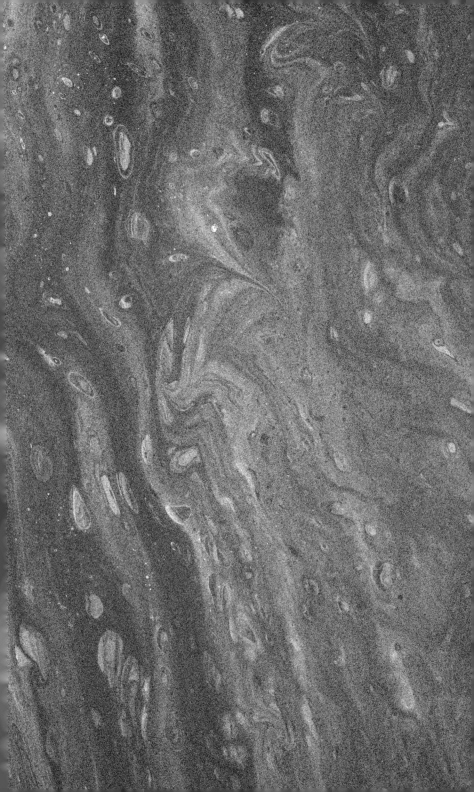

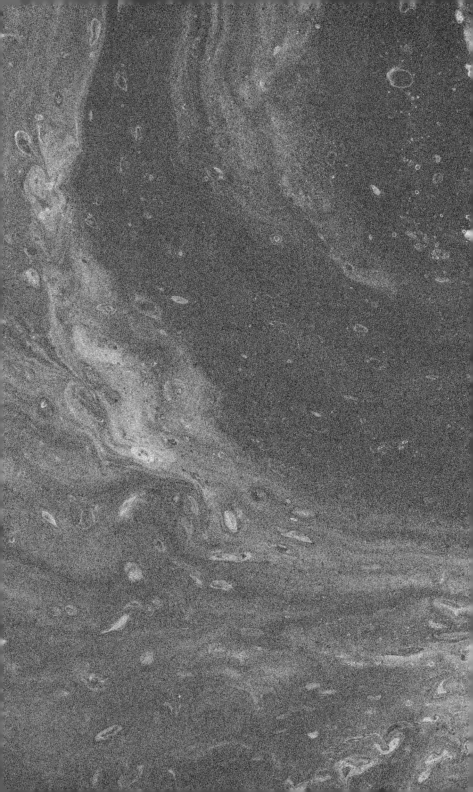

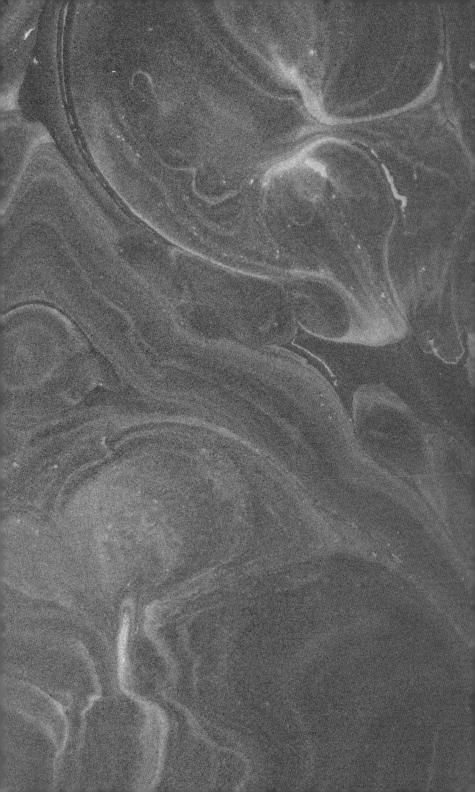

OCTAVIA E. BUTLER

RITOS DE PASSAGEM

XENOGÊNESE VOL. 2

TRADUÇÃO:
HECI REGINA CANDIANI

MORROBRANCO
EDITORA

Copyright © 1988 Octavia E. Butler
Publicado em comum acordo com © Estate of Octavia E. Butler, e Ernestine Walker-Zadnick, c/o Writers House LLC.

Título original em inglês: ADULTHOOD RITES

Direção editorial: VICTOR GOMES
Coordenação editorial: GIOVANA BOMENTRE
Tradução: HECI REGINA CANDIANI
Preparação: BÁRBARA PRINCE
Revisão: ISADORA PROSPERO
Design de capa: MECOB
Imagem de capa: © SHUTTERSTOCK
Adaptação da capa original: BEATRIZ BORGES
Projeto gráfico: PEDRO FRACCHETTA
Adaptação de projeto gráfico: BEATRIZ BORGES
Diagramação: DESENHO EDITORIAL
Imagens de miolo: © UNSPLASH

ESTA É UMA OBRA DE FICÇÃO. NOMES, PERSONAGENS, LUGARES, ORGANIZAÇÕES E SITUAÇÕES SÃO PRODUTOS DA IMAGINAÇÃO DO AUTOR OU USADOS COMO FICÇÃO. QUALQUER SEMELHANÇA COM FATOS REAIS É MERA COINCIDÊNCIA.

TODOS OS DIREITOS RESERVADOS. PROIBIDA A REPRODUÇÃO, NO TODO OU EM PARTES, ATRAVÉS DE QUAISQUER MEIOS. OS DIREITOS MORAIS DO AUTOR FORAM CONTEMPLADOS.

DADOS INTERNACIONAIS DE CATALOGAÇÃO NA PUBLICAÇÃO (CIP)

B985r Butler, Octavia Estelle
Ritos de passagem/ Octavia E. Butler; Tradução Heci Regina Candiani. – São Paulo: Editora Morro Branco, 2019.
p. 368; 14x21cm.
ISBN: 978-85-92795-72-6
1. Literatura americana – Romance. 2. Ficção científica. I. Candiani, Heci Regina. II. Título.
CDD 813

TODOS OS DIREITOS DESTA EDIÇÃO RESERVADOS À:
EDITORA MORRO BRANCO
Alameda Santos, 1357, 8º andar
01419-908 – São Paulo, SP – Brasil
Telefone (11) 3373-8168
www.editoramorrobranco.com.br

Impresso no Brasil
2019

Para Lynn – escreva!

I. LO	10
II. FÊNIX	89
III. CHKAHICHDAHK	234
IV. LAR	312
V. QUESTÕES PARA DISCUSSÃO	363

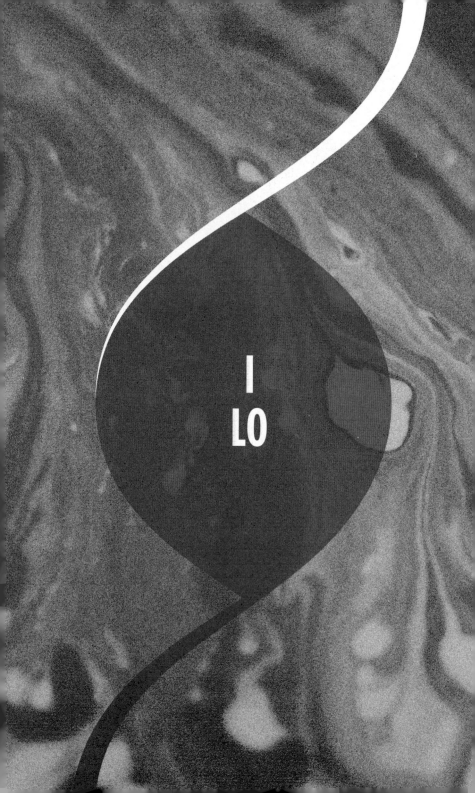

1

le se lembrava muito bem de sua permanência no útero. Durante o tempo que passou lá, começou a ter consciência de sons e sabores. Não significavam nada para ele, mas estavam em sua memória. Notou quando se repetiram.

Quando algo o tocava, ele sabia que era alguma coisa nova, uma experiência nova. Primeiro, o toque foi assustador; depois, reconfortante. Penetrou em sua carne sem causar dor e acalmou-o. Quando o toque recuou, ele se sentiu desolado, sozinho pela primeira vez. Quando retornou, alegrou-se – outra sensação nova. Depois de vivenciar alguns desses recuos e retornos, ele descobriu a expectativa.

Não descobriu a dor até chegar a hora de nascer.

Conseguiu perceber a sensação e o sabor das mudanças que aconteciam ao seu redor: a lenta manobra de seu corpo, depois o repentino impulso de cabeça, a compressão, primeiro em seu crânio, em seguida, gradualmente, ao longo da extensão de seu corpo. Sentiu a dor de um modo amortecido, remoto.

Mesmo assim, não teve medo. As mudanças estavam certas. Seu corpo estava pronto. Ele foi impelido à frente em pulsações, e consolado, de tempos em tempos, por sua conhecida companhia.

Fez-se a luz!

A visão, no início, foi uma explosão de surpresa e dor. Não conseguia escapar da luz, que se tornou mais radiante e dolorosa, alcançando o ápice quando a compressão acabou. Nenhuma parte de seu corpo estava livre daquele esplendor penetrante, brutal. Depois ele se lembraria daquilo como calor, como ardor.

De repente, esfriou.

Algo ofuscou a luz. Ele ainda conseguia enxergar, mas já não era doloroso. Seu corpo foi friccionado suavemente enquanto ele era mantido imerso em algo mole e apaziguador. Não gostou da fricção. Fazia a luz parecer contrair-se e esvair-se, depois surgir outra vez, visível. Mas era a presença conhecida que o tocava, o segurava. Permanecia com ele e o ajudava a suportar a fricção sem medo.

Ele foi envolvido em algo que o tocava por toda parte, exceto no rosto. Não gostava da sensação de peso daquela coisa, mas ela impedia a entrada da luz e não o feria.

Algo tocou a lateral de seu rosto, então ele se virou, com a boca aberta, para recebê-lo. Seu corpo sabia o que fazer. Ele sugou e foi recompensado com alimento e com o sabor de uma carne tão familiar quanto a sua. Por um tempo, ele achou que fosse a sua. Sempre estivera consigo.

Ele conseguia ouvir vozes, conseguia até distinguir sons particulares, embora não entendesse nenhum deles. Atraíam sua atenção, sua curiosidade. Também se lembraria deles quando fosse mais velho e capaz de compreendê-los. Mas gostava das vozes suaves, mesmo sem saber o que eram.

— Ele é lindo — disse uma voz. — Parece totalmente Humano.

— Alguns de seus traços são apenas estéticos, Lilith. Mesmo agora, os sentidos dele estão mais espalhados pelo corpo do que os seus. Ele é… menos Humano do que suas filhas.

— Imaginei que seria. Sei que seu povo ainda teme seres masculinos nascidos Humanos.

— Eram um problema não solucionado. Creio que agora o solucionamos.

— De qualquer forma, está tudo bem com os sentidos dele?

— Claro.

— É tudo que posso esperar, imagino. — Um suspiro. — Devo agradecer a você por fazê-lo ter essa aparência? Por fazê-lo parecer Humano para que eu possa amá-lo... por algum tempo?

— Você nunca me agradeceu antes.

—... não.

— E acho que vai continuar amando-os mesmo quando mudarem.

— Eles não podem evitar ser o que são... o que se tornarão. Tem certeza de que todo o resto também está bem? Todas as partes incongruentes dele combinam o melhor possível?

— Nada nele é incongruente. Ele é muito saudável. Terá uma vida longa e será forte o suficiente para suportar o que precisa suportar.

2

le era Akin.

Coisas tocavam nele quando tal som era produzido. Ele recebia conforto e alimento, ou era tomado nos braços e ensinado. Era dada a ele a compreensão de um corpo por outro corpo. Passou a perceber-se como si mesmo: indivíduo, definido, separado de todos os toques e odores, de todos os sabores, visões e sons que a ele chegavam. Ele era Akin.

Ainda assim, descobriu que também era parte das pessoas que o tocavam; que, dentro delas, ele poderia encontrar fragmentos de si mesmo. Ele era ele, e era esses outros.

Aprendeu depressa a diferenciá-los pelo sabor e pelo toque. Ele levava mais tempo para reconhecê-los pela visão ou pelo cheiro, mas o sabor e o toque lhe eram quase uma sensação única. Ambos tinham sido familiares para ele por muito tempo.

Ouvia diferenças nas vozes desde o nascimento. Agora começava a associar identidades a essas diferenças. Quando, dias depois de nascer, aprendeu o próprio nome e conseguiu dizê-lo em voz alta, os demais ensinaram a ele seus nomes. Eles os repetiam quando percebiam que tinham sua atenção. Deixavam que ele observasse suas bocas formando as palavras. Logo compreendeu que cada um deles podia ser chamado por um ou dois grupos de sons.

Nikanj Ooan, Mãe Lilith, Ahajas Ty, Dichaan Ishliin e aquele que nunca veio vê-lo, mesmo que Nikanj Ooan tivesse lhe ensinado como era seu toque, sabor e cheiro. Mãe

Lilith mostrou-lhe sua impressão, e ele a escaneou com seus sentidos: Pai Joseph.

Ele chamava pelo Pai Joseph e, no lugar dele, vinha Nikanj Ooan e ensinava a ele que Pai Joseph estava morto. Morto. Acabado. Havia partido e não voltaria. Mesmo assim, era parte de Akin, e Akin deveria conhecê-lo como conhecia todos os seus progenitores vivos.

Akin tinha dois meses quando começou a formar frases simples. Adorava ser tomado nos braços e ensinado.

— Ele é mais rápido do que a maioria de minhas meninas — comentou Lilith enquanto o segurava nos braços e deixava-o mamar. Pela pele dela, macia, inerte, teria sido difícil descobrir algo, exceto que era tão familiar quanto a sua e, na superfície, igual à sua. Nikanj Ooan ensinou a ele como usar a língua, seu órgão humano menos visível, para analisar Lilith enquanto ela o alimentava. No decorrer de muitas mamadas, ele sentiu o sabor tanto de sua carne como de seu leite. Ela era uma enchente de sabores e texturas: o leite adocicado, a pele salgada, macia em alguns pontos e áspera em outros. Akin concentrou-se em um dos pontos macios, focou toda sua atenção para sondá-lo, sentindo-o em profundidade, minuciosamente. Ele distinguiu as muitas células, vivas e mortas, da pele de Lilith. Pele que ensinou a ele o que significava estar morto. Cuja camada mais externa tinha um claro contraste com o que ele conseguia distinguir como a carne viva que ficava por baixo. A língua dele era tão comprida, sensível e maleável quanto os tentáculos de Ahajas e Dichaan. Ele lançou um filamento da língua no interior do tecido do mamilo. A primeira vez que tentou fazer isso, ele a machucou, e a dor retornou para ele através da língua. A dor fora tão aguda e assustadora que ele recuara, gritando e chorando. Recusou-se a ser acalentado até que Nikanj lhe mostrou como sondar sem causar dor.

— Aquilo — comentou Lilith — foi muito parecido com ser espetada por uma agulha quente e grossa.

— Ele não fará de novo — prometeu Nikanj.

Akin não fez aquilo de novo. E aprendeu uma lição importante: compartilharia de qualquer dor que provocasse. Então, era melhor ser cuidadoso e não causar nenhuma. Por meses, ele não soube o quanto era incomum para um bebê reconhecer a dor de outra pessoa e reconhecer-se como sua causa.

Naquele momento, ele distinguiu, pela gavinha de carne que introduziu em Lilith, a vastidão das células vivas. Concentrou-se em algumas delas, em uma única célula, nas partes daquela célula, em seu núcleo, nos cromossomos dentro do núcleo, nos genes ao longo dos cromossomos. Investigou o DNA composto por genes, os nucleotídeos do DNA. Havia algo indistinguível além dos nucleotídeos, um mundo de partículas menores que ele não conseguia penetrar. Ele não entendeu por que não conseguia fazer essa última transposição, se é que era a última. Frustrava-o que algo estivesse além de sua percepção. Ele só conhecia esse algo por meio de sentimentos sombrios e inapreensíveis. Quando ficou mais velho, pensou naquilo como um horizonte, sempre recuando quando ele se aproximava.

Desviou o foco da frustração pelo que não conseguia distinguir e focou-se na fascinação por aquilo que conseguia. A carne de Lilith era muito mais instigante do que a carne de Nikanj, Ahajas e Dichaan. Havia algo errado com a carne dela, algo que ele não compreendia. E era tão assustador quanto sedutor. Aquilo revelava a ele que Lilith era perigosa, embora também fosse essencial. Nikanj era interessante, mas não perigoso. Ahajas e Dichaan eram tão parecidos que ele precisava se esforçar para perceber as diferenças entre os dois. De algum modo, Joseph tinha sido como Lilith. Fatal e irresistível. Mas não era tão parecido com Lilith quanto Ahajas era parecida com Dichaan. Na verdade, embora Joseph tivesse sido obviamente Humano e nativo daquele lugar, daquela Terra, como Lilith, ele não fora parente de Lilith. Ahajas e Dichaan eram irmão e irmã, como a maioria dos parceiros machos e fêmeas. Joseph não tinha qualquer parentesco, como Nikanj, e embora Nikanj fosse Oankali, também era ooloi, nem macho nem fêmea. Ooloi não deviam ter parentesco com seus parceiros macho e fêmea, para que pudessem concentrar sua atenção nas diferenças genéticas dos parceiros e conceber filhos sem cometer erros perigosos, como o excesso de familiaridade genética e confiança.

— Cuidado — ele ouviu Nikanj dizer. — Ele está analisando você outra vez.

— Eu sei — respondeu Lilith. — Às vezes, queria que ele apenas mamasse, como bebês Humanos.

Lilith esfregou as costas de Akin e a tremulação da luz entre e ao redor dos dedos dela tirou-lhe a concentração. Ele afastou sua carne da dela, depois soltou o mamilo e a olhou. Ela cobriu o seio, mas continuou a segurá-lo no colo. Ele sempre ficava contente quando as pessoas o seguravam e conversavam entre si, permitindo que ele ouvisse. Já havia aprendido mais palavras do que tivera oportunidade de usar. Colecionava palavras e, aos poucos, agrupava-as em perguntas. Quando suas perguntas eram respondidas, ele se lembrava de tudo que era dito. Sua imagem do mundo se ampliava.

— Ao menos ele não está mais forte ou adiantado no desenvolvimento físico do que outros bebês. — disse Lilith.

— Exceto pelos dentes.

— Já existiram outros bebês que nasceram com dentes. — falou Nikanj. — Fisicamente, ele vai aparentar sua idade humana até a metamorfose. Ele terá de encontrar a saída para qualquer problema que sua precocidade causar.

— Com alguns Humanos, isso não vai ajudá-lo. Eles vão se ressentir por ele não ser completamente Humano e ter aparência mais humana do que a dos filhos deles. Vão odiá-lo por parecer mais jovem do que sua fala dá a entender. Vão odiá-lo porque não tiveram permissão para ter filhos machos. Seu povo transformou bebês de aparência humana e do sexo masculino em um produto muito valioso.

— Agora vamos permitir que nasçam mais deles. Todo mundo está se sentindo mais seguro em relação a incorporá-los. Até agora, um grande número de ooloi não conseguia perceber a incorporação necessária. Eles poderiam ter cometido erros, e seus erros poderiam ser monstros.

— A maioria dos Humanos pensa que é isso que eles têm feito.

— Ainda se pensa isso?

Silêncio.

— Fique feliz, Lilith. Uma parte de nós acreditava que seria melhor uma completa renúncia aos machos nascidos Humanos. Poderíamos compor crianças do sexo feminino para serem fêmeas Humanas e crianças do sexo masculino para serem fêmeas Oankali. Fizemos isso até agora.

— E traíram todo mundo. Ahajas quer filhas e eu quero filhos. Outras pessoas sentem a mesma coisa.

— Eu sei. E controlamos as crianças de formas que não deveríamos, para fazer com que se desenvolvam como machos, quando nascidos Oankali, e fêmeas, quando nascidas Humanas. Controlamos inclinações que deveriam depender de cada criança. Mesmo o grupo que sugeriu continuar dessa maneira sabe que não deveríamos. Mas eles estavam com medo. Um macho que seja Humano o suficiente para nascer de uma fêmea Humana poderia ser perigoso para todos nós. De qualquer forma, precisamos tentar. Vamos aprender com Akin.

Akin sentiu que Lilith o abraçava mais apertado.

— Por que fazer dele uma experiência desse tipo? — ela quis saber. — E por que os homens, que nasceram Humanos, deveriam ser tão problemáticos? Sei que a maioria dos homens de antes da guerra não gostam de vocês. Eles sentem que vocês os estão substituindo e forçando-os a fazer algo depravado. Do ponto de vista deles, estão certos. Mas a próxima geração poderia ser ensinada a amar vocês, independentemente de quem são as mães deles. Vocês só precisariam começar cedo. Doutriná-los antes de terem idade suficiente para desenvolver as próprias opiniões.

— Mas... — Nikanj hesitou. — Mas se tivéssemos de trabalhar às cegas, dessa forma desajeitada, não poderíamos fazer permutas. Teríamos de tirar as crianças de vocês assim que nascessem. Não ousaríamos confiar em vocês para criá-las. Vocês seriam mantidas apenas para a procriação, como animais inconscientes.

Silêncio. Um suspiro.

— Você diz essas coisas terríveis com uma voz tão branda. Não, fique quieto, sei que é a única voz que você tem. Nika, será que Akin vai sobreviver aos Humanos do sexo masculino que vão odiá-lo?

— Eles não vão odiá-lo.

— Vão! Ele não é Humano. Mulheres não Humanas os ofendem, mas em geral eles não tentam machucá-las, e até dormem com elas, como um racista que dorme com mulheres racialmente diferentes dele. Mas Akin... Eles vão enxergá-lo como uma ameaça. Que inferno, ele *é* uma ameaça. É um dos substitutos deles.

— Lilith, eles não vão odiá-lo. — Akin se sentiu ser erguido dos braços de Lilith e abraçado junto ao corpo de Nikanj. Ele suspirou pela comoção agradável do contato com os tentáculos sensoriais de Nikanj, muitos dos quais o abraçavam enquanto outros penetravam sua carne, sem causar dor. Era tão fácil se conectar com Nikanj e aprender. — Vão ver que ele é bonito e parecido com eles — disse Nikanj. — Quando tiver idade suficiente para que seu corpo revele o que ele realmente é, Akin será adulto e capaz de se defender.

— Capaz de lutar?

— Apenas para salvar a própria vida. Ele terá a tendência de evitar a luta. Será como os machos nascidos Oankali são agora: um viajante solitário, enquanto não estiver acasalando.

— Ele não vai se unir a ninguém?

— Não. A maioria dos machos Humanos não é particularmente monogâmica. Nenhum constructo macho será.

— Mas...

— As famílias vão mudar, Lilith, estão mudando. Uma família totalmente composta terá fêmea, ooloi e crianças. Os machos poderão ir e vir como quiserem e como encontrarem acolhida.

— Mas não terão nenhum lar?

— Um lar como esse seria uma prisão para eles. Eles terão o que quiserem, o que precisarem.

— A capacidade de serem pais de seus filhos?

Nikanj se deteve por um instante.

— Eles terão a escolha de manter contato com os filhos. Não viverão com eles de forma permanente, e nenhum constructo, masculino ou feminino, jovem ou idoso, sentirá isso como uma privação. Será normal para eles, e intencional, já que sempre haverá muito mais fêmeas e ooloi do que machos. — Nikanj agitou os tentáculos da cabeça e do corpo. — Permuta significa mudança. Os corpos mudam. Os estilos de vida precisam mudar. Você achou que sua prole apenas *pareceria* diferente?

3

kin passava parte do dia com cada um de seus progenitores. Lilith alimentava-o e ensinava-o. Os outros apenas o ensinavam, mas ele se lançava a todos com avidez. Em geral, Ahajas o pegava no colo depois de Lilith.

Ahajas era alta e larga. Carregava-o sem parecer notar seu peso. Ele nunca sentiu nela sinal de cansaço. E sabia que ela gostava de carregá-lo. Conseguia sentir o prazer no instante em que ela cravava filamentos de seus tentáculos sensoriais nele. Ela foi a primeira pessoa capaz de tocá-lo dessa maneira, com mais do que simples emoções. Foi a primeira a lhe transmitir imagens multissensoriais e pressões significativas, e o ajudou a compreender que ela estava conversando com ele sem palavras. À medida que crescia, ele percebeu que Nikanj e Dichaan também faziam isso. Nikanj fizera isso antes mesmo de ele nascer, mas ele não tinha compreendido. Ahajas tocou-o e o ensinou depressa. Ele aprendeu sobre a criança que crescia dentro dela, por meio de imagens que ela criou para ele. Ela lhe transmitiu imagens da criança e até conseguiu transmitir à criança imagens dele. Na criança estavam presentes muitas pessoas: todos os seus progenitores, exceto Lilith. E nela estava ele. Irmão.

Ele sabia que seria macho quando crescesse. Compreendia machos, fêmeas e ooloi. E sabia que, porque ele seria macho, aquele feto, que começaria sua vida parecendo muito menos Humano do que ele, seria fêmea. Havia nisso um equilíbrio, uma naturalidade, que lhe agradava. Teria uma irmã com quem crescer, uma irmã, mas não uma parente ooloi do mesmo grau.

Por quê? Ele se perguntou se a criança dentro de Ahajas se tornaria ooloi, mas Ahajas e Nikanj lhe garantiram que não. E não quiseram explicar como sabiam disso. Então, essa parente deveria se tornar uma irmã. Levaria anos para se desenvolver sexualmente, mas ele já pensava na criança como "ela".

Dichaan costumava pegá-lo depois que Ahajas o devolvia para Lilith, que o amamentava. Dichaan lhe ensinou sobre estranhos.

Primeiro, havia seus irmãos e irmãs, prole de Ahajas que se tornava cada vez mais Humanas, e prole de Lilith, que se tornava cada vez mais Oankali. Também havia a prole de seus irmãos e irmãs mais velhos e, por fim, o que era assustador, pessoas que não faziam parte da família. Akin não conseguia entender por que algumas pessoas de fora da família eram mais parecidas com Lilith do que Joseph tinha sido. E nenhuma delas era parecida com Joseph.

Dichaan captou a confusão tácita de Akin.

— As diferenças que você nota entre Humanos, entre grupos de Humanos, são resultado de isolamento e endogamia, mutação e adaptação a diferentes ambientes terrestres — disse ele, ilustrando cada conceito com várias imagens. — Joseph e Lilith nasceram em partes muito diferentes deste mundo, de povos há muito tempo separados. Você entende?

— Onde estão os semelhantes a Joseph? — Akin perguntou em voz alta.

— Agora, existem aldeias deles no sudoeste. São chamados chineses.

— Quero vê-los.

— Você verá. Poderá viajar até eles quando for mais velho. — Dichaan ignorou a pontada de frustração de Akin.

— E um dia vou levá-lo à nave. Você também poderá ver

as diferenças dos Oankali. — Ele transmitiu a Akin uma imagem da nave, uma ampla esfera feita de placas enormes e multifacetadas, em expansão silenciosa, como o casco de uma tartaruga. De fato, aquela era a carapaça de um ser vivo. — Lá — falou Dichaan — você vai ver Oankali que nunca virão à Terra nem farão permuta com os Humanos. Por ora, eles cuidam da nave de um modo que exige uma forma física diferente. — Ele transmitiu uma imagem do que Akin pensou parecer uma enorme lagarta.

Akin projetou um questionamento silencioso.

— Fale em voz alta — pediu Dichaan.

— É uma criança? — perguntou Akin, pensando nas mudanças pelas quais as lagartas passavam.

— Não. É um adulto. Maior do que eu.

— E consegue falar?

— Por sinais imagéticos, táteis, bioelétricos e biolumi-nescentes, por fenômenos e gestos. Pode gesticular com dez membros de uma vez. Mas os órgãos de sua boca e garganta não produzem fala. E é surda. Precisa viver em lugares onde há muito barulho. Os progenitores de meus progenitores ti-nham essa forma física.

Para Akin, aquilo pareceu horrível: Oankali forçados a viver com uma forma física feia que não permitia sequer que ouvissem ou falassem.

— Para eles, é tão natural ser assim quanto, para você, é natural ser como é — disse Dichaan. — E são muito mais próximos da nave do que nós podemos ser. São companheiros da nave, conhecem o corpo dela melhor do que você conhece o seu. Quando eu era um pouco mais velho do que você é agora, queria ser um deles. Deixaram que eu experimentasse um pouco do relacionamento deles com a nave.

— Mostre para mim.

— Ainda não. É uma coisa muito potente. Vou lhe mostrar quando for um pouco mais velho.

Tudo aconteceria quando ele fosse mais velho. Ele precisava esperar! Sempre precisava esperar! Frustrado, Akin tinha parado de falar. Não conseguia evitar ouvir e se lembrar de tudo que Dichaan dizia a ele, mas não falaria com Dichaan de novo por dias.

Ainda assim, foi Dichaan que começou a deixá-lo aos cuidados de suas irmãs mais velhas, permitindo que ele começasse a analisá-las, enquanto elas o analisavam em profundidade. A favorita dele era Margit. Ela tinha seis anos, era pequena demais para carregá-lo no colo, mas ele se contentava em montar nas costas dela ou se sentar em suas pernas pelo tempo que ela conseguisse segurá-lo com conforto. Ela não tinha tentáculos sensoriais como os de suas irmãs nascidas Oankali, mas possuía aglomerados de nódulos sensíveis que provavelmente seriam tentáculos quando crescesse. Ela conseguia associar alguns deles a manchas sensoriais suaves e invisíveis na pele dele, e os dois trocavam imagens e emoções, além de palavras. Ela conseguia ensiná-lo.

— Você precisa ser cuidadoso — disse ela quando o levou para se proteger de uma forte chuva vespertina na casa da família deles. — Na maior parte do tempo, seus olhos não acompanham o que acontece. Você enxerga?

Ele pensou naquilo.

— Enxergo — disse ele —, mas não sempre. Algumas vezes é mais fácil ver as coisas com outras partes do corpo.

— Quando você for mais velho, o esperado será que vire o rosto e o corpo em direção às pessoas quando falar com elas. Mesmo agora, você deve olhar os Humanos com os olhos. Se não olhar, eles gritarão com você ou repetirão as coisas, por terem certeza de que têm sua atenção. Ou vão começar a ignorá-lo porque pensarão que os está ignorando.

— Ninguém fez isso comigo.

— Farão. Espere até você passar do estágio em que tentam falar com você como se fosse tolo.

— Conversa infantil, você quer dizer?

— Conversa humana!

Silêncio.

— Relaxa — disse ela depois de algum tempo. — É com eles que estou brava, não com você.

— Por quê?

— Eles me culpam por não me parecer com eles. Não conseguem evitar isso, e eu não consigo evitar o ressentimento. Não sei o que é pior, os que se encolhem quando toco neles ou os que fingem que está tudo bem enquanto se encolhem por dentro.

— O que Lilith sente? — Akin só perguntou por já saber a resposta.

— Para ela, melhor seria eu me parecer com você. Lembro de quando eu tinha mais ou menos a sua idade, ela se perguntava como eu encontraria um parceiro, mas Nikanj lhe disse que haveria muitos machos como eu depois que eu crescesse. Ela nunca falou mais nada depois disso. Diz para eu ficar perto dos constructos. Na maioria das vezes, eu fico.

— Humanos gostam de mim — disse ele. — Acho que porque me pareço com eles.

— Lembre-se de olhá-los com os olhos quando falam com você ou quando você fala com eles. E cuidado ao prová-los. Não vão tolerar que você faça isso por muito mais tempo. Além disso, sua língua não parece humana.

— Os Humanos dizem que ela não deveria ser cinzenta, mas, na verdade, não percebem o quanto ela é diferente.

— Não deixe eles perceberem. Eles podem ser perigosos, Akin. Não mostre a eles tudo que você é capaz de fazer. Mas... fique perto deles quando puder. Estude seu comportamento. Talvez você consiga reunir fatos sobre eles que nós não conseguimos. Seria errado se qualquer parte do que são se perdesse.

— Suas pernas vão adormecer — observou Akin. — Você está cansada. Deveria me levar até Lilith.

— Daqui a pouco.

Ela não queria abandoná-lo, ele percebeu. Ele não se importava. Ela, como os Humanos diziam, era cinzenta e coberta de verrugas, mais diferente do que a maioria das crianças nascidas Humanas. E ela conseguia ouvir tão bem quanto qualquer constructo. Captava cada sussurro, querendo ou não – e, se estivesse perto dos Humanos, logo eles começavam a falar sobre ela. Começavam com: "se ela tem essa aparência agora, como será que vai ficar depois da metamorfose?". Depois, especulavam ou se apiedavam dela, ou a condenavam, ou riam dela. Era melhor ter mais alguns minutos de paz a sós com ele.

Seu nome humano completo era Margita Iyapo Domonkos Kaalnikanjlo. Margit. Tinha em comum com Akin seus quatro progenitores vivos. O pai Humano dela, entretanto, era Vidor Domonkos, não o falecido Joseph. Vidor, que algumas pessoas chamavam de Victor, havia se mudado para uma aldeia a muitos quilômetros de distância, rio acima, quando ele e Lilith enjoaram um do outro. Ele voltava duas ou três vezes ao ano para ver Margit. Não gostava da aparência dela, mas a amava.

Ela viu que ele a amava e Akin tinha certeza de que ela lera as emoções do pai corretamente. Ele mesmo não conhecia Vidor. Durante a última visita do homem, Akin era jovem demais para ter contato com estranhos.

— Quando Vidor vier visitá-la, você pode pedir a ele para me deixar tocá-lo? — perguntou Akin.

— Meu pai? Por quê?

— Quero encontrar você nele.

Ela riu.

— Ele e eu temos muito em comum. Mas ele não gosta que alguém o explore. Diz que não precisa de nada penetrando sua pele. — Ela hesitou. — E é verdade. Ele só me deixou fazer isso uma vez. Se o conhecer, apenas converse com ele. De certa maneira, ele pode ser tão perigoso quanto qualquer outro Humano.

— Seu pai?

— Akin... *todos eles!* Você não analisou nenhum deles? Não consegue sentir? — Ela transmitiu a ele uma imagem complexa. Akin só a compreendeu porque já tinha analisado alguns Humanos. Eles eram uma contradição fascinante, sedutora, fatal. Sentia-se atraído por eles, mas ao mesmo tempo prevenido contra eles. Tocar um Humano em profundidade, provar seu sabor, era sentir-se assim.

— Eu sei — disse ele. — Mas não entendo.

— Converse com Ooan, que conhece e entende. Converse com a mãe também. Ela sabe mais do que gosta de admitir.

— Ela é Humana. Você não acha que ela também é perigosa, acha?

— Não para nós. — Ela se levantou, carregando-o. — Você está ficando mais pesado. Vou ficar feliz quando você aprender a andar.

— Eu também. Quantos anos você tinha quando começou a andar?

— Pouco mais de um ano. Você está quase lá.

— Nove meses.

— Sim. Pena você não ter aprendido a andar com tanta facilidade como aprendeu a falar. — Ela o devolveu a Lilith, que o amamentou e prometeu levá-lo à floresta.

Agora, Lilith lhe dava pedacinhos de comida sólida, mas ele ainda se reconfortava muito mamando. Assustou-o compreender que um dia ela não o deixaria mais mamar. Ele não queria crescer a esse ponto.

4

Lilith o colocou nas costas, em um saco de tecido, e o levou a um dos jardins da aldeia. Essa horta em especial ficava um pouco distante, e eles saíram da aldeia e seguiram para a nascente do rio; Akin apreciou a longa caminhada pela floresta. Havia novos sons, odores e vistas em cada passeio. Lilith sempre parava para deixá-lo tocar ou provar coisas novas ou para deixá-lo ver e memorizar coisas mortíferas. Ele tinha descoberto que seus dedos eram sensíveis o suficiente para provar plantas nocivas, caso seu olfato não o avisasse antes que ele as tocasse.

— É um ótimo talento — disse Lilith quando ele lhe contou. — Ao menos você não corre o risco de se envenenar. Mas cuidado com o modo como toca nas coisas. O contato com algumas plantas causa lesões.

— Mostre para mim quais são — pediu Akin.

— Vou mostrar. Nós as tiramos do terreno quando as vemos, mas sempre dão um jeito de voltar. Vou levar você da próxima vez que decidirmos expurgá-las.

— Expurgar significa o mesmo que limpar?

— Expurgar significa limpar seletivamente. Tiramos apenas as plantas que envenenam ao contato.

— Entendo. — Ele fez uma pausa, tentando compreender o odor novo que detectou. — Tem alguém entre nós e o rio — ele sussurrou de repente.

— Certo.

Tinham chegado à horta. Ela se inclinou sobre um pé de mandioca e fingiu que era difícil puxá-lo, para que pudesse se virar casualmente e ficar de frente para o rio. De onde estavam, não conseguiam enxergar a água. Havia um terreno amplo entre eles e o rio, além de muita vegetação.

— Não consigo ver ninguém — disse ela. — Você consegue? — Ela só via com os olhos, mas seus sentidos eram mais acurados do que os de outros Humanos, algo entre os dos Humanos e os dos constructos.

— É um homem — afirmou Akin. — Está escondido. É Humano e desconhecido. — Farejou o efeito da adrenalina no homem. — Ele está agitado. Talvez com medo.

— Com medo, não — disse ela baixinho. — Não de uma mulher colhendo mandioca e carregando um bebê. Agora eu o escuto, está se virando perto da castanheira--do-pará.

— Sim, estou ouvindo! — respondeu Akin, animado.

— Fique quieto! E segure-se. Posso precisar correr.

O homem tinha parado de se mover. De repente, apareceu e Akin viu que ele trazia algo nas mãos.

— Merda! — Lilith sussurrou. — Arco e flecha. É um rebelde.

— Você está falando daquelas varetas que ele está segurando?

— Sim. São armas.

— Não vire para esse lado. Não consigo vê-lo.

— E ele não consegue ver você. Fique com a cabeça abaixada!

Foi então que ele percebeu que estava em perigo. Rebeldes eram Humanos que tinham decidido viver sem os Oankali, portanto, sem filhos. Akin ouviu dizer que, às vezes, eles roubavam as crianças constructos com a aparência mais humana que conseguiam encontrar. Mas aquilo era idiotice, porque eles não tinham ideia de como a criança seria depois da metamorfose. De qualquer forma, os Oankali nunca deixavam que eles ficassem com as crianças.

— Você fala inglês? — gritou Lilith, e Akin, se esticando para olhar por cima do ombro dela, viu o homem baixar seu arco e flecha. — O inglês é a única língua humana falada por aqui — disse ela. Era reconfortante para Akin que ela não soasse nem exalasse medo. O medo dele diminuiu.

— Ouvi você falando com alguém — disse o homem, com um leve sotaque britânico.

— Segure firme — murmurou Lilith.

Akin agarrou o material do saco de tecido em que ela o carregava. Segurou-se com as mãos e as pernas, desejando ser mais forte.

— Minha aldeia não fica longe daqui — ela informou ao homem. — Você será bem recebido por lá. Comida. Abrigo. Daqui a pouco vai chover.

— Com quem você estava falando? — o homem quis saber, se aproximando.

— Meu filho. — Ela apontou em direção a Akin.

— O quê? O bebê?

— Sim.

O homem se aproximou, olhando Akin. Akin olhou de volta, por cima dos ombros de Lilith, com a curiosidade superando o que restava do medo. O homem estava sem camisa, tinha cabelos pretos, não tinha barba e era atarracado. Seu cabelo era longo e pendia pelas costas. Ele o cortara em uma linha reta na frente da testa. Algo nele fazia Akin se lembrar da imagem de Joseph. Os olhos desse homem eram semicerrados, como os de Joseph, mas a pele era quase tão escura quanto a de Lilith.

— O menino tem boa aparência — observou o homem.

— O que há de errado com ele?

Lilith o encarou.

— Nada — disse ela, categórica.

O homem fez uma careta.

— Não quis ofender você. Eu só... Ele é realmente tão saudável como parece?

— Sim.

— Não vejo um bebê desde muito antes da guerra.

— Percebi. Você vem para a aldeia conosco? Não é longe.

— Como você teve permissão para ter um menino?

— Como a sua mãe teve permissão para ter um menino?

O homem deu um último passo em direção a Lilith e, de repente, estava muito próximo. Ficou em pé, bem reto, e tentou intimidá-la com sua postura rígida, raivosa, e seu olhar fixo. Akin tinha visto Humanos fazerem aquilo uns com os outros antes. Nunca funcionava contra os constructos. Akin nunca vira funcionar contra Lilith. Ela não se moveu.

— Sou Humano — disse o homem. — Como você pode ver. Nasci antes da guerra. Não há nada de Oankali em mim. Tenho dois progenitores, ambos Humanos, e ninguém disse a eles quando ou se eles poderiam ter filhos e de que sexo essas crianças seriam. *Agora, como foi que você teve permissão para ter um menino?*

— Eu pedi um menino. — Lilith estendeu a mão, apanhou o arco do homem e quebrou-o no joelho antes que ele tivesse plena consciência do que tinha acontecido. O movimento dela foi tão veloz que ele quase não pôde acompanhá-lo, mesmo que estivesse esperando aquilo. — Você é bem-vindo para comer e se abrigar por quanto tempo quiser — falou ela —, mas não permitimos armas.

O homem cambaleou para trás.

— Errei tomando você por Humana — disse ele. — Meu Deus, você parece Humana.

— Nasci 26 anos antes da guerra — ela respondeu. — Sou Humana o suficiente. Mas tenho outros filhos naquela aldeia. Você não vai levar armas para perto deles.

Ele olhou para a machete pendurada no cinto dela.

— É uma ferramenta — disse Lilith. — Não a usamos uns nos outros.

Ele sacudiu a cabeça.

— Não me importa o que você diz. Aquele arco era pesado. Nenhuma mulher Humana seria capaz de tirá-lo de mim e quebrá-lo daquele jeito.

Ela se afastou dele, desembainhou a machete e cortou um abacaxi. Pegou-o com cuidado, cortou a maior parte da coroa cheia de espinhos e cortou mais dois abacaxis.

Akin observou o homem enquanto Lilith colocava as mandiocas e os abacaxis no cesto. Ela cortou uma penca de bananas e, assim que se certificou de que estavam livres de cobras e insetos perigosos, entregou-as ao homem, que deu um rápido passo para trás, afastando-se.

— Carregue isto — disse ela. — Está tudo bem com elas. Estou feliz de você ter aparecido. — Ela cortou uma dúzia de tiras de *quat*, verdura oankali que Akin adorava, e as amarrou em um maço com lianas finas. Também cortou talos grossos de *scigee*, criada pelos Oankali a partir de alguma planta terrestre que sofreu mutação devido à guerra. Os Humanos diziam que tinha o sabor e a textura da carne de um animal extinto, o porco.

Lilith prendeu os talos de *scigee* e amarrou o maço bem acima do quadril. Ela virou Akin para um dos flancos e carregou o cesto cheio no outro.

— Você pode vigiá-lo sem usar os olhos? — ela murmurou para Akin.

— Sim — respondeu o filho.

— Faça isso. — E então gritou para o homem: — Venha. Por aqui. — Caminhou até a aldeia, sem esperar para ver se o homem a seguiria. Por um instante, pareceu que o homem ficaria para trás. A trilha estreita contornou uma imensa árvore e Akin o perdeu de vista. Não havia som de seus passos. Depois houve uma explosão sonora, pés correndo, respiração ofegante.

— Espere — gritou o homem.

Lilith parou e esperou que ele os alcançasse. Akin notou que ele ainda carregava a penca de bananas, que havia atirado sobre o ombro esquerdo.

— Fique vigiando! — Lilith sussurrou para Akin.

O homem se aproximou, depois parou e a encarou, franzindo o rosto.

— Qual é o problema? — perguntou ela.

Ele sacudiu a cabeça.

— Simplesmente não sei o que pensar de você — disse ele.

Akin sentiu que ela relaxou um pouco.

— Esta é sua primeira visita a uma aldeia de permuta, não é? — perguntou ela.

— Aldeia de permuta? Então é assim que vocês as chamam.

— Sim. E não quero saber do que vocês nos chamam. Mas passe algum tempo conosco. Talvez você aceite a definição que damos a nós mesmos. Você veio para saber mais sobre nós, não foi?

Ele suspirou.

— Acho que sim. Eu era criança quando a guerra começou. Ainda me lembro dos carros, TV, computadores... Lembro mesmo. Mas essas coisas não são mais reais para mim. Meus pais... Tudo que eles querem é voltar para a época antes da guerra. Eles sabem tão bem quanto eu que é impossível, mas é o que falam e com o que sonham. Eu os deixei para descobrir o que mais pode ser feito.

— Seus pais sobreviveram?

— É. Eles ainda estão vivos. Inferno, eles não parecem nem um pouco mais velhos do que sou agora. Ainda poderiam... entrar para uma de suas aldeias e ter mais filhos. Mas não querem.

— E você?

— Não sei. — Ele olhou para Akin. — Não vi o suficiente para decidir.

Ela estendeu a mão para tocar o braço dele, em um gesto de compreensão.

Ele agarrou a mão dela e, no início, a segurou como se pensasse que Lilith iria tentar fugir. Ela não tentou. O homem segurou o pulso dela e examinou a mão. Depois de algum tempo, a soltou.

— Humana — ele sussurrou. — Sempre ouvi que dá para perceber pelas mãos, que... os outros teriam dedos demais ou dedos que pendem de um jeito não humano.

— Ou você poderia apenas perguntar — disse ela. — As pessoas vão contar; elas não se importam. Não é o tipo de assunto sobre o qual alguém se dá o trabalho de mentir. As mãos não são uma prova tão confiável quanto você imagina.

— Posso ver as do bebê?

— Não mais do que está vendo agora.

Ele inspirou devagar.

— Eu não machucaria uma criança. Mesmo uma que não fosse totalmente Humana.

— Akin não é totalmente Humano — disse Lilith.

— O que há de errado com ele? Quer dizer... O que há de diferente nele?

— Diferenças internas. Desenvolvimento mental rápido. Diferenças de percepção. Na metamorfose, ele vai começar a ter uma aparência diferente, embora eu não saiba quão diferente.

— Ele fala?

— O tempo todo. Venha.

Ele a seguiu pela trilha e Akin o observou com as manchas sensíveis da pele de seus braços e ombros.

— Bebê? — chamou o homem, olhando para ele.

Lembrando-se do que Margit lhe dissera, Akin virou a cabeça para encarar o homem.

— Akin — disse ele. — Qual o seu nome?

O homem deixou o queixo cair.

— Qual a sua idade? — ele indagou.

Akin olhou fixo para ele, quieto.

— Você não me compreende? — perguntou o homem. Ele tinha uma cicatriz saliente em um dos ombros e Akin se perguntou o que causara aquilo.

O homem matou um mosquito com a mão que estava livre e falou para Lilith:

— Qual a idade dele?

— Diga a ele seu nome.

— O quê?

Ela não falou mais nada.

O dedinho do pé direito do homem estava faltando. Akin percebeu. E havia outras marcas no corpo dele, cicatrizes mais claras do que o resto da pele. Ele devia ter se machucado e não havia ooloi para ajudá-lo a sarar. Nikanj nunca teria deixado tantas cicatrizes.

— Ok — disse o homem. — Desisto. Meu nome é Augustino Leal. Todo mundo me chama de Tino.

— Devo chamá-lo assim? — perguntou Akin.

— Claro, por que não? Agora, qual é a droga da sua idade?

— Nove meses.

— Você sabe andar?

— Não, consigo ficar em pé se puder me segurar em algo, mas ainda não sou muito bom nisso. Por que você ficou longe das aldeias por tanto tempo? Não gosta de crianças?

— Eu... não sei.

— Elas não são todas como eu. A maioria só consegue falar quando está mais velha.

O homem esticou o braço e tocou o rosto de Akin, que agarrou um dos dedos do homem e o levou à boca. Ele sentiu-o depressa com um movimento de língua, como o de uma serpente, e uma infiltração muito ágil, delicada demais para ser percebida. Colheu algumas células vivas para análise posterior.

— Ao menos você leva as coisas à boca, do jeito que os bebês costumam fazer — observou o homem.

— Akin — Lilith disse, como uma advertência.

Contendo sua frustração, ele soltou o dedo do homem. Preferiria ter investigado mais, para compreender melhor como a informação genética que leu tinha se manifestado e para ver quais fatores não genéticos ele conseguiria descobrir. Queria tentar ler as emoções do homem e encontrar marcas que os Oankali deixaram ao resgatá-lo da Terra no pós-guerra, quando o recuperaram e o mantiveram em animação suspensa.

Talvez tivesse uma oportunidade mais tarde.

— Se essa criança é tão inteligente assim agora, como vai ser quando crescer? — perguntou Tino.

— Não sei — disse Lilith. — Os únicos constructos masculinos que temos até agora nasceram como Oankali, de mães Oankali. Se Akin for como eles, será bastante perspicaz, mas seus interesses serão tão diversos e, em alguns casos, tão francamente não humanos, que ele vai acabar sendo muito reservado.

— Isso não incomoda você?

— Não há nada que eu possa fazer.

— Mas... você não precisava ter filhos.

— Na verdade, precisava. Eu já tinha duas crianças constructos quando eles me trouxeram da nave. Nunca tive a oportunidade de fugir e sentir saudades dos velhos tempos!

O homem não respondeu. Se ele ficasse por mais tempo ali, descobriria que Lilith tinha esses rompantes de amargor de vez em quando. Pareciam nunca afetar o comportamento dela, embora muitas vezes assustassem as pessoas. Margit dizia que era "como se houvesse algo nela querendo sair. Alguma coisa terrível". Quando algo parecia estar à beira de emergir, Lilith ia sozinha para o meio da floresta e ficava isolada por dias. As irmãs mais velhas de Akin disseram ter medo de que ela saísse e não voltasse.

— Eles a forçaram a ter filhos? — perguntou o homem.

— Um deles me pegou de surpresa — contou ela. — Primeiro, me engravidou, depois me contou o que tinha feito. Disse que estava me dando o que eu queria, mas que eu nunca admitiria nem pediria.

— E estava?

— Sim. — Ela sacudiu a cabeça de um lado para o outro. — Ah, sim. Mas se eu tinha a força de não pedir, a criatura deveria ter tido a força de me deixar em paz.

5

Quando chegaram à aldeia, a chuva havia começado e Akin se alegrou com as primeiras gotas mornas que se infiltraram pelas copas das árvores. Logo se abrigaram, seguidos por todos que viram Lilith chegar com um estranho.

— Vão querer a história da sua vida — disse Lilith ao homem, baixinho. — Vão querer ouvir sobre sua aldeia, suas viagens... qualquer coisa que você saiba pode ser novidade para nós. Não recebemos muitos andarilhos. E depois, quando você tiver se alimentado e falado e tudo mais, tentarão arrastá-lo para suas camas. Faça o que quiser. Se estiver cansado demais para qualquer coisa assim agora, diga, e guardaremos sua festa para amanhã.

— Você não me contou que eu teria de ser o entretenimento — disse ele, fixando o olhar no afluxo de Humanos, constructos e Oankali.

— Você não é obrigado. Faça o que quiser.

— Mas... — Ele olhou ao redor, indefeso, e recuou diante de uma criança constructo assexuada e nascida Oankali que o tocou com os tentáculos sensoriais de sua cabeça.

— Não o assuste — disse Akin nas costas de Lilith. Ele falou em oankali. — Não há nenhum de nós de onde ele vem.

— Rebelde? — perguntou a criança.

— Sim. Mas acho que ele não tem intenção de fazer nenhum mal. Não tentou nos machucar.

— O que a criança quer? — perguntou Tino.

— Só está curiosa a seu respeito — explicou Lilith. — Você quer conversar com essas pessoas enquanto preparo uma refeição?

— Acho que sim. Porém, não sou um bom contador de histórias.

Lilith se virou para o grupo que ainda estava se formando.

— Certo — falou em voz alta. E quando fizeram silêncio: — O nome dele é Augustino Leal. Ele vem de muito longe e disse ter vontade de falar.

As pessoas vibraram.

— Se alguém quiser ir para casa buscar algo para comer ou beber, nós esperaremos.

Vários Humanos e constructos saíram, pedindo a ela que não deixasse nada começar sem eles. Um Oankali tirou Akin das costas de Lilith. Dichaan. Contente, Akin pressionou o corpo outra vez contra o dele, compartilhando o que havia descoberto sobre o novo Humano.

— Você gosta dele? — perguntou Dichaan por meio de sinais táteis com imagens sensoriais.

— Sim. Ele tem um pouco de medo e é perigoso. A mãe precisou tirar a arma dele. Mas ele está principalmente curioso. Está tão curioso que parece um de nós.

Dichaan parecia estar se divertindo. Mantendo a conexão sensorial com Akin, ele observou Lilith dar a Tino algo para beber. O homem experimentou a bebida e sorriu. As pessoas se reuniram em volta dele, sentadas no chão. A maioria eram crianças, e isso, de um jeito ou de outro, pareceu deixá-lo à vontade (já não sentia medo) e animá-lo. Seus olhos se concentravam em uma criança de cada vez, examinando a imensa variedade delas.

— Ele vai tentar raptar alguém? — Akin perguntou, em silêncio.

— Se tentasse, Eka, acredito que seria você. — Dichaan amenizou a afirmação com a diversão que estava sentindo, mas Akin não deixou de notar que havia certa seriedade por trás daquilo. O homem provavelmente não pretendia causar nenhum mal, e talvez não fosse um raptor de crianças. Mas Akin precisava ter cuidado, não permitindo-se ficar sozinho com Tino.

As pessoas trouxeram comida e a compartilharam entre si e com Lilith, e também aceitaram o que ela ofereceu. Alimentaram seus filhos e os filhos dos outros, como de costume. Uma criança que soubesse andar podia pegar nacos de comida em qualquer lugar.

Lilith preparou para Tino e para seus filhos mais novos pratos de pão de mandioca insosso com *scigee* quente e *quat* com feijão quente e apimentado. Havia fatias de abacaxi e mamão para a sobremesa. Ela alimentou Akin com pequenas porções de *quat* misturado com mandioca. Não deixou que ele mamasse até se sentar com todos os demais para conversar com Tino e ouvi-lo.

— Eles deram à aldeia o nome de Fênix, antes de meus pais chegarem — contou Tino. — Não fomos os primeiros colonos. Chegamos quase morrendo, vindo da floresta; tínhamos comido um fruto venenoso, de algum tipo de palmeira. Era comestível, sim, mas apenas se fosse cozido, e nós não cozinhamos. Enfim, chegamos lá e as pessoas de Fênix cuidaram de nós. Eu era a única criança por lá, a única criança Humana que viam desde antes da guerra. Toda a aldeia meio que me adotou, pois... — Ele parou, olhou para um grupo de Oankali. — Bem, vocês sabem.

Queriam encontrar uma menininha. Pensavam que algumas crianças, que não tivessem passado pela puberdade antes de serem todos libertados, talvez pudessem ser férteis quando crescessem. — Ele fixou o olhar em um dos Oankali mais próximos, que, por acaso, era Nikanj. — Verdadeiro ou falso? — perguntou.

— Falso — respondeu Nikanj baixinho. — Dissemos a eles que era falso. Escolheram não acreditar.

Tino encarou Nikanj, um olhar que Akin não entendeu. O olhar não era ameaçador, mas Nikanj preparou superficialmente os tentáculos do corpo, como um gesto inicial de ameaça antes do ataque. Humanos chamavam aquilo de formar nós ou ficar nodoso. Sabiam que indicava raiva ou, em outros contextos, contrariedade. Poucos percebiam que também era um gesto involuntário, e que poderia ser letal. Todos os tentáculos sensoriais podiam ferroar. Indivíduos ooloi também podiam dar ferroadas com seus braços sensoriais, mas ao menos podiam ferroar sem matar. Machos e fêmeas Oankali e constructos só podiam matar. Akin era capaz de matar usando a língua. Essa foi uma das primeiras coisas que Nikanj o ensinou a não fazer. Ele poderia ter descoberto essa habilidade por si só, acidentalmente, e matado Lilith ou algum outro Humano. No início, aquele pensamento o assustou, mas ele não se preocupava mais. Nunca tinha visto ninguém ser ferroado.

Mesmo agora, a linguagem corporal de Nikanj indicava apenas um brando descontentamento. Mas por que Tino o deixaria descontente? Em vez de Tino, Akin começou a observar Nikanj. Enquanto Tino falava, todos os longos tentáculos da cabeça do Onkali se voltaram para ele. Nikanj tinha extremo interesse naquele recém-chegado. Depois de um instante, se levantou, foi até Lilith e tirou Akin dos braços dela.

Akin acabara de mamar e agora se comprimia contra Nikanj, entregando o que sabia que Nikanj queria: a informação genética de Tino. Em troca, exigiu uma explicação dos sentimentos que Nikanj demonstrara com seus tentáculos sensoriais.

Com imagens e sinais silenciosos e vívidos, o indivíduo ooloi explicou.

— Aquele lá queria ficar conosco quando era criança. Não podíamos concordar em ficar com ele, mas esperávamos que viesse até nós quando crescesse.

— Então você o conhecia?

— Eu tratei do condicionamento dele. Na época ele só falava espanhol. O espanhol é uma das minhas línguas humanas. Ele só tinha oito anos e não sentia medo de mim. Eu não queria deixar que ele partisse. Todo mundo sabia que os pais dele fugiriam quando os libertássemos. Eles se tornariam rebeldes e talvez morressem na floresta. Mas eu não obtive um consenso. Não somos bons em educar crianças Humanas, então ninguém quis separar a família. Nem eu queria forçar os três a ficar conosco. Tínhamos as impressões deles. Se morressem ou continuassem resistindo, poderíamos criar cópias genéticas deles, que nasceriam de Humanos que fazem permuta. Não seriam uma perda para o acervo genético. Decidimos que aquilo teria que ser o suficiente.

— Tino reconheceu você?

— Sim, mas de um jeito muito humano, acho. Não acredito que ele entenda por que atraí a atenção dele. Tino não tem acesso completo à memória.

— Não entendo.

— É coisa dos Humanos. A maioria deles perde o acesso a memórias antigas à medida que adquire novas. Eles sabem falar, por exemplo, mas não se lembram de ter aprendido a falar. Em geral, guardam o que a experiência lhes ensinou, mas perdem a experiência em si. Podemos recuperá-la para eles, capacitá-los para recordar tudo, mas para muitos deles isso só criaria confusão. Eles se lembrariam de tantas coisas, que as memórias desviariam sua atenção do presente.

Akin recebeu uma impressão de um Humano atordoado cuja mente estava tão inundada de passado que cada nova experiência desencadeava vivências antigas outra vez, e estas desencadeavam outras.

— Vou ficar assim? — ele perguntou, com medo.

— Claro que não. Nenhum constructo é assim. Fomos cuidadosos.

— Lilith não é assim, e ela se lembra de tudo.

— Habilidade natural, além de algumas alterações que fiz. Ela foi escolhida com muito cuidado.

— Como Tino encontrou você de novo? Você o trouxe aqui antes de libertá-lo? Ele se lembrou?

— Quando libertamos a família dele e alguns outros, este lugar nem existia. Devia estar acompanhando o rio. Ele tinha canoa?

— Acho que não. Não sei.

— Se você acompanhar o rio e prestar atenção, encontrará aldeias.

— Ele encontrou a mãe e eu.

— Ele é Humano, e é um rebelde. Não iria querer apenas chegar na aldeia. Iria querer observar primeiro. E teve muita sorte por encontrar aldeões inofensivos, pessoas que poderiam colocá-lo na aldeia de forma segura ou que lhe informariam por que deveria evitar a aldeia.

— A mãe não é inofensiva.

— Não, mas ela acha conveniente parecer inofensiva.

— Que tipo de aldeia ele evitaria?

— Provavelmente, outras aldeias rebeldes. As aldeias rebeldes, em especial as muito distantes, são perigosas de diferentes maneiras. Algumas são perigosas umas para as outras. Algumas se tornam perigosas para nós, e precisamos acabar com elas. A diversidade humana é fascinante e sedutora, mas não podemos deixar que isso os destrua... ou destrua a nós.

— Você vai manter Tino aqui?

— Você gosta dele?

— Sim.

— Ótimo. Sua mãe ainda não gosta, mas ela pode mudar de ideia. Talvez ele queira ficar.

Curioso a respeito dos relacionamentos adultos, Akin usou todos os seus sentidos para perceber o que se passava entre seus pais e Tino.

Mas, antes, a história de Tino seria concluída.

— Não sei o que dizer a vocês sobre nossa aldeia — ele estava dizendo. — Está cheia de pessoas velhas que parecem jovens, exatamente como aqui, acho. Exceto que aqui vocês têm crianças. Trabalhamos duro, ajeitando as coisas do modo como costumavam ser, tanto quanto possível. Foi isso que fez todo mundo seguir adiante: a ideia de que poderíamos usar nossas longas vidas para trazer a civilização de volta, preparar as coisas para quando eles encontrassem uma garota para mim ou descobrissem alguma maneira de ter seus próprios filhos. Eles acreditavam que isso iria acontecer. Eu acreditei. Que inferno, eu, mais do que qualquer pessoa, acreditei.

"Fizemos extrações e escavações nas montanhas. Nunca tive permissão para ir, temiam que algo acontecesse comigo. Mas ajudei a construir as casas. Casas de verdade, não cabanas. Tínhamos até vidro nas janelas. Fabricamos vidro e o trocamos com outras aldeias rebeldes. Uma delas se juntou a nós quando as pessoas viram que estávamos nos saindo bem. Isso quase duplicou nossa população. Eles tinham um cara uns três anos mais novo que eu, mas nenhuma mulher jovem.

"Construímos uma cidade. Tínhamos até alguns moinhos para gerar energia. Isso tornou esse trabalho mais fácil. Construíamos feito loucos. Se a pessoa se mantivesse ocupada de verdade, não precisava pensar que talvez estivesse fazendo tudo aquilo para nada. Que talvez só fôssemos sentar em nossas belas casas e rezar em nossa bela igreja e observar todas as pessoas que não envelheciam.

"Então, em uma semana, dois caras e uma mulher se enforcaram. Outras quatro pessoas simplesmente desapareceram. Funcionava como... como uma doença que uma pessoa contrai e dissemina. Nunca tínhamos apenas um suicídio, assassinato ou desaparecimento por lá. Alguém sempre contraía a doença. Acho que, no fim, eu a contraí. Para onde as pessoas vão quando desaparecem? Algum lugar como este?"

Ele olhou ao redor, suspirou, depois franziu a testa. Seu tom de voz mudou de repente.

— Vocês têm todas as vantagens. Os Oankali conseguem qualquer coisa para vocês. Por que vivem deste jeito?

— Estamos bem instalados — disse a irmã mais velha de Akin, Ayre. — Não é uma maneira terrível de viver.

— É primitivo! Vocês vivem como selvagens! Quer dizer... — Ele baixou a voz. — Desculpem. Não foi isso que quis dizer. É só que... não conheço nenhum jeito educado de perguntar isso: por que vocês ao menos não constroem casas de verdade e se livram destes barracos? Vocês deveriam ver o que temos! E... Que inferno, vocês têm espaçonaves. *Como conseguem viver desta maneira?*

Com a voz branda, Lilith falou para ele:

— Quantas daquelas casas de verdade estavam vazias quando você partiu, Tino?

Ele a encarou com raiva.

— Meu povo nunca teve uma oportunidade! Não começaram a guerra. Não criaram os Oankali. E não se fizeram estéreis! Mas pode ter certeza de que tudo o que fizeram foi bom e funcionou e foi feito com amor. Olha, eu pensei: "Se nós construímos um vilarejo, os... permutadores... devem ter construído uma cidade!". E o que eu encontro? Uma aldeia de cabanas com jardins primitivos. Este lugar quase nem é uma clareira! — Ele ergueu a voz novamente, olhando em volta com desaprovação. — Vocês têm filhos para quem fazer planos e prover subsistência, e vão deixá-los voltar a serem pessoas em cavernas!

Uma mulher Humana chamada Leah falou:

— Nossos filhos vão ficar bem. Mas eu gostaria que fizéssemos mais pessoas de seu povo virem para cá. Eles estão tão próximos da imortalidade quanto um Humano já esteve, e tudo em que conseguem pensar é construir casas inúteis e matar uns aos outros.

— É hora de propor aos rebeldes um retorno até nós — disse Ahajas. — Acho que ficamos confortáveis demais aqui.

Vários Oankali fizeram gestos silenciosos de concordância.

— Deixem-nos em paz — disse Tino. — Vocês já fizeram o suficiente contra eles! Não vou contar onde estão!

Ainda segurando Akin, Nikanj se levantou e caminhou entre as pessoas sentadas até poder se acomodar diante de Tino, sem ninguém entre eles.

— Nenhuma das aldeias de rebeldes está escondida de nós — afirmou em voz baixa. — Não teríamos perguntado onde estava Fênix. E não queremos concentrar a atenção em Fênix. Está na hora de abordar todas as aldeias rebeldes e convidar as pessoas a se juntarem a nós. Só para lembrá-las de que não precisam viver vidas estéreis e sem sentido. Não vamos forçá-las a vir até nós, mas vamos avisar que ainda são bem-vindas. No começo, as deixamos partir porque não queríamos ter prisioneiros.

Tino riu com amargura.

— Então todos vocês continuam aqui por vontade própria, hein?

— Todos aqui são livres para ir embora.

Tino lançou outro olhar indecifrável para Nikanj e virou-se, de propósito, para encarar Lilith.

— Quantos homens há aqui? — perguntou.

Lilith olhou em volta e encontrou Wray Ordway, que mantinha a pequena casa de hóspedes abastecida com comida e outros suprimentos. Aquele era o lugar onde os homens recém-chegados viviam até se unirem com uma das mulheres da aldeia. Era a única casa ali que fora construída com árvores cortadas e palha de palmeira. Tino deveria dormir lá naquela noite. Wray mantinha a casa de hóspedes porque escolhera não ser um andarilho. Tinha se unido a Leah e, aparentemente, nunca se cansara dela. Eles dois e seus três parceiros Oankali tinham nove filhas Humanas e onze crianças nascidas Oankali.

— Quantos homens nós temos agora, Wray? — perguntou Lilith.

— Cinco — disse ele. — Mas nenhum na casa de hóspedes. Tino pode ficar com ela, se quiser.

— Cinco homens. — Tino balançou a cabeça. — Não é de admirar que vocês não tenham construído nada.

— Construímos nós mesmos — respondeu Wray. — Estamos construindo aqui um novo estilo de vida. Você não sabe nada sobre nós. Por que não pergunta em vez de falar besteira?

— O que há para perguntar? Exceto pela horta, que mal parece uma horta, vocês não cultivam nada. Exceto pelos barracos, vocês não construíram nada! E quanto a construir vocês mesmos, os Oankali estão fazendo isso. Vocês são a argila deles, só isso!

— Eles nos mudam e nós os mudamos — falou Lilith. — A próxima geração inteira é formada de pessoas geneticamente modificadas, Tino... Constructos, sejam nascidos Oankali ou Humanos. — Ela suspirou. — Não gosto do que estão fazendo e nunca fiz disso nenhum segredo. Mas estão nisso com a gente. Quando a nave parte, eles ficam presos aqui. E com a fisiologia que têm, não podem não se misturar com a gente. Mas algo do que nos torna Humanos sobreviverá, assim como algo do que os torna Oankali sobreviverá. — Ela parou por um momento e passou os olhos pelo imenso salão. — Olhe para as crianças daqui, Tino. Olhe para os constructos adultos. Você não sabe quem nasceu de quem, mas pode ver algumas características humanas em cada um deles. E quanto à maneira como vivemos... Bem, não somos tão primitivos quanto você pensa, nem tão avançados quanto poderíamos ser. Foi tudo questão de quanto queríamos que nossas casas fossem parecidas com a nave. Os Oankali nos ensinaram a viver aqui sem eles, para que, se resistíssemos, pudéssemos sobreviver. Para que as pessoas como seus pais tivessem escolha.

— Grande escolha — murmurou Tino.

— Melhor do que serem prisioneiros ou escravos — disse ela. — Deveriam estar preparados para a floresta. Fiquei surpresa por terem comido a fruta da palmeira que lhes fez mal.

— Éramos pessoas da cidade e estávamos com fome. Meu pai não acreditava que algo pudesse ser venenoso quando cru, porém bom para comer cozido.

Lilith sacudiu a cabeça.

— Eu também era uma pessoa da cidade, mas havia algumas coisas que não estava disposta a aprender empiricamente. — Ela voltou para seu assunto inicial. — De qualquer forma, uma vez que tínhamos aprendido a viver na floresta sozinhos, os Oankali nos disseram que não éramos obrigados a fazer isso. Eles pretendiam viver em casas tão confortáveis como as que tinham na nave, e nós éramos livres para fazer o mesmo. Aceitamos a proposta deles. Acredite em mim, trançar palha e amarrar pedaços de lenha com lianas não é mais fascinante para mim do que é para você, e fiz bastante disso.

— Este lugar tem telhado de palha — afirmou Tino. — Na verdade, parece recém-coberto de palha.

— Só porque as folhas estão verdes? Que inferno, elas estão verdes porque estão vivas. Nós não construímos esta casa, Tino, nós a cultivamos. Nikanj forneceu a semente;

nós limpamos o terreno, e todos os moradores daqui treinaram as paredes e as conscientizaram sobre nós.

Tino fez uma careta.

— O que você quer dizer com "conscientizaram"? Pensei que você estava me dizendo que isto era uma planta.

— É um constructo Oankali. Na verdade, é uma espécie de versão em larva da nave. Uma larva neotênica. Pode se reproduzir sem ficar adulta. Também pode ficar muito maior sem amadurecer sexualmente. Esta aqui terá que fazer isso por algum tempo. Não precisamos de mais do que uma.

— Mas vocês têm mais de uma. Vocês têm...

— Nesta aldeia, apenas uma. E grande parte dela é subterrânea. A parte que você enxerga parecem ser casas, capim, arbustos, árvores das redondezas e, até certo ponto, a margem do rio. Permite um pouco de erosão, retém um pouco dos novos sedimentos. Mas sua tendência é se tornar um sistema fechado. Uma nave. Não podemos deixar que ela faça isso aqui. Nós mesmos ainda temos muito desenvolvimento pela frente.

Tino sacudiu a cabeça. Olhou para o imenso salão, para as pessoas que observavam, comiam, alimentavam crianças, e para algumas crianças pequenas estiradas, dormindo com a cabeça no colo dos adultos.

— Olhe para cima, Tino.

Tino sobressaltou-se ao ouvir a voz suave de Nikanj tão perto dele. Parecia prestes a se afastar, se encolher. Provavelmente não ficava tão próximo de um Oankali desde a infância. De alguma maneira, conseguiu se manter onde estava.

— Olhe para cima — repetiu Nikanj.

Tino olhou para o brilho suave e amarelado no teto.

— Você ao menos quis saber de onde vinha a luz? — perguntou Nikanj. — Este é o teto de uma morada primitiva?

— Não estava assim quando cheguei — disse Tino.

— Não. Não era tão necessário quando você entrou. Havia muita luz vinda de fora. Olhe para as paredes lisas. Olhe para o chão. Sinta o chão. Não acho que um piso de madeira morta seria tão confortável. Você terá a oportunidade de fazer comparações se decidir ficar na casa de hóspedes. Ela é uma construção de madeira e de palha, como você achou que era esta aqui. Tem que ser. Estranhos não conseguiriam controlar as paredes das verdadeiras casas daqui.

Wray Ordway disse em tom brando:

— Nika, se esse homem dormir na casa de hóspedes essa noite, vou perder toda a confiança em você.

O corpo de Nikanj ficou inteiramente liso e todos riram. Akin sabia que o achatamento dos tentáculos da cabeça e do corpo, formando uma superfície suave como vidro, indicava humor ou prazer, mas o que Nikanj estava sentindo agora não era nenhuma dessas emoções. Era mais parecido com uma fome enorme e intensa, quase incontrolável. Se Nikanj fosse Humano, estaria tremendo. Depois de um instante, conseguiu retornar à sua aparência normal. Apontou um cone de tentáculos da cabeça para Lilith, em um apelo a ela. Ela não riu, embora estivesse sorrindo.

— Vocês não são gentis — disse ela, mantendo o sorriso. — Deveriam ter vergonha. Voltem para casa agora, todos vocês. Tenham sonhos interessantes.

6

Tino observou, confuso, as pessoas que começaram a sair. Algumas delas ainda estavam rindo, de uma piada que ele não tinha certeza de ter entendido, e não tinha certeza de querer entender. Algumas pararam para falar com a mulher que o trouxera para a aldeia. Lilith era o seu nome. Lilith. Nome incomum, repleto de conotações ruins. Ela deveria tê-lo mudado. Praticamente qualquer outro nome teria sido melhor.

Três Oankali e várias crianças se agruparam ao redor dela, conversando com os convidados que estavam de saída. Grande parte da conversa foi em algum outro idioma; quase certo que era Oankali, já que Lilith disse que os aldeões não tinham outras línguas humanas em comum.

O grupo (a família e os convidados) era um zoológico, pensou Tino. Humanos; quase Humanos com alguns tentáculos sensoriais visíveis; meio Humanos cinzentos com membros estranhamente articulados e alguns tentáculos sensoriais; Oankali com características humanas dissonantes, que contrastavam com sua condição alienígena; Oankali que talvez pudessem ser, em parte, Humanos; e Oankali como a criatura ooloi que falou com ele, que obviamente não tinha nada de humano.

Lilith em meio ao zoológico. Ele gostou da aparência dela quando a viu na horta. Era uma mulher do tipo amazona, alta e forte, mas sem qualquer aparência de dureza. Pele fina e escura. Seios altos, apesar de todos os filhos, seios cheios de leite. Ele nunca vira uma mulher amamentar uma criança. Quase teve que dar as costas para Lilith, a fim de parar de contemplá-la enquanto alimentava Akin. A mulher não era linda. Seu rosto largo e liso trazia uma expressão solene, até mesmo triste, na maior parte do tempo. Isso fazia com que se parecesse – e Tino estremeceu diante desse pensamento – fazia com que ela parecesse uma santa. Uma mãe. Claramente mãe. E algo mais.

E ela, ao que tudo indicava, não tinha um homem. Contou que o pai de Akin morrera havia muito tempo. Ela estava procurando por alguém? Por isso todo o riso? Afinal, se ele ficasse com Lilith, também ficaria com a família Oankali dela, com a figura ooloi cuja reação provocara tanta risada. Ficaria principalmente com o indivíduo ooloi. E o que isso significaria?

Ele estava olhando a criatura quando o homem que Lilith tinha chamado de Wray se aproximou dele.

— Sou Wray Ordway. Eu me estabeleci aqui permanentemente. Venha quando puder. Qualquer um aqui pode encaminhá-lo para minha casa. — Ele era um homem pequeno e loiro, com olhos quase sem cor que chamaram a atenção de Tino. Alguém conseguia mesmo enxergar com aqueles olhos? — Você conhece Nikanj?

— Quem? — perguntou Tino, embora pensasse saber a resposta.

— A criatura ooloi que falou com você. A que você está observando.

Tino olhou para ele com um começo de antipatia.

— Acho que você a reconheceu — disse Wray. — É uma criatura interessante, por quem Lilith tem muita consideração.

— É o par dela? — Claro que era.

— É um dos parceiros dela. Mas ela não tem um homem a seu lado há muito tempo.

Fora Nikanj quem forçara a gravidez nela? Era uma criatura feia com muitos tentáculos na cabeça e sem nada que pudesse ser chamado de rosto. Ainda assim, tinha algo de cativante. Talvez Tino já tivesse visto aquele ser antes. Talvez fosse a última criatura ooloi que ele vira antes de ele e seus pais serem colocados e deixados na Terra. Aquela criatura ooloi...?

Uma jovem de aparência muito humana passou por Tino quando saiu. Ela atraiu a atenção de Tino, que a observou enquanto se afastava. Viu-a se juntar a outra jovem muito parecida, e as duas se viraram para olhá-lo, sorrindo. Eram idênticas, bonitas, mas a semelhança entre elas era tão espantosa que desviou a atenção dele de sua beleza. Ele se viu buscando na memória uma palavra que não tivera oportunidade de usar desde a infância.

— Gêmeas? — ele perguntou a Wray.

— Aquelas duas? Não. — Wray sorriu. — Entretanto, nasceram com um dia de diferença uma da outra. Uma delas deveria ter sido um garoto.

Tino olhou para as moças de corpos bonitos.

— Nenhuma delas parece garoto.

— Gosta delas?

Tino olhou para ele e sorriu.

— São minhas filhas.

Tino congelou, depois desviou o olhar das meninas, inquieto.

— As duas? — perguntou, um instante depois.

— Mãe Humana, mãe Oankali. Acredite em mim, elas não eram idênticas quando nasceram. Acho que agora são porque Tehkorahs queria provar uma coisa: que os nove filhos que Leah e eu tivemos são verdadeiros irmãos e irmãs dos filhos de nossos companheiros Oankali.

— Nove filhos? — sussurrou Tino. — Nove? — Ele vivia desde a infância entre pessoas que quase teriam dado a vida para ter um filho.

— Nove — confirmou Wray. — E escute. — Ele parou, esperando até que os olhos de Tino se concentrassem nele. — Escute, não quero que você tenha uma ideia equivocada. Essas meninas usam mais roupas do que a maioria dos constructos porque têm diferenças que podem ser ocultadas. Nenhuma delas é tão Humana quanto parece. Deixe-as em paz se não puder aceitar isso.

Tino olhou dentro daqueles olhos claros, que pareciam cegos.

— E se eu puder aceitar isso?

Wray olhou para as duas garotas com uma expressão afável.

— Isso é entre você e elas. — As meninas trocavam algumas palavras com Nikanj. Outra criatura ooloi se aproximou do grupo e, enquanto a conversa continuava, colocou um braço em volta de cada garota.

— É Tehkorahs — falou Wray —, a criatura ooloi de minha família. Aquilo é Tehkorahs protegendo-as, eu acho. E Nikanj… sendo impaciente, se é que dá para acreditar nisso.

Tino observou com interesse a dupla ooloi e as duas garotas. Não pareciam estar discutindo. De fato, pararam totalmente de falar, ou pararam de falar em voz alta. Tino suspeitava que ainda estavam se comunicando de alguma forma. Sempre houve um boato de que Oankali podiam ler mentes. Ele nunca acreditou, mas era óbvio que algo estava acontecendo.

— Uma coisa — disse Wray, em tom de voz brando. — Escute.

Tino o olhou de frente, com expressão de dúvida.

— Você pode agir como quiser aqui. Contanto que não machuque ninguém, pode ficar ou ir embora, como quiser; pode escolher suas próprias amizades, suas próprias namoradas. Ninguém tem o direito de exigir nada que você não queira dar. — Ele se virou e foi embora antes que Tino pudesse perguntar o que aquilo realmente significava em se tratando dos Oankali.

Wray se juntou às filhas e a Tehkorahs e levou todo mundo para fora da casa. Tino se viu observando os quadris das jovens. Só depois que elas foram embora, percebeu que Nikanj e Lilith se aproximaram dele.

— Gostaríamos que você ficasse conosco — anunciou Lilith, em voz baixa. — Pelo menos esta noite.

Ele olhou para o rosto sem linhas, a coroa de cabelos escuros, os seios, agora escondidos sob uma camisa cinza simples. Ele só os tinha visto de relance quando ela se acomodou para amamentar Akin.

Ela segurou a mão dele e Tino se lembrou de ter examinado a dela. Ela tinha mãos grandes, fortes e calejadas, quentes e humanas. Quase inconscientemente, ele virou as costas para Nikanj. O que a criatura queria? Ou melhor, como agia para conseguir o que queria? O que ooloi faziam, de fato, com os Humanos? O que poderiam querer dele? Será que ele desejava Lilith a ponto de descobrir?

Mas, se não fosse por isso, a troco de que ele saíra de Fênix? Mas tão rápido? Já?

— Sente-se conosco — disse Lilith. — Vamos conversar um pouco. — Ela o arrastou em direção a uma parede, ao lugar onde se sentaram quando ele falou com todos. Sentaram-se de pernas cruzadas, ou melhor, os dois Humanos cruzaram as pernas, com seus corpos formando triângulos sólidos. Tino observou os outros dois Oankali da sala, o modo como pastorearam as crianças para longe. Era nítido que Akin e a criancinha cinzenta que agora o carregava no colo queriam ficar. Tino pôde perceber isso, embora nenhuma criança estivesse falando inglês. O maior daqueles Oankali ergueu as duas facilmente e conseguiu entretê-las com outra coisa. Os três desapareceram com os demais por uma porta que pareceu se fechar atrás deles, do modo como as portas se fechavam, fazia muito tempo, a bordo da nave. A sala ficou lacrada e vazia, exceto por Tino, Lilith e Nikanj.

Tino se obrigou a olhar para Nikanj, que tinha dobrado suas pernas como os Oankali faziam. Muitos dos tentáculos de sua cabeça estavam apontados para Tino; quase pareciam forçados em direção a ele. Ele reprimiu um tremor, mas não era uma reação de medo ou desgosto. Tais sentimentos não o teriam surpreendido. Ele sentia... Ele não sabia o que sentia a respeito daquele indivíduo ooloi.

— Foi você, não foi? — perguntou de repente.

— Sim — admitiu Nikanj. — Você é atípico. Nunca conheci um Humano que se lembrasse.

— Que se lembrasse do condicionamento?

Silêncio.

— Que se lembrasse de quem foi responsável pelo condicionamento — concluiu Tino, assentindo. — Não creio que alguém poderia esquecer o condicionamento em si. Mas... não sei como reconheci você. Nós nos conhecemos há muito tempo e... bem, não quero ofender, mas ainda não consigo diferenciar seu povo.

— Consegue. Só que ainda não percebeu. Isso também é atípico. Alguns Humanos nunca aprendem a reconhecer indivíduos entre nós.

— O que você fez comigo naquela época? — ele quis saber.

— Nunca... nunca senti nada parecido, antes ou depois.

— Eu contei para você na época. Verifiquei se você tinha doenças e ferimentos, o fortaleci contra infecções, me livrei de qualquer problema que encontrei, programei seu corpo para atrasar os processos de envelhecimento depois de certo ponto e fiz tudo mais que podia para melhorar suas chances de sobreviver na sua reintrodução na Terra. Era isso que todos os responsáveis por condicionamentos faziam. E todos nós tiramos impressões de vocês, lemos tudo que seus corpos podiam nos dizer sobre si mesmos e criamos um tipo de modelo. Eu poderia fazer uma cópia física sua, mesmo se você não tivesse sobrevivido.

— Um bebê?

— Sim, um dia. Mas preferimos você a qualquer cópia. Precisamos de diversidade cultural e genética para uma boa permuta.

— Permuta! — escarneceu Tino. — Não sei como eu chamaria o que você está fazendo conosco, mas não é permuta. Permuta é quando duas pessoas concordam com uma troca.

— Sim.

— Não envolve coerção.

— Temos algo de que vocês precisam. Vocês têm algo de que precisamos.

— Nós não precisávamos de nada antes de vocês chegarem!

— Vocês estavam morrendo.

Por um instante, Tino não disse nada. Desviou o olhar. A guerra foi uma insanidade que ele jamais entendeu e ninguém em Fênix era capaz de explicá-la. Ninguém foi sequer capaz de explicar por que as pessoas escolheriam fazer uma coisa, mesmo sabendo que essa coisa provavelmente as destruiria. Ele achava que entendia a raiva, o ódio, a humilhação, até mesmo o desejo de matar um homem. Já sentira todas essas coisas. Mas matar todo mundo... quase destruir a Terra... Houve momentos em que ele se perguntou se os Oankali não tinham, de alguma maneira, provocado a guerra em seu próprio interesse. Como pessoas sãs como aquelas que ele deixou para trás, em Fênix, puderam fazer uma coisa daquelas, ou como puderam deixar gente insana obter o controle de dispositivos capazes de causar tanto mal? Se um homem perde a cabeça, quem sabe disso deve detê-lo. Não dar poder a ele.

— Não sei nada sobre a guerra — admitiu Tino. — Nunca fez sentido para mim. Mas talvez vocês devessem ter nos deixado quietos. Talvez alguns de nós tivéssemos sobrevivido.

— Nada teria sobrevivido, exceto bactérias, pequenos animais terrestres e plantas e algumas criaturas marinhas. A maior parte da vida que você vê à sua volta foi semeada novamente a partir de impressões, de espécimes coletados de nossas próprias criações e de remanescentes alterados de espécimes que haviam sido submetidos a alterações benignas antes de os encontrarmos. A guerra danificou sua camada de ozônio. Você sabe o que é isso?

— Não.

— Ela protegia a vida na Terra dos raios ultravioletas do sol. Sem essa proteção, a vida na superfície terrestre não teria sido possível. Se tivéssemos deixado vocês na Terra, teriam ficado cegos. Teriam sido queimados, caso não fossem aniquilados pelos efeitos crescentes da guerra, e sua morte seria terrível. A maioria dos animais morreu, e a maioria das plantas, e alguns de nós. É difícil nos matar, mas seu povo tornou o mundo completamente hostil à vida. Se não tivéssemos ajudado, ele não conseguiria ter se restabelecido tão cedo. Depois que fosse restabelecido, sabíamos que não poderíamos levar adiante uma permuta normal. Não poderíamos deixar que vocês se reproduzissem à margem de nós, buscando-nos apenas quando percebessem o valor do que oferecíamos. Estabilizar uma permuta assim leva muitas gerações. Precisávamos libertar vocês, os menos perigosos entre vocês, em todo caso. Mas não podíamos deixar sua população crescer. Não podíamos deixar vocês começarem a se tornar o que eram antes.

— Você acredita que faríamos outra guerra?

— Fariam várias, uns contra os outros, contra nós. Alguns dos grupos rebeldes do sul já estão fabricando armas de fogo.

Tino digeriu aquilo em silêncio. Ele sabia daquelas armas dos sulistas, supôs que seriam usadas contra os Oankali. Não acreditou que algumas armas de fogo rudimentares iriam deter povos estelares e tinha dito isso, tornando-se impopular com as pessoas de seu grupo que queriam – precisavam – acreditar naquilo. Várias delas deixaram Fênix para se juntar aos sulistas.

— O que vocês vão fazer sobre essas armas? — perguntou.

— Nada, exceto com pessoas que de fato tentarem atirar em nós. Essas voltam para a nave permanentemente. Perdem a Terra. Dissemos isso a elas. Até agora, ninguém atirou em nós. Entretanto, algumas delas atiraram contra outras.

Lilith pareceu surpresa.

— Vocês estão deixando que façam isso?

Nikanj voltou o cone de tentáculos para ela.

— Poderíamos mesmo impedi-las, Lilith?

— Vocês costumavam tentar!

— A bordo da nave, aqui em Lo e nas outras aldeias de permuta. Não em outro lugar. Controlaríamos os rebeldes apenas se os enjaulássemos, os drogássemos e permitíssemos que vivessem em um mundo irreal de fantasias estimuladas por drogas. Fizemos isso com alguns Humanos violentos. Devemos fazer com os outros?

Lilith apenas olhou para Nikanj, com uma expressão indecifrável.

— Vocês não vão fazer isso? — perguntou Tino.

— Não. Temos impressões de todos vocês. Lamentaríamos perdê-los, mas pelo menos pouparíamos algo. Vamos convidar seu pessoal para se juntar a nós outra vez. Se, apesar de nossos esforços, alguém estiver ferido, mutilado ou até mesmo doente, ofereceremos ajuda. Eles são livres para aceitar nossa ajuda e permanecer em suas aldeias. Ou podem vir até nós. — Nikanj apontou um cone afiado de tentáculos de cabeça para Tino. — Desde que mandei você de volta para seus pais, há anos, você sabia que tinha a escolha de vir até nós.

Tino sacudiu a cabeça e falou em voz baixa:

— Parece que me lembro de não querer voltar para meus pais. Pedi para ficar com vocês. Até hoje não sei por quê.

— Eu queria ficar com você. Se você fosse um pouco mais velho... Mas nos disseram e nos mostraram que não somos bons em educar crianças totalmente Humanas. — Por um instante, Nikanj voltou a atenção para Lilith, mas ela desviou o olhar. — Você tinha que crescer com seus pais. Pensei que não o veria outra vez.

Tino percebeu que estava olhando fixamente para os braços sensoriais longos e cinzentos daquela criatura ooloi. Os dois braços pareciam relaxados ao lado de seu corpo, com as extremidades enroladas espiralando para o alto a fim de não tocar o chão.

— Eles sempre parecem um pouco trombas de elefantes para mim — disse Lilith.

Tino olhou para ela e viu que estava sorrindo, um sorriso triste que, de alguma forma, tornou-se parte dela. Por um momento, ficou linda. Ele não sabia o que queria daquele ser ooloi, se é que queria algo. Mas sabia o que queria da mulher. Desejou que não houvesse ooloi ali. E assim que o pensamento lhe ocorreu, ele o rejeitou. Lilith e Nikanj eram, de alguma forma, um par. Sem Nikanj, ela não seria tão desejável. Ele não compreendia aquilo, mas aceitava.

Teriam de mostrar a ele o que iria acontecer. Ele não perguntaria. Deixaram claro que queriam algo dele. Eles que pedissem.

— Eu estava pensando — disse Tino, referindo-se aos braços sensoriais — que não sei o que são.

Os tentáculos corporais de Nikanj pareceram tremer, depois se solidificaram em nódulos descoloridos. Afundavam em si mesmos do modo como os corpos macios das lesmas pareciam fazer quando se preparavam para descansar.

Tino recuou um pouco, com repugnância. Deus, os Oankali eram criaturas feias. Como os seres humanos passaram a tolerá-los tão tranquilamente, a tocá-los e a permitir que eles...

Lilith tomou o braço sensorial direito de seu par ooloi entre as mãos e segurou-o, mesmo quando Nikanj pareceu tentar retirá-lo. Ela fixou o olhar em Nikanj, e Tino soube que devia haver alguma comunicação ali. Os Oankali compartilhavam habilidades de leitura mental com seus Humanos de estimação? Ou aquilo não era leitura da mente?

— Devagar — sussurrou Lilith. — Dê um instante a ele. Dê-me um instante. Não sabote seu objetivo por ter pressa.

Por um momento, os nódulos de Nikanj pareceram piores, como uma doença grotesca. Então, voltaram a se dissolver em delgados tentáculos corporais cinzentos, que não eram mais grotescos do que de costume. Nikanj puxou seu braço sensorial das mãos de Lilith, depois se levantou e foi para um canto distante da sala. Sentou-se ali e pareceu quase se desligar. Ficou totalmente imóvel, como algo esculpido em mármore cinza. Até os tentáculos da cabeça e do corpo deixaram de se mover.

— O que foi tudo isso? — Tino quis saber.

Lilith deu um sorriso largo.

— Pela primeira vez na vida, tive que pedir a Nikanj que tivesse paciência. Se fosse um ser humano, eu diria que se apaixonou por você.

— Você está brincando!

— Estou — disse ela. — É pior do que paixão. Fico feliz por você também sentir algo por Nikanj, ainda que não saiba o quê.

— Por que foi se sentar naquele canto?

— Porque não consegue sair da sala, embora saiba que deveria... deixar que nós dois sejamos Humanos por algum tempo. Em todo caso, acho que você não quer realmente que Nikanj saia.

— Nikanj consegue ler mentes? Você consegue?

Ela não riu. Pelo menos ela não riu.

— Nunca conheci ninguém, Oankali ou Humano, que conseguisse ler mentes. Nikanj pode estimular sensações e propagar seus pensamentos em todas as direções, mas não consegue ler esses pensamentos. Só consegue compartilhar novas sensações que eles produzem. Na verdade, consegue dar a você os sonhos mais realistas e agradáveis que você já experimentou. Nada que você tenha conhecido antes pode se aproximar disso, exceto, talvez, seu condicionamento. E isso deve indicar por que você está aqui: porque estava fadado a, mais cedo ou mais tarde, procurar uma aldeia de permuta. Nikanj o tocou quando era jovem demais para ter alguma defesa. E você nunca esquecerá ou lembrará por completo do que lhe foi dado, a menos que volte a sentir aquilo. Você quer sentir aquilo de novo, não é.

Não era uma pergunta. Tino engoliu em seco e não se incomodou em dar uma resposta.

— Eu me lembro das drogas — disse, olhando para o nada. — Não usei nenhuma, era novo demais antes da guerra. Eu me lembro de outras pessoas usando-as e talvez ficando doidonas por um tempo, talvez apenas ficando chapadas. Lembro que ficaram dependentes, às vezes se machucavam ou morriam...

— Não é apenas uma droga.

— O que é, então?

— Estímulo direto do cérebro e do sistema nervoso. — Ela ergueu a mão para impedi-lo de falar. — Não dói. Eles odeiam a dor mais do que nós, porque são mais sensíveis a ela. Se nos machucam, eles se machucam. E não há efeitos colaterais prejudiciais. Na verdade é o oposto. Eles corrigem automaticamente quaisquer problemas encontrados. Sentem verdadeiro prazer com a cura ou a regeneração e compartilham esse prazer conosco. Eles não eram tão bons em recuperações antes de nos encontrarem. A regeneração era limitada à cicatrização de feridas. Agora eles podem lhe dar uma perna nova, se você perder uma das suas. Podem até regenerar o tecido cerebral e nervoso. Aprenderam isso conosco, acredite se quiser. Nós tínhamos a habilidade e eles sabiam como usá-la. Por incrível que pareça, aprenderam principalmente ao estudar nossos cânceres. Foi o câncer que fez da Humanidade uma parceira de permuta valiosa.

Tino balançou a cabeça, sem acreditar.

— Eu vi o câncer matar meus avós. Não é nada além de uma doença imunda.

Lilith tocou-o no ombro e deixou a mão deslizar por seu braço em uma carícia.

— Então é isso. É por isso que Nikanj tem tanta atração por você. O câncer matou três de minhas parentes próximas, inclusive minha mãe. Disseram que teria me matado se os Oankali não tivessem feito alguma ação em mim. É uma doença imunda para nós, mas para os Oankali é a ferramenta que eles procuram há gerações.

— O que Nikanj vai fazer comigo que tem a ver com câncer?

— Nada. Apenas sente por você uma atração muito maior do que pela maioria dos Humanos. O que você pode fazer junto a uma mulher bonita que não pode fazer junto a uma feia? Nada. É apenas uma questão de preferência.

Nikanj e todos os outros Oankali já têm todas as informações de que precisam para usar o que aprenderam conosco. Até mesmo os constructos poderão usá-las quando amadurecerem. Mas pessoas como você e eu ainda são atraentes para eles.

— Não entendo.

— Não se preocupe com isso. Disseram que nossos filhos vão entendê-los, mas nós não.

— Nossos filhos serão como eles.

— Você aceita isso?

Ele precisou de um tempo para perceber o que havia dito.

— Não! Não sei. Sim, mas... — Ele fechou os olhos. — Não sei.

Ela se aproximou e descansou as mãos quentes e cheias de calos em seus antebraços. Ele conseguia sentir o cheiro dela. De plantas trituradas, como o cheiro de um gramado recém-cortado. Comida, apimentada e adocicada. Mulher. Ele estendeu a mão e tocou seus seios grandes. Não conseguiu se conter. Queria tocá-los desde a primeira vez que os viu. Ela se deitou de lado, puxando-o para baixo, de frente para si. Um instante depois, ocorreu-lhe que Nikanj estava atrás dele, que ela o posicionou de propósito para que Nikanj ficasse atrás dele.

Ele se sentou de repente, virou-se para olhar o ser ooloi, que não se moveu, nem demonstrou qualquer sinal de que estivesse vivo.

— Deite-se um pouco aqui comigo — disse ela.

— Mas...

— Iremos para Nikanj daqui a pouco. Não iremos?

— Não sei. — Ele voltou a se deitar, agora contente por ficar de costas para Nikanj. — Ainda não compreendo o que a criatura ooloi faz. Quer dizer, me proporciona sonhos bons. Como? E o que mais fará? Será que vai me usar para engravidar você?

— Agora não. Akin é muito novo. Poderá... coletar algum esperma seu. Você não estará ciente disso. Quando têm a oportunidade, ooloi estimulam a mulher para liberar vários óvulos, os coletam e armazenam, coletam esperma e armazenam. Podem manter o espermatozoide e os óvulos viáveis e separados em seus corpos por décadas. Akin é filho de um homem que morreu há quase trinta anos.

— Ouvi dizer que havia um limite de tempo, que só conseguiam manter espermatozoides e óvulos vivos por alguns meses.

— Progresso. Antes de deixar a nave, alguém inventou um novo método de conservação. Nikanj foi um dos primeiros Oankali a aprendê-lo.

Tino a olhou de perto, examinou seu rosto liso e largo.

— Então, você tem que idade? Seus cinquenta anos?

— Cinquenta e cinco.

Ele suspirou, balançando a cabeça contra o braço no qual a tinha repousado.

— Você parece mais jovem que eu. Eu, ao menos, tenho alguns cabelos grisalhos. Lembro que costumava me preocupar em ser o Humano com o qual os Oankali tinham falhado: fértil e que envelhecia normalmente. E que tudo que eu conseguiria com isso era ficar velho.

— Nikanj não teria falhado com você.

Ela estava tão próxima que ele não conseguia deixar de tocá-la, movendo os dedos por sua pele delicada. Porém, quando ela mencionou o nome da criatura ooloi, ele recuou.

— Nikanj não pode ir embora? — murmurou. — Só por um tempo.

— Escolheu não ir — disse ela em um tom de voz normal. — E não se incomode em sussurrar, pois até seu batimento cardíaco pode ser ouvido dessa distância. Suas subvocalizações, as coisas que você... diz para si mesmo em palavras, mas não em voz alta, podem ser ouvidas. Talvez seja por isso que você pensou que Nikanj podia ler mentes. E claro que não irá embora.

— Nós podemos ir?

— Não. — Ela hesitou. — Ooloi não são Humanos, Tino. Não é como ter outro homem ou mulher na sala.

— É pior.

Ela sorriu, esgotada, inclinou-se sobre ele e beijou-o. Depois se sentou.

— Eu entendo — disse ela. — Já me senti como você se sente. Talvez seja melhor assim. — Ela abraçou a si mesma e olhou para ele quase com raiva. Frustração? Quanto tempo fazia para ela? Enfim, o maldito ser ooloi não poderia estar ali sempre. Por que não ia embora, esperar sua vez? Se isso não era possível, por que Tino sentia tanta vergonha de Nikanj? Sua presença o incomodava mais do que outro Humano teria incomodado. Muito mais.

— Depois que eu lhe contar mais uma coisa, nós vamos nos juntar a Nikanj, Tino — falou ela. — Quer dizer, vamos nos juntar a Nikanj se você decidir que ainda quer algo comigo.

— Com você? Mas não era com você que eu estava tendo problemas. Quer dizer...

— Eu sei. É outra coisa, algo que prefiro nunca mencionar a você. Mas, se não o fizer, outra pessoa fará. — Ela respirou fundo. — Você não queria saber a meu respeito? Sobre meu nome?

— Eu pensei que você deveria tê-lo mudado. Não é um nome com fama muito boa.

— Eu sei. E mudá-lo não ajudaria muito. Muitas pessoas me conhecem. Não sou apenas uma pessoa presa a um nome de má fama, Tino. Fui eu que dei a ele a má fama. Sou Lilith Iyapo.

Ele franziu a testa, começou a balançar a cabeça e parou.

— Você não é a pessoa... a pessoa...

— Eu despertei os primeiros três grupos de Humanos enviados de volta à Terra. Expliquei a eles qual era sua situação, quais eram suas opções, e eles decidiram que a responsável por tudo isso era eu. Ajudei a ensiná-los a viver na floresta e eles decidiram que a culpa por eles terem que desistir da vida civilizada era minha. Meio que me culpando pela maldita guerra! De qualquer forma, decidiram que eu os tinha denunciado para os Oankali, e a coisa mais bonita de que alguns deles me chamaram foi de Judas. Foi isso que você aprendeu a pensar a meu respeito?

— Eu... Sim.

Ela balançou a cabeça de um lado para outro.

— Ou os Oankali os seduziam ou os aterrorizavam, ou ambos. Eu, por outro lado, não era ninguém. Para eles, foi fácil colocar a culpa em mim. E seguro. Então, às vezes, quando recebemos ex-rebeldes de passagem por Lo e escutam meu nome, eles imaginam que tenho chifres. Alguns dos mais jovens aprenderam a me culpar por tudo, como se eu fosse um segundo Satanás ou a esposa de Satanás ou alguma dessas idiotices. De vez em quando, um deles tenta me matar. Esse é um dos motivos pelos quais sou tão sensível à ideia de ter armas aqui.

Ele a olhou por um tempo. Observou-a de perto enquanto falava, tentando enxergar nela a culpa, tentando enxergar nela o demônio. Em Fênix, as pessoas tinham dito coisas parecidas: que ela estava possuída pelo diabo, que vendera primeiro a si mesma, depois a Humanidade, que ela fora a primeira a ir de bom grado para uma cama oankali, para se tornar prostituta deles e seduzir outros Humanos...

— O que o seu povo diz a meu respeito? — perguntou ela. Ele hesitou, olhou para Nikanj.

— Que você nos vendeu.

— Por qual moeda?

Sempre houve algum debate sobre isso.

— Pelo direito de permanecer na nave e por... poderes. Eles viram que você nasceu Humana, mas os Oankali tornaram você igual a um constructo.

Ela emitiu um som que talvez tivesse concebido como risada.

— Eu implorei para ir à Terra com o primeiro grupo que despertei. Deveria ter ido. Mas, quando chegou a hora, Nika não deixou. Disse que as pessoas iriam me matar assim que se afastassem dos Oankali. Provavelmente iriam. E se sentiriam virtuosas e vingadas.

— Mas... você é diferente. Você é muito forte, rápida...

— Sim. Esse não foi o jeito oankali de me compensar. Foi o jeito de me oferecerem alguma proteção. Se eles não tivessem me alterado um pouco, alguém do primeiro grupo teria me matado enquanto eu ainda estava despertando pessoas. Em termos de habilidade, estou em algum ponto entre o Humano e o constructo. Sou mais forte e mais rápida do que a maioria dos Humanos, mas não tão forte ou tão rápida quanto a maioria dos constructos. Eu me curo mais depressa do que você, e me recuperaria de ferimentos que o matariam. E é claro que posso controlar paredes e elevar plataformas aqui em Lo. Todos os seres humanos que se estabelecem aqui recebem essa habilidade. Isso é tudo. Nikanj me alterou para salvar minha vida e teve sucesso nisso. Em vez de me matar, o primeiro grupo que despertei matou o pai de Akin, o homem com quem eu tinha formado um par... com quem ainda poderia estar. Um deles o matou. Os outros assistiram, depois o seguiram.

Houve um longo silêncio. Enfim, Tino falou:

— Talvez eles estivessem com medo.

— Foi isso que lhe disseram?

— Não. Eu não sabia nada sobre essa parte. Até ouvi dizer que... talvez você não gostasse de homens.

Ela jogou a cabeça para trás com uma risada terrível e assustadora.

— Oh, Deus. Quem de meu primeiro grupo está em Fênix?

— Um cara chamado Rinaldi.

— Gabe? Gabe e Tate. Eles ainda estão juntos?

— Sim. Eu não percebi... Tate nunca falou nada sobre estar com ele na época. Pensei que eles tinham se unido aqui na Terra.

— Eu despertei os dois. Foram meus melhores amigos por algum tempo. O par ooloi deles era Kahguyaht, ooan de Nikanj.

— O que de Nikanj?

— A criatura ooloi que gerou Nikanj. Ficou a bordo da nave com seus companheiros e criou outro trio de crianças. Nikanj disse que Gabe e Tate não deixariam a resistência tão cedo. Kahguyaht estava, enfim, disposto a reconhecer o talento de Nikanj e não foi capaz de aceitar outros seres humanos.

Tino olhou para Nikanj. Depois de um tempo, ele foi até lá e sentou-se à sua frente.

— Qual é seu talento? — ele perguntou.

Nikanj não falou nem reconheceu sua presença.

— Fale comigo! — ele exigiu. — Sei que está ouvindo.

A criatura ooloi pareceu ganhar vida lentamente.

— Estou.

— Qual é seu talento?

Nikanj inclinou-se para ele e segurou suas mãos com força, mantendo os braços sensoriais enrolados. De uma forma estranha, o gesto lembrou-o de Lilith, foi muito parecido com o que ela tinha tendência de fazer. De certo modo, ele não se importava que agora mãos duras e frias segurassem as suas.

— Tenho um talento para Humanos — disse Nikanj em sua voz suave. — Conceberam-me para trabalhar com vocês, ensinaram-me a trabalhar com vocês e deram-me a um de vocês como companhia durante um dos meus períodos de maior desenvolvimento. — Por um instante, Nikanj se concentrou em Lilith. — Conheço seus corpos e, às vezes, consigo prever seus pensamentos. Eu sabia que Gabe Rinaldi não conseguiria aceitar uma união conosco quando Kahguyaht o queria. Tate conseguiria, mas ela não deixaria Gabe em troca de um par ooloi... Não importava o quanto ela quisesse. E Kahguyaht não iria simplesmente mantê-la consigo enquanto os demais fossem enviados para a Terra. Isso me surpreendeu. Kahguyaht sempre disse que não havia sentido em prestar atenção no que Humanos diziam. Sabia que Tate acabaria aceitando sua presença, mas a ouviu e deixou-a partir. E sua criação não foi como a minha, em contato com seres humanos. Acho que seu povo nos afeta mais do que percebemos.

— Eu acho — falou Lilith calmamente — que talvez você nos entenda melhor do que entenda seu próprio povo.

Nikanj voltou a atenção para ela, os tentáculos de seu corpo alisados contra a carne, a ponto de ficarem invisíveis. Isso indicava satisfação, lembrou-se Tino. Satisfação ou até mesmo felicidade.

— Ahajas diz isso — disse a ela. — Não acho que seja verdade, mas pode ser.

Tino voltou-se para Lilith, mas falou com Nikanj.

— Você a engravidou contra a vontade dela?

— Contra uma parte da vontade dela, sim — admitiu Nikanj. — Ela queria um filho com Joseph, mas ele estava morto. Ela estava... mais sozinha do que você poderia imaginar. Pensou que eu não entendia.

— Foi por sua culpa que ela ficou sozinha!

— Foi uma falha compartilhada. — Os tentáculos da cabeça e do corpo de Nikanj pendiam, frouxos. — Acreditávamos que precisávamos usá-la do modo como fizemos. Caso contrário, teríamos que drogar os seres humanos recém-despertos muito além do que seria adequado para eles, porque nós mesmos teríamos de lhes ensinar tudo. Fizemos isso mais tarde porque vimos... que estávamos prejudicando Lilith e os outros que tentamos usar.

"Para os primeiros filhos, dei a Lilith o que ela queria, mas não conseguia pedir. Permiti que ela me culpasse, em vez de culpar a si mesma. Por algum tempo, me tornei, para ela, o que ela era para os Humanos que ensinou e guiou. Desleal. Responsável por destruir coisas preciosas. Déspota. Ela precisou me odiar por um tempo, para conseguir parar de odiar a si mesma. E precisava das crianças que preparei para ela".

Tino fixou os olhos naquela figura ooloi, precisando daquele olhar para se lembrar de que estava ouvindo uma criatura totalmente não Humana. Por fim, virou-se para Lilith.

Ela retribuiu seu olhar, dando um sorriso amargo e sem humor.

— Eu falei que era alguém com talento — disse ela.

— Quanto disso é verdade? — perguntou Tino.

— Como eu poderia saber? — Ela engoliu em seco.

— Tudo isso pode ser. Nikanj costuma dizer a verdade. Por outro lado, razões e justificativas podem soar tão boas quando são inventadas como quando resultado de uma reflexão posterior. Divirta-se e, em seguida, invente um motivo maravilhoso para justificar o que fez.

Tino se afastou da criatura ooloi e foi até Lilith.

— Você odeia Nikanj? — perguntou.

Ela balançou a cabeça.

— Tenho que me afastar de Nikanj para sentir ódio. Às vezes, vou embora por um tempo, exploro, visito outras aldeias e odeio Nikanj. Mas, depois de um tempo, começo a sentir saudade de meus filhos. E, que Deus me ajude, começo a sentir falta de Nikanj. Fico longe até que ficar longe doa mais do que o pensamento de voltar… para casa.

Ele pensou que ela iria chorar. A mãe dele nunca teria contido tanta paixão sem lágrimas, jamais teria tentado. Tino a tomou pelos braços, achou-a sólida e resistente. Os olhos dela rejeitaram qualquer conforto antes que ele pudesse oferecê-lo.

— O que devo fazer? — perguntou ele. — O que você quer que eu faça?

De repente, ela o abraçou, segurando-o com força contra si.

— Você vai ficar? — ela perguntou em seu ouvido.

— Devo?

— Sim.

— Tudo bem. — Ela não era Lilith Iyapo. Era um rosto tranquilo, expressivo e largo. Era uma pele escura, macia e quente, mãos calejadas pelo trabalho. Era seios cheios de leite. Ele se perguntou como tinha resistido poucos momentos antes.

E quanto a Nikanj? Ele não olhou para aquele ser, mas imaginou ter sentido sua atenção sobre si.

— Se você decidir partir — disse Lilith, — vou ajudá-lo.

Ele não conseguia imaginar que teria o desejo de abandoná-la.

Algo frio, áspero e duro prendeu-se a seu braço. Ele congelou, sem precisar olhar para saber que era um dos braços sensoriais da criatura ooloi.

Nikanj estava perto dele, um braço sensorial nele e outro em Lilith. Aqueles braços eram como trombas de elefantes. Ele sentiu Lilith libertá-lo, sentiu Nikanj puxá-lo para o chão. Deixou-se ser derrubado só porque Lilith se deitou com eles. Deixou Nikanj posicionar o corpo ao lado do seu. Então, viu Lilith se sentar do lado oposto a Nikanj e observá-los solenemente.

Não entendeu por que ela observou, por que não participou. Antes que ele pudesse perguntar, a criatura ooloi deslizou seu braço sensorial em volta dele e pressionou sua nuca de um jeito que o fez estremecer, depois o braço pendeu, flácido.

Ele não estava inconsciente. Soube quando a criatura ooloi se aproximou dele, parecendo segurá-lo de uma maneira que ele não compreendia.

Não sentiu medo.

A sensação de gélido prazer quando entraram em contato o conquistou totalmente. Aquele era o sentimento do qual tinha uma recordação parcial e pelo qual voltara. Foi assim que começou.

Antes que a tão esperada onda de sensações o engolisse por completo, ele viu Lilith deitar-se ao lado de seu par ooloi e viu o segundo braço sensorial enlaçar o pescoço dela. Ele tentou alcançá-la do outro lado do corpo ooloi, tocá-la, tocar a carne humana quente. Parecia que ele se esticava, se esticava, mas ela continuava longe demais.

Ele pensou ter gritado quando a sensação se tornou mais intensa, quando o dominou. De repente, parecia que ela estava com ele, o corpo dela contra o dele. Ele pensou ter dito e repetido o nome dela, mas não conseguia ouvir o som da própria voz.

7

A kin deu seus primeiros passos seguindo em direção às mãos estendidas de Tino. Aprendeu a tirar comida do prato dele e montar em suas costas sempre que o homem ia carregá-lo. Não esqueceu do aviso de Dichaan para não ficar sozinho com Tino, mas não o levou a sério. Muito depressa, passou a confiar em Tino. Com o tempo, todos passaram a confiar em Tino.

Assim, aconteceu de Akin estar sozinho com Tino quando um grupo de assaltantes veio procurar crianças para raptar.

Tino saíra para cortar lenha para a casa de hóspedes. Ainda não era capaz de distinguir as fronteiras de Lo. Adquiriu o hábito de levar Akin consigo para reconhecê-las depois de quebrar um machado que pegou emprestado de Wray Ordway em uma árvore que não era uma árvore. O ente Lo se moldava de acordo com os desejos de seus inquilinos e com os padrões da vegetação circundante. Ainda assim, era a forma larval de um ente espacial. Sua pele e seus órgãos eram mais bem protegidos do que os de qualquer ser nativo da Terra. Nenhum machado ou facão poderia marcá-lo. Até que fosse mais velho, nenhuma vegetação nativa cresceria dentro de seus limites. Era por isso que Lilith e algumas outras pessoas cultivavam hortas longe da aldeia. Lo teria fornecido boa comida de sua própria substância – os Oankali poderiam estimular a produção de alimentos e separá-los de Lo. Mas a maioria dos Humanos na aldeia não queria depender dos Oankali. Assim, Lo tinha uma ampla faixa de hortas plantadas por Humanos, algumas em uso e outras em pousio. Algumas vezes, Akin precisou impedir que Tino passasse bem no meio delas e que percebesse, tarde demais, que cortara caminho em meio a plantas alimentícias e destruíra o trabalho de alguém. Era como se ele não enxergasse nada.

Akin não conseguia evitar perceber quando ultrapassava as fronteiras de Lo. Até o cheiro do ar era diferente. A vegetação que roçava nele fazia com que se encolhesse, porque se tornava bruscamente não familiar. Depois, por esse mesmo motivo, atraía-o, era convidativa em sua estranheza. De propósito, ele deixou que Tino caminhasse mais do que era necessário, até que algo que não tinha provado antes esbarrou em seu rosto.

— Aqui — disse ele, arrancando folhas da muda que o tocou. — Não corte esta árvore, mas pode cortar qualquer uma das demais.

Tino o colocou no chão e sorriu para ele.

— Posso?

— Gosto dela — explicou Akin. — Quando for mais velha, acho que vamos poder comer algo dela.

— Comer o quê?

— Não sei. Nunca vi uma dessas antes. Mas mesmo que não dê frutos, as folhas são boas para comer. Meu corpo gosta delas.

Tino voltou os olhos para as copas das árvores ao redor e balançou a cabeça.

— Tudo vai para a sua boca — disse. — Estou surpreso que você não tenha se envenenado uma dezena de vezes.

Akin ignorou aquilo e começou a investigar a casca da árvore ainda imatura, procurando saber que insetos ou fungos poderiam estar se alimentando dela e o que poderia se alimentar deles. Tino fora informado do motivo pelo qual Akin colocava as coisas na boca. Não entendeu, mas nunca tentou mantê-las longe da boca dele, como outros visitantes faziam. Ele conseguia aceitar sem entender. Depois de ver que algo estranho não fazia mal, ele não o temia mais. Disse que a língua de Akin tinha o aspecto de uma grande lesma cinzenta, mas de alguma forma aquilo não parecia incomodá-lo. Ele mesmo se permitiu ser investigado e estudado enquanto carregava Akin por toda parte. Lilith temia que ele estivesse escondendo nojo ou ressentimento, mas Tino não conseguiria esconder emoções tão fortes de Akin. E certamente não poderia tê-las escondido de Nikanj.

— Ele é mais adaptável que a maioria dos Humanos — dissera Nikanj a Akin. — Lilith também.

— Ele me chama de "filho" — contou Akin.

— Eu ouvi.

— Ele não vai embora, vai?

— Ele não vai embora. Não é um andarilho. Estava procurando uma casa onde pudesse ter uma família, e a encontrou.

Tino começou a derrubar uma pequena árvore. Akin observou por um instante, imaginando por que o homem gostava daquela atividade. Ele gostava mesmo. Tinha se oferecido voluntariamente para fazê-la. Não gostava de cuidar da horta. Não gostava de ampliar a biblioteca de Lo, escrevendo suas memórias de antes da guerra para as gerações posteriores. Todos eram convidados a fazer isso quando ficavam em Lo, mesmo que por um curto período. Constructos também escreviam sobre suas vidas, e os Oankali, que não escreviam nada, embora fossem capazes de escrever, contavam suas histórias para Humanos que as escreviam. Tino não demonstrou interesse em nada disso. Ele cortava lenha e trabalhava com seres humanos que tinham estabelecido uma fazenda de peixes e com constructos que criavam abelhas, vespas, minhocas, besouros, formigas e outros pequenos animais que produziam novos alimentos. Ele construía canoas e viajou com Ahajas quando ela foi visitar outras aldeias. Ela viajou de barco para o bem dele, embora a maioria dos Oankali nadasse. Ficou surpresa ao ver a facilidade com que ele a aceitou e reconheceu a fascinação dele por sua gravidez. Ambos, Ahajas e Akin, tentaram explicar a ele como era tocar a criança em desenvolvimento e sentir sua reação, seu reconhecimento, sua intensa curiosidade. Os dois tinham persuadido Nikanj a tentar simular a sensação para ele. Nikanj resistiu à ideia apenas porque Tino não era um dos progenitores da criança. Mas quando ele pediu, a resistência da criatura ooloi desapareceu. Nikanj concedeu a Tino a sensação e segurou-o por mais tempo do que o necessário. Aquilo foi bom, Akin pensou. Tino precisava ser tocado mais vezes. Foi dolorosamente difícil para ele descobrir que sua entrada na família implicava que não poderia tocar em Lilith. Isso era algo que Akin não entendia. Os seres humanos gostavam de se tocar, necessitavam disso. Mas uma vez que acasalavam com ooloi, não podiam acasalar um com o outro da maneira humana, não podiam sequer acariciar e tratar uns aos outros de maneira humana. Akin não compreendia por que precisavam daquilo, mas sabia que se frustravam e ficavam amargurados diante dessa impossibilidade. Tino passou dias gritando ou sem falar com Nikanj, gritando ou sem falar com Lilith, sentado sozinho e olhando para o nada. Uma vez, saiu da aldeia por três dias; Dichaan o seguiu e o trouxe de volta quando ele estava pronto para retornar. Poderia ter ficado longe até que seu corpo estivesse livre dos efeitos de seu acasalamento com Nikanj. Poderia ter encontrado outra aldeia e um acasalamento estéril exclusivamente humano. No entanto, já tivera vários deles. Akin o ouvira falar sobre isso durante aqueles dias difíceis, no início. Não eram o que ele queria. Mas aquilo também não. Agora ele era como Lilith. Muito apegado à família e, na maior parte do tempo, satisfeito com isso, ainda que, às vezes, rancoroso e amargo em um nível tóxico. Porém, apenas Akin e as outras crianças mais novas da casa temiam que ele partisse para sempre. Os adultos pareciam certos de que ele ficaria.

Tino cortou em pedaços a árvore que derrubara e podou lianas para enfardar a madeira. Depois foi buscar Akin. De repente, parou e sussurrou:

— Meu Deus!

Akin estava provando uma grande lagarta. Tinha deixado que ela se arrastasse por seu antebraço. Na verdade, ela era quase tão grande quanto seu antebraço, tinha um tom vermelho brilhante e manchas que pareciam tufos de longos pelos pretos e duros. Akin sabia que os tufos eram letais. O animal não precisava picar. Bastava ser tocado em um dos tufos. O veneno era forte o suficiente para matar um Humano grande. Tino parecia saber disso. Sua mão se deslocou em direção à lagarta, depois parou.

Akin dividiu sua atenção, observando Tino para garantir que ele não fizesse mais nenhum movimento enquanto saboreava a lagarta lenta e delicadamente com sua pele e com um empurrão de língua na parte inferior, pálida e um pouco exposta, do inseto. A parte de baixo era segura. O bicho não envenenava a superfície sobre a qual se arrastava. A lagarta comia outros insetos. Comia até pequenos sapos e rãs. Alguém entre os seres ooloi deu a ela as características de outra criatura rastejante, um pequeno onicóforo de muitas pernas e semelhante a um verme. Agora, tanto a lagarta como o onicóforo podiam lançar uma espécie de cola para capturar a presa e segurá-la até que pudesse ser consumida.

A lagarta em si não era boa para comer. Era muito venenosa. A criatura ooloi que a tinha composto não pretendia que servisse de alimento para nenhum ser enquanto estivesse viva, embora pudesse ser morta por formigas ou vespas caso decidisse caçar em uma das árvores protegidas por elas. Entretanto, ela era segura para a árvore que escolhesse. Sua espécie daria à árvore uma chance maior de amadurecer e produzir alimento.

Akin apoiou o braço contra o tronco ainda imaturo e cuidadosamente manobrou a lagarta para que se arrastasse, voltando a ela. No instante em que ela saiu de seu braço, Tino o pegou, gritando com ele.

— *Nunca* mais faça algo tão maluco! *Nunca!* Essa coisa poderia matar você! Poderia me matar!

Alguém o agarrou pelas costas.

Alguém diferente arrancou Akin de seus braços.

De imediato, mas tarde demais, Akin viu, ouviu e farejou os intrusos. Estranhos. Machos humanos sem nenhum cheiro oankali. Rebeldes. Assaltantes. Raptores de crianças!

Akin gritou e se contorceu nos braços de seu captor. Mas ele ainda era, fisicamente, pouco mais que um bebê. Deixara sua atenção ser absorvida por Tino e pela lagarta e fora pego. O homem que o segurava era grande e forte. Segurava Akin sem parecer notar que Akin lutava.

Enquanto isso, quatro homens cercaram Tino. Havia sangue no rosto dele; alguém o atingira, o cortara. Um dos homens tinha um pedaço de metal prateado cintilante em volta de um dos dedos. Devia ter sido aquilo que cortou Tino.

— Espere! — um dos captores disse para Tino. — Esse cara era Fênix. — Ele fez uma careta. — Você não é o garoto dos Leal?

— Sou Augustino Leal — anunciou Tino, endireitando o corpo. — Eu era Fênix. Era Fênix antes mesmo de você ouvir falar dela! — Sua voz não estava trêmula, mas Akin percebeu que o corpo dele tremia de leve. Ele olhou em direção a seu machado, que agora estava no chão, a vários metros de distância. Ele o tinha apoiado contra uma árvore quando foi pegar Akin. Sua machete, no entanto, ainda estava em seu cinto. Agora tinha sumido. Akin não conseguiu ver onde foi parar. Todos os assaltantes portavam longos bastões de madeira e metal, que apontavam para Tino. O homem que segurava Tino também tinha um bastão, amarrado às costas. Akin percebeu que eram armas. Porretes, armas de fogo, talvez? E aqueles homens conheciam Tino. Um deles conhecia Tino. E Tino não gostava dele. Tino estava com medo. Akin nunca o vira com tanto medo.

O homem que segurava Akin colocou o pescoço ao alcance de sua língua. Akin poderia ferroá-lo, matá-lo. Mas o que aconteceria depois? Havia outros quatro homens.

Akin não fez nada. Observou Tino, esperando que o homem soubesse o que fazer.

— Não havia armas de fogo em Fênix quando saí — disse Tino. Então os bastões eram mesmo armas de fogo.

— Não, e você não queria que houvesse nenhuma, queria? — perguntou o mesmo homem. Ele fez questão de espetar Tino com sua arma.

Tino começou a ter menos medo e mais raiva.

— Se vocês acham que podem usá-las para matar os Oankali, são tão idiotas quanto eu imaginei que fossem.

O homem girou sua arma para cima, de modo que a ponta quase tocou o nariz de Tino.

— São os Humanos que vocês querem matar? — perguntou Tino em voz baixa. — Sobraram tantos Humanos assim? Nossa população está aumentando tão depressa assim?

— Você se juntou aos traidores! — o homem acusou.

— Para ter uma família — disse Tino baixinho. — Para ter filhos. — Ele olhou para Akin. — Para que pelo menos parte de mim permaneça.

O homem que segurava Akin falou.

— Este garoto é tão Humano quanto qualquer outro que vi desde a guerra. Não consigo encontrar nada de errado com ele.

— Nenhum tentáculo? — um dos quatro perguntou.

— Nenhum.

— O que ele tem entre as pernas?

— O mesmo que você. Um pouco menor, talvez.

Houve um momento de silêncio, Akin percebeu que três dos homens se divertiam e um, não.

Akin tinha medo de falar, medo de mostrar aos assaltantes suas características não humanas: a língua, a capacidade de falar, a inteligência. Será que aqueles fatores os fariam deixá-lo em paz ou matá-lo? Apesar de seus meses com Tino, ele não sabia. Ficou quieto e começou a tentar ouvir ou farejar qualquer morador de Lo que estivesse passando por perto.

— Então, levamos o garoto — afirmou um dos homens.

— O que faremos com ele? — E apontou para Tino.

Antes que alguém pudesse responder, Tino disse:

— Não! Vocês não podem levá-lo. Ele ainda mama. Se vocês o levarem, ele passará fome!

Os homens se entreolharam, em dúvida. De repente, o homem que segurava Akin virou-o em sua direção e apertou as faces de Akin com os dedos. Estava tentando abrir sua boca. Por quê?

Não importava por quê. Ele abriria a boca de Akin e então se assustaria. Ele era Humano, estranho e perigoso. Como adivinhar a reação irracional que teria? Era preciso lhe dar algo conhecido para acompanhar o desconhecido. Akin começou a se contorcer no braço do homem e a choramingar. Até então, não tinha chorado. Isso fora um erro. Humanos sempre admiravam como os constructos bebês choravam pouco. Óbvio que um bebê Humano teria chorado mais.

Akin abriu a boca e chorou.

— Merda! — murmurou o homem que o segurava. Imediatamente, olhou ao redor, como se temesse que o barulho atraísse alguém. Akin, que não tinha pensado nisso, chorou mais alto. Os Oankali tinham ouvidos mais sensíveis do que a maioria dos Humanos percebia.

— Cale a boca! — berrou o homem, sacudindo-o. — Por Deus, ele tem a língua mais feia e cinzenta que vocês já viram! Cale a boca!

— Ele é apenas um bebê — disse Tino. — Você não pode fazer um bebê calar a boca assustando-o. Dê o bebê para mim. — Ele começara a andar em direção a Akin, estendendo os braços para pegá-lo.

Akin esticou-se em direção a ele, pensando que seria menos provável que os rebeldes machucassem os dois juntos. Talvez, até certo ponto, ele conseguisse proteger Tino. Nos braços de Tino ele ficaria quieto e cooperativo. Eles veriam que Tino era útil.

O homem que reconhecera Tino foi para trás dele e atingiu a parte de trás de sua cabeça com a extremidade de madeira da arma.

Tino caiu no chão sem gritar e seu agressor o acertou novamente, empurrando o cabo de madeira da arma contra a cabeça de Tino, como um homem matando uma cobra venenosa.

Akin gritou de terror e angústia. Conhecia a anatomia humana o suficiente para saber que, se Tino não estivesse morto, morreria em breve, a menos que um Oankali o ajudasse.

E não havia Oankali por perto.

Os rebeldes largaram Tino onde estava deitado e avançaram floresta adentro carregando Akin, que ainda gritava e lutava.

1

Dichaan veio à tona da parte mais profunda do imenso lago, trocou a respiração aquática pela respiração aérea e começou a se arrastar rumo à praia.

Os Humanos chamavam aquilo de lago em ferradura, um lago que originalmente fizera parte do rio. Até então, Dichaan tinha impedido que o ente Lo o engolisse, porque o ente teria destruído a vida vegetal em seu interior e acabaria assim matando a vida animal. Mesmo com ajuda, Lo não poderia ter sido ensinado a fornecer o que os animais precisavam em um formato que eles aceitassem antes de morrerem de fome. A única coisa útil que o ente poderia ter fornecido de imediato era oxigênio.

Mas agora o ente estava mudando, entrando em seu próximo estágio de desenvolvimento. Agora, poderia aprender a incorporar a vegetação da Terra, mantê-la e beneficiar-se dela. Aprenderia lentamente, por conta própria, matando grande parte da vegetação nativa e selecionando-a por sua capacidade de se adaptar às mudanças que realizou.

Porém, em relação simbiótica com seus habitantes Oankali, o ente poderia mudar mais depressa, adequando-se e aceitando a vida vegetal adaptada que Dichaan e outros prepararam.

Dichaan chegou à margem através de um corredor natural, entre uma profusão incrível de extensas e espessas raízes verticais que aos poucos iriam submergir quando a estação das chuvas começasse e a água subisse.

Dichaan tinha acabado de sair da lama e seu corpo ainda degustava o sabor do lago, rico em plantas e animais, quando ouviu um grito.

Ficou parado escutando, totalmente imóvel; os tentáculos de sua cabeça e de seu corpo balançavam devagar para se concentrar na direção do som. Logo soube de onde vinha e de quem era, e começou a correr. Ficara debaixo d'água a manhã toda. O que vinha acontecendo na superfície?

Pulando por cima de árvores caídas, esquivando-se das lianas penduradas, da vegetação rasteira e de árvores vivas, ele correu. Esticou os tentáculos corporais contra a pele. Desse modo, as partes sensíveis deles ficariam protegidas do mato ralo que o açoitava enquanto ele passava. Não conseguia evitá-lo e ainda se deslocar depressa.

Ele patinhou por um córrego pequeno, depois subiu um barranco íngreme.

Chegou a um monte de pequenos troncos e viu uma árvore cortada. O cheiro de Akin e de machos Humanos estranhos estava ali. O cheiro de Tino, muito forte, estava ali.

Tino estava gemendo, sem forças, nem sombra do som que Dichaan ouvira no lago. Quase não parecia um som humano, ainda que, para Dichaan, sem dúvida fosse Tino. Seus tentáculos da cabeça se estenderam para todos os lados, procurando o homem e encontrando-o. Dichaan correu para onde ele estava deitado, escondido pelos esteios largos e cuneiformes de uma árvore.

Seus cabelos estavam grudados em sólidas massas de sangue, sujeira e folhas mortas. O corpo se contraía e ele emitia sons curtos.

Dichaan se dobrou até o chão. Primeiro examinou as feridas de Tino com vários tentáculos, depois deitou-se ao lado dele e infiltrou-se em sua carne, nos pontos possíveis, com filamentos dos tentáculos de sua cabeça e de seu corpo.

O homem estava morrendo, morreria em um instante, a menos que Dichaan conseguisse mantê-lo vivo. Fora bom ter um macho Humano na família. Tinham encontrado o equilíbrio após anos dolorosos de desequilíbrio, e ninguém sentira mais esse desequilíbrio do que Dichaan. Ele nascera para trabalhar com um semelhante Humano, para ajudar a educar os filhos com a ajuda dessa pessoa, e mesmo assim tivera de prosseguir, com dificuldade, sem esse outro essencial. Como as crianças aprenderiam a compreender seu próprio lado humano masculino, lado que todas tinham independentemente de seu futuro sexo?

Ali estava Tino, sem filhos e desacostumado com crianças, mas rapidamente à vontade com elas, logo aceito por elas.

Ali estava Tino, quase morto por mãos de sua própria espécie.

Dichaan conectou-se ao sistema nervoso dele e manteve seu coração batendo. O homem era uma bela e terrível contradição física, como todos os seres humanos. Era uma sedução ambulante e nunca entenderia o porquê. Não seria perdido. Não podia ser outro Joseph.

Houve algum tipo de dano cerebral. Dichaan conseguia detectá-lo, mas não curá-lo. Nikanj teria que fazer isso. Mas Dichaan poderia evitar que o dano se agravasse. Estancou a perda de sangue, que não era tão intensa quanto parecia, e fez com que as células cerebrais vivas tivessem vasos sanguíneos intactos para nutri-las. Encontrou danos no crânio e percebeu que o osso danificado estava exercendo pressão anormal no cérebro. Nisso ele não interferiu.

Nikanj iria lidar com aquilo. Podia fazê-lo mais depressa e com mais segurança do que um homem ou uma mulher. Dichaan esperou até que Tino estivesse tão estável quanto possível, depois deixou-o por um instante. Foi até o limite de Lo, até um dos maiores esteios de uma pseudoárvore, e a golpeou diversas vezes com o código de pressões que teria usado para suplementar uma permuta de impressões sensoriais. Normalmente, as pressões eram feitas com rapidez contra a carne de outra pessoa e sem produzir som. Levaria um instante para aquela batucada ser interpretada como comunicação. Mas seria percebida. Mesmo que nenhum Oankali ou constructo a ouvisse, o ente Lo selecionaria os grupos conhecidos de vibrações. Isso alertaria a comunidade da próxima vez que alguém abrisse uma parede ou erguesse uma plataforma.

Dichaan tamborilou a mensagem duas vezes, depois voltou para Tino e deitou-se para monitorá-lo e esperar.

Agora havia tempo para pensar a respeito daquilo que ele chegou tarde demais para evitar.

Akin havia partido, saíra havia algum tempo. Seus sequestradores eram machos humanos, rebeldes. Correram em direção ao rio. Sem dúvida, já tinham subido ou descido o rio em direção a sua aldeia, ou talvez o tivessem atravessado e se deslocado por terra. De qualquer maneira, o rastro de seu cheiro provavelmente desapareceria ao longo do rio. Ele incluíra em sua mensagem instruções para que os procurassem, mas não estava esperançoso. Todos os vilarejos rebeldes teriam de ser revistados. Akin seria encontrado. Fênix, em particular, seria verificada, uma vez que já fora o lar de Tino. Mas será que os homens de Fênix odiavam Tino tanto assim? Ele não parecia ser o tipo de homem que as pessoas conseguiriam odiar depois de conhecerem. Em Fênix, as pessoas que o viram crescer como a única criança da aldeia deviam se sentir como pais em relação a ele. Estariam mais propensas a sequestrá-lo junto com Akin.

Akin. Não o machucariam, não de propósito. A princípio, não. Ele ainda mamava, mas fazia isso mais pelo conforto do que pela nutrição. Tinha a habilidade oankali de digerir o que lhe fosse dado e aproveitá-lo ao máximo. Se o alimentassem com aquilo que comiam, as necessidades de seu corpo seriam satisfeitas.

Será que sabiam o quanto ele era inteligente? Será que sabiam que podia falar? Se não, como reagiriam ao descobrir? Os seres humanos reagiam mal à surpresa. Ele seria cuidadoso, é claro, mas o que Akin sabia a respeito de Humanos furiosos, assustados e frustrados? Nunca estivera perto de ninguém que pudesse odiá-lo, que pudesse até machucá-lo ao descobrir que ele não era tão Humano quanto parecia.

2

ontra a corrente do rio.

Os Humanos tinham uma canoa comprida, eficiente e estreita, leve e fácil de remar. Duas duplas de homens se revezaram nos remos e o barco cortou a água depressa. A corrente não era forte. Revezando-se no trabalho, como faziam, os homens descansavam sem nunca diminuir a velocidade.

Akin gritara o mais alto que pudera, enquanto havia alguma chance de ser ouvido. Mas ninguém viera. Agora ele estava quieto, exausto e deprimido. O homem que o pegara ainda o segurava e já o tinha pendurado pelos pés e ameaçado afundá-lo no rio se ele não ficasse quieto. Apenas a intervenção dos outros homens o impedira de fazer isso. Akin estava com pavor dele. O homem genuinamente não parecia entender por que assassinato e sequestro deveriam incomodar Akin ou impedi-lo de seguir ordens.

Akin olhou para o rosto largo, barbado e rubro do homem, inspirou o hálito azedo dele. O rosto era amargo, irritado; seu dono poderia machucá-lo por agir como um bebê, e poderia até matá-lo por agir como qualquer outra coisa. O homem o segurava com tanto nojo quanto ele tinha visto uma vez em outro homem que segurava uma cobra. Será que ele era tão estranho quanto uma cobra para aquelas pessoas?

O homem amargo olhou para baixo e flagrou Akin observando-o.

— Está olhando o quê? — perguntou.

Akin parou de observar o homem com os olhos, mas manteve-o à vista com outras partes de seu corpo sensíveis à luz. O homem fedia a suor e algo mais. Havia algo errado com seu corpo, alguma doença. Ele precisava de cuidados ooloi. E nunca se aproximaria de um.

Akin ficou muito quieto nos braços dele e, de alguma forma, acabou adormecendo.

Acordou e se viu entre dois pares de pés em um pedaço de pano encharcado no fundo do barco. A água que batia nele o despertou.

Sentou-se com cuidado, sabendo, antes mesmo de se mexer, que a corrente era mais forte ali e que estava chovendo. Uma chuva forte. O homem que tinha segurado Akin começou a tirar a água do barco com uma grande cabaça. Se a chuva continuasse ou piorasse, eles certamente parariam.

Akin olhou em volta e viu que as margens do rio estavam altas e bastante erodidas, penhascos cobertos de vegetação se espalhavam à beira do rio. Ele nunca tinha visto aquilo. Nunca estivera tão longe de casa e continuava se afastando. Para onde o levariam? Colinas adentro? Montanhas adentro?

Os homens desistiram da empreitada e remaram para a margem. A água estava marrom-acinzentada e revolta, e a chuva caía com mais força. Quase não chegaram à costa antes que a canoa afundasse. Os homens xingaram e saltaram para puxar o barco para um grande pântano enlameado enquanto Akin ficou onde estava, quase nadando. Eles esvaziaram o barco, derrubando Akin e a água de um lado, e riram quando ele deslizou pela lama.

Um deles o agarrou por uma perna e tentou entregá-lo ao homem que o capturara.

Seu captor não queria levá-lo.

— Fique você de babá por um tempo — disse o homem. — Deixe o garoto mijar em você.

Indignado, Akin mal conseguiu impedir a si mesmo de falar. Ele não fazia xixi em ninguém havia meses, desde que sua família conseguira explicar que não deveria fazer aquilo, que deveria avisá-los quando precisasse urinar ou defecar. Ele não teria urinado sequer naqueles homens.

— Não, obrigado — respondeu o homem segurando Akin pelo pé. — Eu acabo de remar o maldito barco por sabe Deus quantos quilômetros enquanto você ficou lá olhando a paisagem. Agora você pode olhar o menino.
— Ele colocou Akin no pântano enlameado e foi ajudar a carregar o barco para um ponto de onde poderiam avançar pela margem. O pântano de lama era exatamente isso: uma porção de sedimentos moles, úmidos e brutos reunidos pouco acima da água. Sob o aguaceiro, o lugar não era nem seguro nem confortável. E estava anoitecendo. Hora de encontrar um lugar para acampar.

A babá de Akin olhou para ele com uma aversão fria. Esfregou a barriga e, por um instante, a dor pareceu substituir seu desprazer generalizado. Talvez sua barriga estivesse doendo. Que idiotice: ficar doente, saber onde havia cura e decidir continuar doente.

De repente, o homem agarrou Akin, ergueu-o por um braço, enfiou-o debaixo de um de seus próprios braços compridos e grossos e seguiu os outros pela trilha íngreme e lamacenta.

Akin fechou os olhos durante a subida. Seu captor não tinha passos firmes. Ele ficava caindo, mas de alguma maneira nunca caía sobre Akin ou o derrubava. Entretanto, ele o segurava com tanta força que Akin mal conseguia respirar, com tanta força que os dedos do homem o machucavam e provocavam hematomas. Akin choramingava e, às vezes, gritava, mas tentava ficar quieto a maior parte do tempo. Ele temia aquele homem como nunca temera alguém antes. Aquele homem, que queria afundá-lo na água onde podia haver predadores, que o agarrava, sacudia e ameaçava socá-lo por ele estar chorando, aquele homem que parecia disposto a suportar a dor em vez de ir até alguém que o curaria sem pedir nada em troca, aquele homem que poderia matá-lo antes que qualquer um conseguisse impedi-lo.

No alto da ribanceira, o captor de Akin o jogou no chão.

— Você consegue andar — murmurou o homem.

Akin ficou parado onde havia caído, se perguntando se os bebês humanos eram jogados daquela maneira e, se sim, como sobreviviam? Depois, seguiu os homens o mais rápido que pôde. Se tivesse amadurecido, fugiria. Voltaria para o rio e deixaria que ele o levasse para casa. Se tivesse amadurecido, conseguiria respirar embaixo d'água e afastar os predadores com um simples repelente químico, equivalente a um mau cheiro.

Mas, se ele tivesse amadurecido, os rebeldes não iriam querê-lo. Queriam um bebê indefeso, e chegaram muito perto de conseguir um. Ele conseguia pensar, mas seu corpo era tão pequeno e fraco que não conseguia agir. Não passaria fome na floresta, mas poderia ser envenenado por algo que o picasse de supetão. Perto do rio, ele poderia ser comido por uma cobra ou por um jacaré.

Além disso, ele nunca estivera na floresta sozinho antes.

À medida que os homens se afastavam dele, Akin ficava cada vez mais assustado. Caiu várias vezes, mas se recusou a chorar de novo. Por fim, exausto, ele parou. Se os homens pretendiam deixá-lo, ele não conseguiria impedi-los. Será que eles levavam crianças constructos para abandonar na floresta? Urinou no chão e depois encontrou um arbusto com folhas nutritivas e comestíveis. Era pequeno demais para alcançar as melhores fontes possíveis de alimento, fontes que os homens poderiam ter alcançado, mas provavelmente não conseguiriam identificar. Tino sabia muitas coisas, mas não sabia muito sobre as plantas da floresta. Comia apenas alimentos óbvios, bananas, figos, nozes, frutos de palmeira, versões selvagens das plantas que seu povo cultivava em Fênix. Se algo não tinha aparência ou sabor conhecidos, ele não o comeria. Akin comeria qualquer coisa que não o envenenasse e isso o ajudaria a se manter vivo. Ele estava comendo um fungo cinzento bastante nutritivo quando ouviu um dos homens voltando por causa dele.

Engoliu depressa, enlameou uma mão de propósito e a esfregou pelo rosto. Se ele simplesmente estivesse sujo, os homens não prestariam atenção. Mas se apenas sua boca estivesse suja, talvez eles tentassem fazê-lo vomitar.

O homem o viu, o xingou e o carregou debaixo de um braço para onde os outros estavam construindo um abrigo.

Tinham encontrado um lugar relativamente seco, bem protegido pelas copas das árvores da floresta, e limpado as folhas caídas. Estenderam um tecido impermeabilizado com látex entre duas árvores pequenas e o chão. Pelo jeito, o tecido estivera no barco, fora da vista de Akin. Agora eles estavam cortando pequenos galhos e árvores jovens para o revestimento. Ao menos não planejavam dormir na lama.

Não acenderam fogueira. Comeram alimentos secos, nozes, sementes, uma mistura de frutas secas, e beberam algo que não era água. Deram um pouco da bebida a Akin e se divertiram ao ver que, depois de prová-la, ele não quis mais um gole.

— Mas não pareceu perturbá-lo — observou um deles.

— E essa coisa é forte. Dê um pouco de comida para ele. Talvez ele consiga comer. Ele tem dentes, certo?

— Sim.

Akin nascera com dentes. Deram um pouco da própria comida e ele comeu devagar, um pequeno fragmento de cada vez.

— Então aquele Fênix que matamos estava mentindo — disse o captor de Akin. — Imaginei que poderia estar.

— Eu me pergunto se era mesmo filho dele.

— Provavelmente. Parece com ele.

— Jesus. Eu me pergunto o que ele teve de fazer para consegui-lo. Quer dizer, não foi apenas foder uma mulher.

— Você sabe o que ele fez. Se não soubesse, você teria morrido de velhice ou de doença a esta altura.

Silêncio.

— Então, o que acham que podemos conseguir pelo garoto? — perguntou uma voz diferente.

— O que quisermos. Um garoto quase perfeito? O que quer que eles tenham. Ele é tão valioso que me pergunto se não deveríamos mantê-lo.

— Ferramentas de metal, vidro, bons tecidos, uma mulher ou duas... E esse garoto pode nem mesmo sobreviver o suficiente para crescer. Ou ele pode crescer e desenvolver tentáculos por todo o corpo. E daí que ele parece normal agora? Não significa nada.

— E eu vou dizer outra coisa — disse o captor de Akin. — Nossas chances, as chances de qualquer homem ver esse garoto crescer são titica de rato. Os vermes vão encontrá-lo mais cedo ou mais tarde, morto ou vivo. E a aldeia na qual o encontrarem está fodida.

Alguém concordou.

— O único jeito é a gente se livrar dele depressa e sair de perto. Deixar que outra pessoa se preocupe em como segurá-lo e como não acabar morto ou coisa pior.

Akin saiu do abrigo, encontrou um lugar para se aliviar e outro lugar, uma clareira, onde uma das árvores maiores tinha caído recentemente e onde chovia tão forte que ele pôde se lavar e matar a sede.

Os homens não o impediram, mas um deles o observou. Quando ele voltou ao abrigo, molhado e brilhante, carregando folhas de bananeira selvagem largas e lisas para dormir, todos os homens o observavam.

— Seja lá o que for — disse um deles — isso aí não é tão humano quanto pensávamos. Quem sabe o que pode fazer? Eu ficarei feliz em me livrar disso.

— É exatamente o que sabíamos que era — falou o captor de Akin. — Um bebê híbrido. Aposto que pode fazer muitas outras coisas que nós não vimos.

— Aposto que se fôssemos embora, isso aí iria sobreviver e voltar para casa — disse o homem que havia matado Tino. — E aposto que, se déssemos veneno, não morreria.

Iniciou-se uma discussão a esse respeito enquanto os homens passavam o álcool um para o outro e ouviam a chuva, que parou e recomeçou.

Akin ficou com mais medo deles, mas, depois de um tempo, nem mesmo seu medo conseguiu mantê-lo acordado. Ficou aliviado ao saber que o trocariam com outras pessoas, com Fênix, talvez. Ele poderia encontrar os pais de Tino. Talvez eles também imaginassem que ele se parecia com Tino. Talvez o deixassem morar com eles. Ele queria ficar entre pessoas que não o agarravam por uma perna ou um braço de um jeito doloroso e não o carregavam como se ele não tivesse mais sentimentos do que um galho de árvore morto. Queria estar entre pessoas que falavam com ele e cuidavam dele em vez de pessoas que o ignoravam e se afastavam como se ele fosse um inseto venenoso ou riam dele. Aqueles homens não só o assustavam, eles o faziam se sentir dolorosamente sozinho.

Pouco depois de escurecer, Akin acordou e viu que alguém o segurava enquanto outra pessoa tentava colocar algo em sua boca. Soube imediatamente que os homens tinham bebido álcool demais. Fediam àquilo. E a fala deles estava mais densa e difícil de entender.

De alguma maneira, tinham começado a fazer uma pequena fogueira e, à luz dela, Akin conseguiu ver dois dos homens esparramados no chão, dormindo. Os outros três se ocupavam dele, tentando alimentá-lo com alguns feijões amassados.

Ele soube, sem que sua língua tocasse os feijões amassados, que eram mortais. Não deveriam ser comidos. Amassados como estavam, poderiam incapacitá-lo antes que ele conseguisse se livrar daquilo. E depois com certeza o matariam.

Ele lutou e gritou o melhor que pôde sem abrir a boca. A única esperança, pensou, era despertar os homens adormecidos e deixar que vissem como sua mercadoria de troca estava sendo destruída.

Mas os homens adormecidos continuaram dormindo. Os homens que tentavam alimentá-lo com feijão só riram. Um deles segurou seu nariz e forçou sua boca a abrir.

Desesperado, Akin vomitou sobre a mão intrusa.

O homem deu um salto para trás, xingando. Tropeçou sobre um dos homens adormecidos e caiu na fogueira.

Houve uma terrível confusão de gritos e xingamentos, e o abrigo fedia a vômito, suor e bebida. Os homens lutavam uns com os outros sem saber o que estavam fazendo. Akin escapou um pouco antes de eles derrubarem o abrigo.

Assustado, confuso, tão solitário que se sentia quase doente, Akin fugiu para a floresta. Era melhor tentar voltar para casa. Melhor se arriscar com animais famintos e insetos venenosos do que ficar com aqueles homens que poderiam fazer qualquer coisa, qualquer coisa irracional. Melhor estar completamente sozinho do que solitário entre criaturas perigosas que ele não compreendia.

Mas a solidão era o que o assustava de verdade. Os jacarés e as cobras talvez pudessem ser evitados. A maioria dos insetos que picavam ou mordiam não eram mortais.

Mas ficar sozinho na floresta…

Ele sentia falta de Lilith, de quando ela o segurava, de quando lhe dava seu leite adocicado.

3

Os homens logo perceberam que Akin tinha desaparecido.

Talvez a dor do fogo, os golpes violentos, a queda do abrigo e o banho de chuva repentino os tivessem trazido de volta à realidade. Eles se espalharam para procurá-lo.

Akin era um animal pequeno e assustado, incapaz de se mover depressa ou de coordenar bem seus movimentos. Conseguia ouvi-los e, em alguns momentos, vê-los, mas não conseguia se afastar rápido o suficiente. Nem conseguia fazer tanto silêncio quanto desejava. Felizmente, a chuva ocultava sua falta de jeito.

Ele se deslocou para longe do rio, cada vez mais embrenhado na floresta, na escuridão, onde ele podia enxergar e os Humanos não. Eles irradiavam o calor do corpo, que eles mesmos não conseguiam ver. Akin também o irradiava, e usava isso e a luz do calor das plantas para guiar-se. Pela primeira vez na vida, ele ficou feliz que os Humanos não tivessem essa habilidade.

Eles o encontraram mesmo sem tê-la.

Akin fugiu o mais rápido que pôde. A chuva cessou e havia apenas ruídos de insetos e rãs para esconder suas falhas. Não foram suficientes. Um dos homens o ouviu. Ele viu o homem se virando para olhar. Como estava parcialmente coberto pelas folhas de várias plantas rasteiras, Akin congelou, esperando não ser visto.

— Aqui está ele! — gritou o homem. — Achei!

Akin arrastou-se para trás de uma grande árvore, com a

esperança de que o homem tropeçasse nas lianas pendentes ou esbarrasse em um esteio. Mas do outro lado da árvore havia outro homem cambaleando em direção ao som do grito. Era quase certeza de que ele não vira Akin. Não parecia sequer enxergar a árvore. Tropeçou em Akin, caiu contra a árvore, e então se virou, com os dois braços estendidos, deslizando-os diante de si quase como em movimentos de natação. Akin não foi rápido o suficiente para escapar das mãos que faziam a busca. Foi pego, rudemente apalpado por todo o corpo, depois erguido e carregado.

— Estou com ele — gritou o homem. — Ele está bem. Apenas molhado e com frio.

Akin não estava com frio. A temperatura normal de seu corpo era um pouco mais baixa do que a do homem, por isso sua pele sempre pareceria fria para os Humanos.

Akin repousou apoiado no homem, exausto. Não havia escapatória. Nem mesmo à noite, quando sua habilidade de enxergar lhe dava uma vantagem. Ele não conseguiria fugir de homens adultos que estivessem decididos a detê-lo.

Então, o que poderia fazer? Como poderia se salvar da violência imprevisível deles? Como poderia sobreviver ao menos até que o vendessem?

Ele apoiou a cabeça no ombro do homem e fechou os olhos. Talvez não pudesse se salvar. Talvez não houvesse nada a fazer exceto esperar que o matassem.

O homem que o carregava esfregou as costas dele com a mão livre.

— Coitado do garoto. Tremendo como um condenado. Espero que esses idiotas não tenham deixado você doente. O que nós sabemos sobre cuidar de um garoto doente, ou, diga-se de passagem, de um que seja saudável?

Ele estava apenas murmurando para si mesmo, mas ao menos não estava culpando Akin pelo que acontecera. E não tinha erguido Akin por um braço ou por uma perna. Aquilo era uma mudança agradável. Akin desejou ter coragem para pedir ao homem que não o acariciasse. Ser acariciado nas costas era muito parecido com friccionar olhos que não podiam se fechar para se proteger.

No entanto, o homem queria ser gentil.

Akin o olhou com curiosidade. Ele tinha o cabelo e a barba mais curtos e brilhantes do grupo. Ambos eram cor de cobre e marcantes. Não fora ele que batera em Tino. Estava dormindo quando seus amigos tentaram envenenar Akin. No barco, ficara atrás de Akin, remando, descansando ou tirando água do barco. Tinha prestado pouca atenção em Akin depois de uma curiosidade momentânea. Agora, porém, o carregava confortavelmente, apoiando seu corpo e deixando que ele se segurasse em vez de agarrá-lo e comprimir sua respiração. Ele tinha parado de esfregar e Akin sentiu-se confortável. Ficaria perto daquele homem se ele permitisse. Talvez, com a ajuda daquele homem, sobrevivesse até ser vendido.

4

Akin dormiu o resto da noite com o homem ruivo. Apenas esperou até que ele ajeitasse sua esteira de dormir sob o abrigo recém-construído e se deitasse. Então, engatinhou para a esteira e se deitou a seu lado. O homem levantou a cabeça, fez uma careta para Akin e disse:

— Certo, garoto, contanto que você seja domesticado.

De manhã, enquanto o homem ruivo dividia seu parco café da manhã com Akin, seu primeiro captor vomitou sangue e desabou.

Assustado, Akin observou por trás do homem ruivo. Aquilo *não* deveria acontecer. *Não deveria!* Akin abraçou a si mesmo, trêmulo, ofegante. O homem estava com dor, sangrando, vomitando, e tudo que seus amigos podiam fazer era ajudá-lo a se deitar e virar a cabeça para um dos lados, para que ele não engolisse o sangue outra vez.

Por que não procuravam um ooloi? Como conseguiam simplesmente deixar o amigo sangrando? Ele poderia sangrar demais e morrer. Akin ouviu dizer que Humanos faziam aquilo. Não conseguiam estancar as próprias hemorragias sem ajuda. Akin conseguia fazer isso com o próprio corpo, mas não conseguia ensinar a habilidade a um Humano. Talvez ela não pudesse ser ensinada. E ele não conseguia fazer aquilo por nenhuma outra pessoa, como os ooloi faziam.

Um dos homens foi até o rio e buscou água. Outro ficou ao lado do amigo doente e limpou o sangue, embora o homem continuasse sangrando.

— Meu Deus — disse o homem ruivo —, ele nunca ficou tão mal. — Olhou para baixo, para Akin, e franziu o rosto, depois pegou-o no colo e se afastou em direção ao rio. Encontraram com o homem que fora buscar água e estava voltando com uma cabaça cheia.

— Ele está bem? — perguntou, parando de modo tão repentino que derramou parte da água.

— Está vomitando sangue. Pensei em tirar o garoto de lá.

O outro homem correu, derramando mais água.

O homem ruivo se sentou em uma árvore caída e colocou Akin no chão a seu lado.

— Merda! — resmungou consigo mesmo. Colocou um dos pés no tronco da árvore, dando as costas para Akin.

Akin se sentou, dilacerado, querendo falar, embora não ousasse, quase doente por causa do homem que sangrava. Era *errado* permitir tal sofrimento, *completamente errado* desperdiçar uma vida que era tão incompleta, desequilibrada, que não fora compartilhada.

O homem ruivo o pegou e segurou-o, investigando seu rosto com preocupação.

— Você não está ficando doente também, está? — perguntou. — Por favor, Deus, não.

— Não — murmurou Akin.

O homem olhou para ele, atento.

— Então você sabe falar. Tilden disse que você devia saber umas poucas palavras. Sendo o que é, talvez saiba mais do que umas poucas, não é?

— Sim.

Só mais tarde Akin percebeu que o homem não esperava uma resposta. Seres humanos falavam com árvores e rios, barcos e insetos da maneira como falavam com os bebês. Falavam só por falar, pois acreditavam estar se dirigindo a seres incapazes de compreender. Era irritante e assustador para eles quando algo que deveria ficar calado respondia com inteligência. Tudo isso Akin percebeu depois. Naquele momento ele só conseguia pensar no homem vomitando sangue e talvez morrendo, tão incompleto. E o homem ruivo tinha sido gentil, talvez o ouvisse.

— Ele vai morrer — murmurou Akin, sentindo como se falasse uma blasfêmia vergonhosa.

O homem ruivo colocou-o no chão e olhou para ele com espanto.

— Uma criatura ooloi poderia estancar o sangramento e a dor — disse Akin. — Não ficaria com ele nem o obrigaria a fazer nada. Apenas o curaria.

O homem sacudiu a cabeça e sua boca se abriu.

— O que raios você é?

Não havia mais gentileza nem cordialidade na voz dele. Akin percebeu que cometera um erro. Como repará-lo? Com silêncio? Não, o silêncio seria entendido como teimosia a essa altura, talvez punido como tal.

— *Por que seu amigo deveria morrer?* — perguntou, com toda a convicção apaixonada que sentia.

— Ele tem 65 anos — falou o homem, afastando-se de Akin. — Ao menos está acordado há 65 anos, no total. É um tempo considerável para um ser humano.

— Mas ele está doente, com dor.

— É apenas uma úlcera. Ele já tinha uma antes da guerra. Os vermes a corrigiram, mas, depois de alguns anos, ela voltou.

— Poderia ser corrigida outra vez.

— Acho que ele cortaria a própria garganta antes de deixar uma daquelas criaturas tocá-lo de novo. Se fosse eu, cortaria.

Akin olhou para o homem, tentando compreender a nova expressão de repulsa e ódio nele. Será que ele sentia aquilo em relação a Akin, tanto quanto em relação aos Oankali? Ele estava encarando Akin.

— O que raios você é? — perguntou de novo.

Akin não sabia o que dizer. O homem sabia o que ele era.

— Que idade você tem, de verdade?

— Dezessete meses.

— Merda! Jesus, o que os vermes estão fazendo de nós? Que tipo de mãe você tem?

— Nasci de uma mulher Humana. — Era aquilo que o homem realmente queria saber. Ele não queria ouvir que Akin tivera duas progenitoras femininas assim como teve dois progenitores masculinos. Ele sabia disso, embora provavelmente não compreendesse. Tino tivera uma profunda curiosidade a respeito daquilo, fizera a Akin perguntas que ficara envergonhado demais para fazer a seus novos parceiros. Aquele homem também estava curioso, mas era o tipo de curiosidade que fazia alguns Humanos remexerem em troncos apodrecidos só para se divertirem sentindo nojo do que vivia ali.

— Aquele Fênix era seu pai?

Akin começou a chorar contra a própria vontade. Pensara em Tino muitas vezes, mas não tivera de falar dele. Doía falar dele.

— Como vocês puderam odiá-lo tanto e ainda assim quererem a mim? Ele era Humano como vocês, e eu não sou, mas um de vocês o matou.

— Ele era um traidor da própria espécie. Ele escolheu ser um traidor.

— Ele nunca machucou outros Humanos. Nem mesmo estava tentando machucar alguém quando vocês o mataram. Ele só temia por mim. — Silêncio. — Como a atitude dele pode ser errada, se eu sou tão valioso?

O homem o encarou com aversão profunda.

— Talvez você não seja valioso.

Akin enxugou o rosto e contemplou a própria aversão àquele homem que defendia o assassinato de Tino, que nunca o tinha machucado.

— Eu serei valioso para você — disse ele. — Tudo que preciso fazer é ficar quieto. Então, você pode se livrar de mim. E eu posso me livrar de você.

O homem se levantou e se afastou.

Akin ficou onde estava. Os homens não o abandonariam. Viriam para aquele lado quando fossem descer o rio. Ele estava assustado e infeliz, tremia de raiva. Nunca sentira aquela combinação de emoções intensas. E de onde vieram suas últimas palavras? Elas o fizeram pensar em Lilith quando ela ficava zangada. A raiva dela sempre o assustava e, no entanto, estava ali, dentro dele. O que ele falou era verdadeiro o bastante, mas ele não era Lilith, que era alta e forte. Teria sido melhor se ele não falasse dos próprios sentimentos.

Mesmo assim, havia um pouco de medo na expressão do homem ruivo quando ele foi embora.

— Os seres humanos têm medo da diferença — Lilith lhe dissera uma vez. — Os Oankali anseiam pela diferença. Os Humanos perseguem aqueles que são diferentes, e ainda assim precisam deles para atribuírem a si mesmos uma definição e uma posição. Os Oankali buscam a diferença e a acumulam. Precisam dela para se manterem longe da estagnação e da especialização excessiva. Se você não compreende isso, um dia compreenderá. Provavelmente encontrará as duas tendências vindo à tona em seu próprio comportamento. — E ela tinha colocado a mão no cabelo dele. — Quando você pressentir um conflito, tente agir do jeito oankali. Acolha a diferença.

Akin não tinha entendido, mas ela dissera:

— Tudo bem. Apenas se lembre.

E, óbvio, ele se lembrara de cada palavra. Foi uma das poucas vezes que ela o encorajara a expressar características oankali. Mas agora...

Como ele poderia acolher Humanos que, em sua diferença, não apenas o rejeitavam como o faziam desejar ser forte o suficiente para feri-los?

Ele desceu do tronco e encontrou fungos e frutas caídos para comer. Também havia castanhas, mas ele as ignorou porque não conseguia quebrá-las. Ele podia ouvir os homens conversando de tempos em tempos, embora não entendesse o que diziam. Estava com medo de tentar fugir de novo. Dessa vez, quando o pegassem, poderiam bater nele. Se o ruivo lhes contara que Akin falava e compreendia bem, poderiam querer machucá-lo.

Quando estava saciado, observou várias formigas, cada uma do tamanho do indicador de um homem. Aquelas não eram letais, mas os Humanos achavam sua picada dolorosa e debilitante. Akin estava reunindo coragem para experimentar uma, explorar sua estrutura básica, quando os homens chegaram, o pegaram depressa e, cambaleando e escorregando, desceram a trilha para o rio. Três homens carregavam o barco. Um carregava Akin. Não havia sinal do quinto homem.

Akin foi colocado no quinto assento, no meio do barco, sozinho. Não falaram com ele nem lhe deram atenção especial enquanto jogavam os apetrechos dentro do barco, o empurravam para a água mais profunda e pulavam para dentro.

Os homens remaram sem falar. Lágrimas escorriam pelo rosto de um deles. Lágrimas pelo homem que parecia odiar a todos e que, ao que tudo indicava, morrera porque não quisera pedir ajuda para um ooloi.

O que eles tinham feito com o corpo? Enterrado? Deixaram Akin sozinho por muito tempo, tempo suficiente até para ele fugir, talvez, se tivesse ousado. Estavam partindo muito tarde, apesar de saberem que eram perseguidos. Tiveram tempo de enterrar um corpo.

Agora eles eram perigosos. Eram como lenha em combustão lenta, que poderia ou lançar chamas ou arrefecer aos poucos e se tornar menos mortal. Akin não fez nenhum barulho, mal se mexeu. Ele não deveria atiçar a chama.

5

Dichaan ajudou Ahajas a se sentar e depois se posicionou atrás dela, para que pudesse recostar-se nele se quisesse. Antes, ela nunca quisera. Mas precisava dele por perto, precisava do contato com ele durante esse ato único, o parto de seu filho. Ela precisava de todos os parceiros perto de si, tocando-a, precisava ser capaz de ligar-se ao interior deles e sentir as partes da criança que vieram deles. Conseguiria sobreviver sem esse contato, mas isso não seria bom para ela nem para o bebê. Partos solitários produziam crianças com tendência a se tornarem ooloi. Era cedo demais para constructos ooloi. Uma criança assim seria enviada à nave para crescer entre parentes Lo.

Lilith aceitou aquilo. Participou de todos os partos de Ahajas, assim como Ahajas participou de todos os seus. Naquele momento, ela se ajoelhava ao lado de Dichaan, um pouco atrás de Ahajas. Ela esperou, com falsa paciência, que a criança encontrasse o caminho para sair do corpo de Ahajas. Primeiro, Tino precisara ser transportado para a nave para tratamento. Provavelmente não morreria. Teria sua cura física e emocional depois de um curto período de animação suspensa. No entanto, poderia perder parte da memória.

Então, quando ele partiu e Lilith estava pronta para se juntar às buscas por Akin, o bebê de Ahajas decidira nascer. Era o que acontecia com as crianças, Humanas ou Oankali. Quando seus corpos estavam prontos, elas insistiam em nascer. Onze meses para as nascidas Humanas, em vez dos originais nove. Quinze meses para as nascidas

Oankali, em vez dos originais dezoito. Humanos eram rápidos assim em relação a tudo. Rápidos e potencialmente mortais. Nos dois casos, os partos de constructos precisavam ser mais cuidadosos do que os partos de Humanos ou de Oankali. Progenitores ausentes tinham de ser simulados por cônjuges ooloi. O mundo precisava ser apresentado bem devagar depois que a criança tivesse conhecido seus progenitores. Lilith não podia simplesmente estar presente no parto e depois ir embora. Nikanj fizera tudo que podia para simular Joseph e ao mesmo tempo estar presente para a criança.

Nikanj sentou-se, procurando com seus braços sensoriais o lugar de onde a criança, em algum momento, viria. O jeito humano de Lilith dar à luz era mais simples. Seus bebês vinham de um orifício existente, o mesmo todas as vezes. O parto era doloroso para Lilith, mas Nikanj sempre tirava sua dor. Ahajas não tinha nenhum orifício para o parto. A criança tinha de criar o próprio caminho para fora de seu corpo.

Isso não era doloroso para Ahajas, mas a enfraquecia momentaneamente, fazia com que desejasse se sentar e concentrasse toda a atenção em acompanhar o progresso da criança, ajudando-a caso ela parecesse agoniada. Era obrigação de seus parceiros protegerem-na de interferências e lhe assegurarem que estavam a seu lado, todos parte da criança que era parte dela. Todos interconectados, todos unidos, uma rede familiar na qual cada criança deveria cair. Aquele deveria ser o melhor momento de uma família. Mas com Tino gravemente ferido e Akin raptado, era um momento de sentimentos confusos. Os instantes de união e expectativa eram comprimidos entre momentos de medo por Akin e preocupação de que Tino retornasse sem os reconhecer ou desejar.

Com certeza os assaltantes não queriam machucar Akin. Com certeza...

Mas eles não pertenciam a nenhuma aldeia rebelde. Isso já se sabia. Eram nômades, negociantes quando possuíam mercadorias de troca, assaltantes quando não tinham nada. Será que tentariam ficar com Akin e criá-lo para ser um deles, para usar seus sentidos oankali contra os Oankali? Outros já haviam tentado isso antes, mas nunca com uma criança tão jovem. Nunca tentaram com uma criança do sexo masculino nascida Humana, já que nunca houvera uma antes de Akin. Aquilo era o que mais preocupava Dichaan. Ele era o único progenitor vivo do mesmo sexo de Akin e se sentia inseguro, apreensivo e dolorosamente responsável. Onde, naquela imensa floresta tropical, estaria a criança? Era improvável que ele conseguisse escapar e voltar para casa, como tantos outros antes. Akin apenas não tinha a velocidade ou a força. A essa altura, já devia saber disso, e devia saber também que precisava cooperar com aqueles homens, fazer com que o valorizassem. *Se* ainda estivesse vivo, *devia* saber.

O bebê sairia do lado esquerdo de Ahajas. Ela se deitou sobre o lado direito. Dichaan e Lilith se deslocaram para manter o contato enquanto Nikanj tocava a área em que a carne ondulava devagar. Em pequenas ondas circulares, a carne se recolhia a partir de um ponto central que crescia devagar até exibir um cinza mais escuro, um orifício temporário do qual os tentáculos da cabeça da criança podiam ser vistos, fazendo movimentos morosos. Aqueles tentáculos tinham liberado a substância que dera início ao trabalho de parto. Agora, eram responsáveis pelo modo como a carne de Ahajas ondulava para os lados. Nikanj expôs uma de suas mãos sensoriais, esticou-a até o orifício e tocou levemente os tentáculos da criança.

No mesmo instante, os tentáculos da cabeça agarraram o braço sensorial, uma criatura familiar em meio a tanta estranheza. Ahajas, sentindo e compreendendo o movimento repentino, virou de costas com cuidado. Agora a criança sabia que estava chegando a um lugar de aceitação, de acolhimento. Sem aquele contato suave, seu corpo a teria preparado para viver em um lugar mais hostil, um ambiente menos seguro, porque não continha ooloi entre os progenitores. Em ambientes verdadeiramente perigosos, ooloi eram passíveis de sofrer assassinatos ao tentar lidar com formas de vida novas e hostis. Era por isso que crianças que não tinham entre seus progenitores ooloi que as acolhessem no nascimento tendiam a se tornar ooloi quando amadureciam. Seus corpos pressupunham o pior. Mas para amadurecer no ambiente que supunham ser hostil, elas precisavam desenvolver, desde cedo, resistência e resiliência excepcionais. Aquela criança, no entanto, não precisaria passar por tais mudanças. Nikanj estava com ela. E um dia ela provavelmente seria fêmea, para contrabalançar Akin, caso Akin voltasse a tempo de influenciá-la.

Nikanj pegou o bebê que deslizava com facilidade por seu orifício de nascimento. Ele era cinzento, com um conjunto completo de tentáculos na cabeça, mas apenas alguns tentáculos corporais pequenos. Tinha um rosto assustadoramente humano (olhos, orelhas, nariz, boca) e um orifício sa'ir funcional, cercado por tentáculos pálidos, bem desenvolvidos. Os tentáculos tremulavam um pouco quando a criança respirava. Isso significava que seu narizinho humano devia ser apenas estético.

Tinha todos os dentes, como muitos constructos recém--nascidos. E, diferente dos constructos nascidos Humanos, os usaria imediatamente. Receberia pequenas porções daquilo que todos os demais comiam. E assim que demonstrasse para Nikanj que não tinha a propensão de se envenenar, teria liberdade para comer qualquer coisa que considerasse comestível. Para lambiscar, como diziam os Humanos.

Talvez fosse o que Akin estivesse fazendo naquele momento para se manter vivo, lambiscando ou pastando o que quer que encontrasse. Os rebeldes podiam alimentá-lo ou não. Era suficiente que apenas o deixassem se alimentar na floresta. Entretanto, os Humanos sempre ficavam assustados ao ver uma criança pequena colocando algo estranho na boca. Se os assaltantes fossem Humanos normais e cuidadosos, poderiam matá-lo.

6

O rio se ramificava em vários pontos e os homens não davam sinais de dúvidas sobre qual braço escolher. A viagem parecia infinita. Cinco dias. Dez dias. Doze dias...

Akin não falou nada enquanto avançavam. Ele cometera um erro. Tinha medo de cometer outro. O homem ruivo, cujo nome era Galt, nunca contou a ninguém sobre sua capacidade de fala. Era como se o homem não acreditasse plenamente que tinha ouvido Akin falar. Manteve-se longe de Akin o máximo que pôde, sem jamais falar com ele e sem falar quase nunca sobre ele. Os outros três o moviam de um lado para o outro pelos braços e pernas, o empurravam com os pés ou o carregavam, quando necessário.

Demorou dias para que Akin percebesse que os homens não estavam, na cabeça deles, tratando-o de forma cruel. Não houve mais tentativas alcoolizadas de envená-lo, e ninguém bateu nele. Vez ou outra, eles batiam uns nos outros. Duas vezes, dois deles rolaram na lama, socando e agarrando um ao outro. Mesmo quando não lutavam, se xingavam e o xingavam.

Eles não se lavavam com suficiente frequência e, às vezes, fediam. À noite, conversavam sobre seu camarada morto, Tilden, e sobre outros homens com quem viajaram e realizaram invasões. A maioria deles, ao que parecia, também estava morta. Tantos homens mortos em vão.

Quando a corrente contrária se tornou forte demais, eles ocultaram o barco e começaram a caminhar. Agora o terreno se elevava. Ainda era floresta tropical, mas subia pouco a pouco pelas colinas. Lá, eles esperavam negociar Akin com uma aldeia rebelde abastada chamada Hillmann, onde as pessoas falavam alemão e espanhol. Tilden era o membro do grupo que falava alemão. Segundo alguém, a mãe dele era alemã. Os homens acreditavam que era necessário falar alemão porque a maioria das pessoas da aldeia eram alemãs e era provável que elas tivessem as melhores mercadorias de troca. Ainda assim, apenas Damek, o homem que batera em Tito, falava alguma coisa em alemão. E era só um pouco. Duas pessoas falavam espanhol, Iriarte e Kaliq. Antes da guerra, Iriarte tinha morado em um lugar chamado Chile. O outro, Kaliq, passara anos na Argentina. Ficou decidido que a barganha seria feita em espanhol. Muitos dos alemães falavam a língua de seus vizinhos. Os negociantes fingiriam não conhecer o alemão, e Damek escutaria o que supostamente não deveria ouvir. Pessoas que achavam que não podiam ser compreendidas tendiam a falar demais entre si.

Akin aguardava ansioso para ver e ouvir diferentes tipos de Humanos. Tinha ouvido e aprendido um pouco de espanhol com Tino. E gostara da sonoridade da língua quando Tino convenceu Nikanj a falá-la com ele. Nunca ouvira nada em alemão. Ele gostaria que alguém além Damek o falasse.

Ele evitava Damek o melhor que podia, se lembrando de Tino. Mas a ideia de encontrar todo um povo novo era instigante, quase a ponto de abrandar seu sofrimento e sua decepção por não ser levado a Fênix, onde ele acreditava que teria sido recebido pelos pais de Tino. Para eles, ele não teria fingido ser filho de Tino, mas se a cor da pele e o formato dos olhos os fizessem lembrar de Tino, ele não lamentaria. Talvez os alemães não o quisessem.

Os quatro rebeldes e Akin chegaram a Hillmann atravessando campos de bananeiras, mamoeiros, pés de abacaxi e de milho. Os campos tinham um aspecto bem cuidado e fértil. Para Akin, pareceram mais imponentes do que as hortas de Lilith, pois eram bem maiores e muito mais árvores tinham sido derrubadas. Havia uma grande quantidade de mandioca e fileiras de algo que ainda não brotara. Hillmann deveria ter perdido grande parte da camada superficial com a chuva naquelas fileiras compridas e alinhadas do solo. Por quanto tempo eles conseguiriam lavrar a terra daquele jeito antes de arruiná-la e terem de se mudar? Quanta terra já tinham arruinado?

A aldeia era composta por duas fileiras alinhadas de palafitas de madeira com telhados de palha. Dentro do vilarejo, várias árvores imensas tinham sido preservadas. Akin gostava da aparência do lugar. Havia uma simetria apaziguadora ali.

Mas não havia ninguém.

Akin não conseguia ver ninguém. Pior, ele não conseguia ouvir ninguém. Os Humanos eram barulhentos mesmo quando tentavam não ser. Aqueles Humanos, portanto, deveriam estar falando, trabalhando e cuidando de suas vidas. Em vez disso, não havia nem sinal de som feito por eles. Não estavam escondidos. Simplesmente tinham partido.

Akin contemplava a aldeia nos braços de Iriarte e se perguntava quanto tempo os homens levariam para perceber que algo estava errado.

Iriarte pareceu ser o primeiro a notar. Ele parou e ficou em pé observando o que estava à frente. Olhou de relance para

Akin, cujo rosto estava bem próximo ao seu, e viu que ele tinha se virado em seus braços e também estava com o olhar fixo.

— O que foi? — perguntou, como se esperasse que Akin respondesse. Akin quase o fez, quase se distraiu e falou em voz alta. — Tem alguma coisa doida aqui — disse Iriarte aos outros.

Kaliq imediatamente adotou a posição contrária.

— É um lugar bonito. E ainda parece abastado. Não tem nada de errado com ele.

— Não há ninguém aqui — insistiu Iriarte.

— Por quê? Porque não saíram correndo para nos encontrar? Eles estão em algum lugar por aí, observando.

— Não. Até o garoto percebeu alguma coisa.

— Sim — concordou Galt. — Ele percebeu. Eu estava olhando para ele. Os da espécie dele deveriam enxergar e escutar melhor do que nós. — Ele lançou um olhar de desconfiança para Akin. — Onde a gente se enfiar, você se enfia com a gente, garoto.

— Pelo amor de Deus — disse Damek —, ele é um bebê. Não sabe de nada. Vamos.

Ele deu vários passos à frente antes que os outros começassem a segui-lo. Avançou ainda mais, exibindo seu desprezo pela cautela deles, mas não recebeu nem tiros nem flechadas. Não havia ninguém para atirar contra ele. Akin repousou o queixo no ombro de Iriarte e sentiu os aromas estranhos e suaves, agora todos suaves. Os Humanos tinham partido dali havia vários dias. Havia comida estragando em algumas das casas. Aquele cheiro ficava mais forte à medida que se aproximavam da aldeia. Muitos homens, poucas mulheres, comida estragada e cutias, os pequenos roedores que alguns rebeldes comiam.

E Oankali.

Muitos Oankali tinham estado ali havia vários dias. Será que aquilo estava relacionado com o rapto de Akin? Não. Como poderia? Os Oankali não evacuariam a aldeia por causa dele. Se alguém na aldeia o tivesse ferido, eles certamente encontrariam aquela pessoa, mas não incomodariam mais ninguém. E talvez aquela evacuação tivesse acontecido antes do sequestro.

— Não tem ninguém aqui — declarou Damek. Por fim, ele parou no meio da aldeia, cercado por casas vazias.

— Eu disse isso faz muito tempo — resmungou Iriarte.

— Mas acho que está tudo certo. Antes, o garoto estava nervoso, agora relaxou.

— Coloque-o no chão — sugeriu Galt. — Vamos ver o que ele faz.

— Se ele não está nervoso, talvez nós devêssemos estar.

— Kaliq olhou ao redor, com cautela, e espiou pela fresta da porta aberta de uma casa. — Os Oankali fizeram isso. Devem ter feito.

— Coloque o garoto no chão — repetiu Galt. Ele tinha ignorado Akin durante grande parte de seu cativeiro, e parecera esquecer ou negar a precocidade de Akin. Agora, parecia querer alguma coisa.

Iriarte colocou Akin no chão. Ele teria ficado contente em permanecer em seus braços, mas Galt parecia esperar algo. Melhor dar a ele algo e mantê-lo calado. Akin se virou devagar, inspirou algumas vezes de boca aberta e fez o ar passar por sua língua. Algo incomum, mas que provavelmente não causaria medo ou raiva.

Sangue em uma das direções. Sangue humano antigo, seco, sobre um galho morto. Não. Mostrar aquilo a eles não traria nada de bom.

Uma cutia ali perto. Parecia que a maioria delas tinha desaparecido, levadas pelos moradores ou libertadas na floresta. Aquela continuava na aldeia, comendo frutos secos que tinham caído de uma das árvores remanescentes. Melhor não deixar que os homens a notassem. Poderiam abatê-la. Precisavam de carne. Nos últimos dias, tinham pescado, assado e comido vários peixes, mas falavam demais sobre carne de verdade, bifes, filetes, assados e hambúrgueres...

Um odor fraco de um corante vegetal que os Humanos de Lo usavam para escrever. Escrita. Livros. Talvez as pessoas de Hillmann tivessem deixado algum registro do motivo de sua partida.

Sem falar, os homens seguiram Akin até a casa que tinha o cheiro mais forte daquele corante, a tinta, como Lilith chamava. Ela a usava tanto que o cheiro fez Akin pensar nela e quase chorar de carência.

— Igualzinho um cão de caça — disse Damek. — Não desperdiça um passo.

— Ele come cogumelos, flores e folhas — falou Kaliq, sem nenhuma relação com o assunto. — É um milagre não ter se envenenado.

— O que isso tem a ver? O que ele encontrou? — Iriarte pegou um livro enorme que Akin estava tentando alcançar. O papel, Akin conseguia perceber, era pesado e liso. A capa era de madeira escura e polida.

— Merda — resmungou Iriarte. — Está em alemão. — Ele passou o livro para Damek, que o colocou sobre uma mesinha e virou as páginas devagar.

— *Ananas... Bohnen... Bananen... Mangos...* É só sobre as colheitas. A maior parte eu não consigo ler, mas são... registros. Rendimento da colheita, métodos de cultivo... —

Ele virou várias outras páginas até o fim do livro. — Aqui tem um pouco de espanhol, acho.

Iriarte voltou para olhar.

— É. Diz que... merda. Ai, merda!

Kaliq se aproximou para olhar.

— Não acredito nisso — disse, depois de um instante.

— Alguém foi obrigado a escrever isso!

— Damek — falou Iriarte, gesticulando. — Veja essa porcaria em alemão aqui em cima. Em espanhol diz que eles desistiram. Os Oankali os convidaram outra vez a se juntar às aldeias de permuta e eles votaram por fazer isso. Ter parceiros e filhos Oankali. Eles dizem: "Parte do que somos permanecerá. Parte do que somos irá para as estrelas algum dia. Parece melhor do que nos sentarmos aqui, apodrecendo vivos ou morrendo sem deixar nada. Como poderia ser um pecado as pessoas continuarem?". — Ele olhou para Damek. — Será que diz algo parecido em alemão?

Damek analisou o livro por tanto tempo que Akin se sentou no chão para esperar. Por fim, o homem encarou os outros, com uma ruga na testa.

— Diz quase isso — contou. — Mas tem dois escritores. Um diz: "Vamos nos juntar aos Oankali. Nosso sangue permanecerá". O outro diz que os Oankali devem ser mortos, que se juntar a eles é ir contra Deus. Não tenho certeza, mas acho que um grupo foi se unir aos Oankali e outro foi matar os Oankali. Só Deus sabe o que aconteceu.

— Eles só foram embora — disse Galt. — Abandonaram suas casas, suas colheitas... — Ele começou a olhar pela casa para ver o que mais fora deixado para trás. Mercadorias de troca.

Os outros homens se espalharam pela aldeia para conduzir as próprias buscas. Akin olhou à sua volta para ter certeza de passar despercebido e então saiu para observar a cutia. Ele nunca tinha visto uma de perto antes. Lilith afirmava que elas pareciam um cruzamento de cervos com ratos. Nikanj dissera que agora elas eram maiores do que antes da guerra e estavam mais inclinadas a escolher insetos. Tinham sobrevivido principalmente de frutas e sementes antes, embora mesmo naquela época também pegassem insetos. Era nítido que aquela cutia estava mais interessada em larvas de insetos que infestavam os frutos secos do que nos frutos em si. Suas pernas dianteiras terminavam em patas minúsculas e ela estava sentada sobre as ancas, usando as patas para capturar as larvas brancas. Akin a observou, fascinado. Ela olhou para ele, retesou-se por um instante, então escolheu outro fruto seco. Akin era menor do que ela. Ela não o enxergava como uma ameaça. Ele se inclinou e a observou. Aproximou-se devagar, querendo tocá-la, saber a sensação que o corpo peludo oferecia.

Para seu espanto, o animal deixou que ele o tocasse, que acariciasse seu pelo curto. Ficou surpreso ao descobrir que a sensação não era a mesma de cabelo. Era liso e levemente rígido em uma direção e duro na outra. O animal se afastou e o encarou por um instante. Agarrava entre as patas uma larva comprida, comida pela metade. Um minuto depois, a cutia saltou para o lado com o estrondo de um trovão feito por Humanos. Caiu de lado a alguma distância de Akin e fez movimentos curtos e inúteis de corrida com as patas. Não conseguia se levantar.

Akin logo percebeu que fora Galt que atingira o animal. O homem olhou para Akin e sorriu. Ele compreendeu, então, que o homem matara o animal inofensivo não porque tinha fome de sua carne, mas porque quis magoar e assustar o constructo.

Akin foi até a cutia, viu que ela ainda estava viva, ainda lutava para fugir. Suas patas traseiras não funcionavam, mas as dianteiras davam passos curtos no ar. Havia um buraco aberto em seu flanco.

Ele se curvou até o pescoço do animal e provou-o; então, pela primeira vez, de modo deliberado, injetou nele seu veneno. Alguns segundos depois, a cutia parou de lutar e morreu.

Galt deu alguns passos à frente e cutucou o animal com o pé.

— Ela estava começando a sentir uma dor terrível — disse Akin. — Ajudei-a a morrer. — Ele balançava um pouco, mesmo estando sentado no chão. Tinha experimentado a vida da cutia e sua dor, mas tudo que pôde dar a ela foi a morte. Se não tivesse se aproximado dela, Galt talvez nunca a notasse. Ela poderia ter vivido.

Ele deu um abraço em si mesmo, tremendo e sentindo náuseas.

Galt o cutucou com um pé, e ele caiu. Ergueu-se e encarou o homem, desejando desesperadamente ficar longe dele.

— Por que é que você só fala comigo? — perguntou Galt.

— Primeiro, porque eu queria ajudar Tilden — sussurrou Akin, depressa. Os outros estavam se aproximando. — Agora, porque eu tive que… tive que ajudar você. Você não deveria comer a cutia. O veneno que dei a ela poderia matá-lo.

Akin conseguiu se esquivar do chute maldoso que Galt dirigiu à sua cabeça. Iriarte pegou Akin do chão e o segurou, protegendo-o.

— Seu idiota, você vai matá-lo! — gritou Iriarte.

— Já vai tarde — gritou Galt em resposta. — Merda, tem muita mercadoria de troca aqui. Não precisamos desse híbrido bastardo!

Kaliq tinha chegado e ficou do lado de Iriarte.

— O que você encontrou que podemos trocar por uma mulher? — ele quis saber.

Silêncio.

— O menino para nós é como o ouro era antigamente. — Agora Kaliq falava em um tom de voz brando.

— Na verdade — falou Iriarte —, ele é mais valioso para nós do que você.

— Ele sabe falar! — gritou Galt.

Kaliq deu um passo em direção a ele.

— Cara, não dou a mínima se ele sabe voar! Tem gente que pagaria *qualquer coisa* por ele. Ele parece perfeito, isso é o mais importante.

Iriarte olhou para Akin.

— Bom, eu sempre soube que conseguia nos compreender melhor do que qualquer garoto normal da idade dele. O que ele disse?

Galt puxou os lábios em um sorriso discreto.

— Depois que atirei na cutia, ele a mordeu no pescoço e ela morreu. Ele me disse para não a comer porque ele a envenenou.

— Sério? — Iriarte segurou Akin longe de seu corpo e olhou para ele. — Diga alguma coisa, garoto.

Akin estava com medo de o homem derrubá-lo se ele falasse. Também estava com medo de perder Iriarte como protetor, assim como perdera Galt. Tentou parecer tão assustado quanto se sentia, mas não falou nada.

— Dê o menino para mim — disse Galt. — Vou fazê-lo falar.

— Ele vai falar quando estiver pronto — respondeu Iriarte. — Que inferno, eu tive cinco filhos antes da guerra. Eles falavam o tempo todo, menos quando a gente queria.

— Escute, não estou falando de conversinha de bebê!

— Eu sei. Acredito. Por que você se aborrece tanto com isso?

— Ele fala tão bem quanto você!

— E daí? Melhor do que ser coberto de tentáculos ou de pele cinzenta. Melhor do que não ter olhos nem orelhas ou nariz. Kaliq está certo. O importante é a aparência. Mas você sabe tão bem quanto eu que ele não é Humano, e isso vai transparecer de algum jeito.

— Ele alega ser venenoso — insistiu Galt.

— Pode ser. Os Oankali são.

— Então vá em frente, segure o garoto perto do seu pescoço. Faça isso.

Para a surpresa de Akin, Iriarte fez exatamente isso. Depois, quando estava sozinho com Akin, ele disse:

— Você não precisa falar se não quiser. — Ele passou a mão pelos cabelos de Akin. — Acho que prefiro que você não fale, na verdade. Você parece tanto com um dos meus meninos, que dói.

Akin aceitou aquilo em silêncio.

— Não mate mais nenhuma criatura — disse Iriarte. — Mesmo que esteja sofrendo, deixe-a em paz. Não assuste esses caras. Eles ficam doidos.

7

Na aldeia de Siwatu, as pessoas se pareciam muito com Lilith. Falavam inglês, suaíli e outras línguas dispersas. Examinaram Akin e desejavam muito comprá-lo, mas não queriam mandar uma das mulheres da aldeia embora com os homens estrangeiros. As mulheres pegaram Akin, o alimentaram e o banharam como se ele não conseguisse fazer nada sozinho. Várias delas acreditavam que seus seios poderiam ser levados a produzir leite se elas mantivessem Akin consigo.

Os homens estavam tão fascinados com ele que seus captores ficaram assustados. Numa noite sem luar, eles o pegaram e o sequestraram da aldeia. Akin não queria ir. Ele gostava de ficar com as mulheres, que sabiam como erguê-lo sem machucá-lo e que lhe davam comidas que o interessavam. Gostava do cheiro que tinham e da suavidade de seus seios e de suas vozes, que eram altas e livres de ameaça.

Mas Iriarte o levou embora e ele achou que, se chorasse, o homem poderia ser morto. Com certeza, algumas pessoas seriam mortas. Talvez apenas Galt, que o chutava sempre que estava por perto e Damek, que derrubara Tino. O mais provável é que fossem seus quatro sequestradores e vários homens da aldeia. Ele mesmo talvez morresse. Tinha visto como os homens ficavam insanos quando lutavam. Podiam fazer coisas que mais tarde os espantaria e envergonharia.

Akin deixou-se ser carregado até as canoas dos assaltantes. Agora eles tinham duas, aquela com que começaram e uma nova, leve, encontrada em Hillmann. Akin foi colocado na canoa nova, entre duas pilhas de mercadorias de troca. Iriarte remava atrás de uma das pilhas, e Kaliq atrás da outra. Akin ficou contente por, ao menos, não precisar se preocupar com os pés ou o remo de Galt. E continuou a evitar Damek quando podia, embora o homem demonstrasse cordialidade em relação a ele. Damek agia como se Akin não o tivesse visto golpear e derrubar Tino.

8

Havia Oankali em Vladlengrad. Galt os enxergou sob a chuva em mais um dos braços do rio. Eles estavam longe e, a princípio, nem o próprio Akin os enxergou: seres cinzentos saindo da água cinzenta rumo à sombra das árvores da margem, e tudo isso sob uma chuva forte.

Os homens ignoraram o cansaço para remar com força pelo braço esquerdo da bifurcação do rio, deixando o braço direito rumo a Vladlengrad e os Oankali.

Remaram até ficar completamente exaustos. Por fim, relutantes, arrastaram a si mesmos e a seus barcos para uma área baixa da margem. Esconderam as embarcações, comeram peixe defumado e frutas secas de Siwatu e beberam um vinho adocicado. Akin descobriu que gostava daquilo, mas bebeu pouco. Seu corpo não gostava da desorientação que a bebida causava e teria expelido uma grande quantidade dela. Quando acabou de mastigar a comida que Kaliq lhe deu, sumiu de vista. Enquanto ficou fora, juntou algumas castanhas grandes em uma folha e as levou para Kaliq.

— Já vi estas — Kaliq disse, examinando uma delas. — Acho que são de uma espécie nova, posterior à guerra. Fiquei imaginando se eram comestíveis.

— Eu não comeria — disse Galt. — Não comeria nada que não existia antes da guerra. Não preciso disso.

Kaliq pegou duas castanhas com uma mão e as esmagou. Akin conseguiu ouvir as cascas se partindo. Quando ele abriu a mão, várias castanhas pequenas e redondas rolaram entre os fragmentos de cascas. Kaliq as ofereceu a Akin, que pegou a maior parte delas, agradecido. Comeu-as com um prazer tão evidente que Kaliq riu e comeu uma. Mastigou-a devagar, experimentando-a.

— Tem gosto de... não sei. — Comeu o resto. — É muito boa. Melhor do que qualquer coisa que como há muito tempo. — Ele tratou de quebrar e comer o restante enquanto Akin trazia outra folha cheia para Iriarte. Não havia muitas castanhas boas no chão. A maioria estava infestada por insetos. Ele verificou cada uma com a língua para ter certeza de que estava boa. Quando Damek saiu e pegou as próprias castanhas, quase todas estavam infestadas com larva. Isso o fez encarar Akin com desconfiança e dúvida. Akin o observou sem encará-lo, observou-o sem os olhos, até que ele deu de ombros e jogou as últimas castanhas fora, enojado. Olhou para Akin outra vez e cuspiu no chão.

9

ênix.

Os quatro rebeldes a vinham evitando, diziam, porque sabiam que era a aldeia de origem de Tino. Os Oankali iriam verificá-la primeiro, talvez ficassem ali por mais tempo. Mas Fênix também era a aldeia rebelde mais abastada que conheciam. Enviava pessoas para recuperar metais das colinas, de localidades que existiam antes da guerra, e tinha pessoas que sabiam forjar o metal. Tinha mais mulheres do que qualquer outra aldeia, porque as trocava por metal. Cultivava algodão e produzia roupas macias e confortáveis. Plantava e sangrava não apenas seringueiras, mas também árvores que produziam um tipo de óleo que podia ser queimado nas lamparinas sem ser refinado. E na aldeia havia casas excelentes, espaçosas, uma igreja, um armazém, grandes fazendas...

Segundo os assaltantes, era mais parecida com uma cidadezinha dos tempos anteriores à guerra e menos semelhante a um grupo de pessoas que tinham desistido e cuja única esperança era matar alguns Oankali antes de morrer.

— Quase me estabeleci aqui uma vez — disse Damek quando esconderam as canoas e começaram a caminhada em fila para as colinas e para Fênix. A aldeia ficava a muitos dias de distância de Hillmann, ao sul, em um braço diferente do rio, mas também ficava mais próxima das montanhas do que a maioria das aldeias de permutadores e rebeldes. — Juro — continuou —, eles têm de tudo, menos filhos.

Iriarte, que estava carregando Akin, suspirou baixinho.

— Vão comprar você, *niño* — disse. — E se você não os assustar, vão tratá-lo bem.

Akin se virou nos braços do homem para mostrar que estava ouvindo. Iriarte criara o hábito de falar com ele. Pareceu aceitar o movimento como uma resposta satisfatória.

— Fale com eles — murmurou Iriarte. — Vou dizer a eles que você sabe falar e compreende feito um garoto bem mais velho, e você faça isso. Não é bom fingir ser algo que não é e depois assustá-los com a realidade. Entende?

Akin se mexeu de novo.

— Diga, *niño*, fale comigo. Não quero fazer papel de bobo.

— Entendo — Akin sussurrou no ouvido dele.

Ele segurou Akin longe do corpo por um instante e o contemplou. Por fim, sorriu, mas foi um sorriso estranho. Balançou a cabeça e apertou Akin contra o corpo novamente.

— Você ainda se parece com um dos meus meninos — disse ele. — Não quero abrir mão de você.

Akin o provou. Fez um gesto muito rápido, deliberado, colocando a boca contra o pescoço do homem de um modo que os Humanos chamavam de beijar.

Iriarte sentiria um beijo, nada mais. Isso era bom. Akin pensou que um Humano que sentisse o mesmo que ele talvez se expressasse com um beijo. Sua necessidade era de entender Iriarte melhor e guardar aquela compreensão. Desejava ter coragem para estudar o homem do jeito tranquilo e meticuloso com que estudara Tino. O que ele obteve naquele momento foi uma impressão de Iriarte. Poderia dar a algum ooloi as poucas células que tirou de Iriarte. Mas uma coisa era saber do que o homem era feito e outra era saber como as partes funcionavam juntas, como cada fragmento exercia sua função, comportamento e aparência.

— Melhor você tomar cuidado com esse garoto — gritou Galt, vários passos atrás. — Um beijo dele pode ser o mesmo que o beijo de uma cobra peçonhenta.

— Aquele homem teve três filhos antes da guerra — sussurrou Iriarte. — Ele gostava de você. Você não deveria tê-lo assustado.

Akin sabia disso. Suspirou. Como poderia não assustar as pessoas? Ele nunca vira um bebê Humano. Como poderia se comportar igual a um? Seria mais fácil não assustar pessoas que soubessem de sua capacidade de fala? Deveria ser. Afinal, Tino não ficara com medo. Curioso, desconfiado, surpreso quando uma criança que não tinha aparência humana o tocava, sim, mas não assustado. Nem perigoso.

E o povo de Fênix era o povo dele.

Fênix era maior e mais bonita do que Hillmann. As casas eram grandes e pintadas de branco, azul ou cinza. Tinham as janelas de vidro das quais Tino tinha se vangloriado, janelas que reluziam com o reflexo da luz. Havia campos amplos, celeiros e uma estrutura ornamentada que devia ter sido uma igreja. Tino a descrevera para Akin e tentara explicar para que servia. Akin ainda não entendia, mas conseguiria repetir a explicação de Tino, se precisasse. Poderia até recitar suas orações. Tino as ensinou a ele, achando que era um escândalo ele não ter aprendido antes.

Homens trabalhavam nos campos, plantando algo. Homens saíam de casa para ver os visitantes. Havia um cheiro tênue de Oankali na aldeia. Era de muitos dias atrás, membros da equipe de buscas que vieram, revistaram, esperaram e, enfim, partiram. Nenhum dos membros fazia parte de sua família.

Onde os progenitores dele estavam procurando?

E naquela aldeia, onde estavam as mulheres?

Dentro de casa. Ele conseguia sentir o cheiro delas nas casas, sentia o cheiro da agitação delas.

— Não diga uma palavra até que eu mande — sussurrou Iriarte.

Akin se mexeu para mostrar que tinha escutado, depois se virou nos braços de Iriarte para olhar de frente a casa enorme, sólida e construída sobre estacas baixas em direção à qual estavam caminhando e o homem alto, esguio, que esperava por eles na sombra de seu telhado, em um local que parecia um cômodo parcialmente fechado. As paredes só chegavam à altura da cintura do homem e o telhado era sustentado por colunas redondas separadas por espaços regulares. O cômodo pela metade lembrou Akin de um desenho que ele viu, feito por Cora, uma mulher Humana de Lo: grandes edifícios cujos telhados eram sustentados por colunas enormes, com enfeites floreados.

— Então esse é o garoto — disse o homem alto. Ele sorriu. Tinha uma barba preta rente, bem aparada, e cabelo curto muito escuro. Usava uma camisa branca e bermuda, exibindo parte dos braços e pernas assombrosamente peludos.

Uma mulher loira e pequena saiu da casa e ficou ao lado dele.

— Meu Deus — disse ela —, é uma criança linda. Tem algo de errado com ela?

Iriarte avançou vários passos e colocou Akin nos braços da mulher.

— Ele é lindo — falou em voz baixa. — Mas tem uma língua com a qual você tem de se acostumar, em mais de uma maneira. E é muito, muito inteligente.

— E está à venda — concluiu o homem alto, com os olhos sobre Iriarte. — Venham, cavalheiros. Meu nome é Gabriel Rinaldi. Esta é minha esposa Tate.

Por dentro, a casa era fresca e escura, com um aroma adocicado. Tinha cheiro de ervas e flores. A mulher loira levou Akin para outro cômodo e lhe deu um pedaço de abacaxi, para que comesse enquanto ela servia algumas bebidas para as visitas.

— Espero que você não faça xixi no chão — disse, olhando para ele.

— Não vou — respondeu ele, por impulso. Algo o fazia querer conversar com aquela mulher. Ele tinha desejado falar com as mulheres de Siwatu, mas sentira medo. Nunca ficara sozinho com uma delas. Temia a reação do grupo a seu aspecto não humano.

Por um instante, a mulher o encarou com os olhos arregalados. Então, sorriu apenas com o canto esquerdo da boca.

— Então foi isso que o assaltante quis dizer sobre essa sua língua. — Ela o ergueu e o colocou no balcão para olhá-lo sem se curvar ou agachar. — Qual seu nome?

— Akin. — Ninguém mais havia perguntado o nome dele durante seu cativeiro. Nem mesmo Iriarte.

— Ah-kiin — pronunciou ela. — Está certo?

— Sim.

— Qual a sua idade?

— Dezessete meses. — Akin pensou por um instante. — Não, dezoito agora.

— Muito, muito inteligente — disse Tate, ecoando Iriarte. — Devemos comprar você, Akin?

— Sim, mas...

— Mas?

— Eles querem uma mulher.

Tate riu.

— Óbvio que querem. Talvez encontremos uma para eles. Os homens não são os únicos inquietos para viajar. Mas, Jesus, quatro homens! É melhor ela ter mais uma ou duas inquietações para resolver.

— O quê?

— Nada, pequeno. Por que você quer ser comprado por nós?

Akin hesitou, e por fim, falou:

— Iriarte gosta de mim, e Kaliq também. Mas Galt me detesta porque eu pareço mais Humano do que sou. E Damek matou Tino. — Ele olhou para seus cabelos loiros, sabendo que ela não era nenhuma parente de Tino. Mas talvez ela o conhecesse, gostasse dele. Era difícil conhecê-lo e não gostar dele. — Tino vivia aqui — disse. — O nome completo dele é Augustino Leal. Você o conheceu?

— Ah, sim. — Ela ficou bem quieta, totalmente concentrada em Akin. Se ela fosse Oankali, todos os tentáculos de sua cabeça estariam esticados em direção a ele em um cone de carne viva. — Os pais dele estão aqui. Ele... não poderia ser seu pai. Mas você parece com ele.

— Meu pai Humano está morto. Tino assumiu o lugar dele. Damek o chamou de traidor e o matou.

Ela fechou os olhos e virou o rosto para o outro lado.

— Você tem certeza de que ele morreu?

— Ele estava vivo quando me raptaram, mas os ossos da cabeça dele foram quebrados com o cabo de madeira da arma de Damek. Não tinha ninguém por perto para ajudá--lo. Ele deve ter morrido.

Ela tirou Akin de cima do balcão e o abraçou.

— Você gostava dele, Akin.

— Sim.

— Nós o amávamos. Era o filho que a maioria de nós nunca teve. Mas eu sabia que estava partindo. O que haveria para ele em um lugar como este? Embrulhei comida para a viagem e lhe indiquei a direção de Lo. Ele chegou lá?

— Sim.

Ela sorriu mais uma vez, só com metade da boca.

— Então você é de Lo. Quem é sua mãe?

— Lilith Iyapo. — Akin achou que ela não gostaria de ouvir o longo nome oankali de Lilith.

— Puta que pariu! — sussurrou Tate. — Escute, Akin, não diga esse nome para mais ninguém. Pode não ter mais importância, mas não o diga.

— Por quê?

— Porque tem pessoas aqui que não gostam da sua mãe. Tem pessoas aqui que poderiam machucar você porque não podem machucá-la. Você entende?

Akin olhou para rosto bronzeado de sol da mulher. Ela tinha olhos muito azuis, não como os olhos pálidos de Wray Ordway, mas de uma cor profunda, intensa.

— Não entendo — disse ele —, mas acredito em você.

— Ótimo. Se você fizer isso, vamos comprar você. Eu garanto.

— Em Siwatu, os assaltantes me levaram embora porque estavam com medo de que os homens tentassem me roubar.

— Não se preocupe. Assim que eu deixar você e essa bandeja na sala, vou garantir que não saiam para lugar nenhum até que nosso assunto com eles esteja concluído.

Ela carregou a bandeja com as bebidas e deixou Akin andar de volta até o marido dela e os rebeldes. Depois saiu. Akin subiu no colo de Iriarte. Sabendo que estava prestes a perder o homem, já sentia falta dele.

— Precisamos que nossa médica o examine — Gabriel Rinaldi estava dizendo. Ele fez uma pausa. — Deixe-me ver sua língua, garoto.

Akin abriu a boca, prestativo. Não colocou para fora toda a extensão da língua, mas não fez nada para ocultá-la.

O homem se levantou e a observou por um instante, depois sacudiu a cabeça.

— Horrível. E ele deve ser venenoso. Os constructos geralmente são.

— Eu o vi morder uma cutia e matá-la — acrescentou Galt.

— Mas ele nunca tentou morder nenhum de nós — Iriarte disse com nítida irritação. — Ele sempre fez o que lhe mandaram fazer. Cuidou de suas próprias necessidades fisiológicas. E sabe melhor do que nós o que é comestível e o que não é. Não se preocupe com a mania dele de pegar as coisas e comê-las. Ele tem feito isso desde que o pegamos. Sementes, castanhas, flores, folhas, cogumelos... e nunca ficou doente. Ele não come peixe nem carne. Eu não o forçaria, se fosse você. Os Oankali não comem isso. Talvez o deixem doente.

— O que eu quero saber — disse Rinaldi — é o quanto ele tem de não Humano... mentalmente. Venha cá, garoto.

Akin não queria ir. Mostrar a língua era uma coisa. Colocar-se de propósito em mãos que poderiam não ser nada amistosas era outra. Ele ergueu o olhar para Iriarte, na esperança de que o homem não o deixasse ir. Em vez disso, Iriarte o colocou no chão e lhe deu um impulso em direção a Rinaldi. Relutante, Akin avançou pouco a pouco em direção ao homem.

Rinaldi se levantou, impaciente, e o ergueu nos braços. Sentou-se, deu meia volta em Akin em seu colo, olhando para ele, depois o segurou virado para si.

— Certo, dizem que você sabe falar. Fale.

Akin se virou de novo para olhar para Iriarte. Ele não quis começar a falar em uma sala cheia de homens depois que sua fala já fizera um deles odiá-lo.

Iriarte fez um aceno positivo com a cabeça.

— Fale, *niño*. Faça o que ele diz.

— Diga o seu nome — disse Rinaldi.

Akin se viu sorrindo. Já era a segunda vez que perguntavam seu nome. Aquelas pessoas pareciam se importar com quem ele era, não apenas com *o que* ele era.

— Akin — respondeu, baixinho.

— Ah-kiin? — Rinaldi fez uma careta para ele. — É um nome humano?

— Sim.

— Em que língua?

— Iorubá.

— Ior... o quê? De que país?

— Nigéria.

— Por que você precisaria de um nome nigeriano? Um dos seus progenitores é nigeriano?

— Significa herói. Se você colocar um S nele, significa menino corajoso. Sou o primeiro menino nascido de uma mulher Humana na Terra desde a guerra.

— Foi isso que disseram os vermes que estão procurando por você — concordou Rinaldi. Ele estava fazendo caretas de novo. — Você sabe ler?

— Sim.

— Como conseguiu tempo para aprender a ler?

Akin hesitou.

— Eu não esqueço as coisas — disse, em voz baixa.

Os assaltantes pareceram surpresos.

— Nunca? — perguntou Damek. — Coisa alguma?

Rinaldi apenas assentiu.

— Os Oankali são assim — disse ele. — Eles conseguem despertar essa habilidade em Humanos quando querem, e quando os Humanos concordam em ser úteis para eles. Imaginei que esse era o segredo do menino.

Akin, que tinha considerado mentir, estava contente por não ter feito isso. Sempre achou fácil dizer a verdade e difícil se obrigar a mentir. Entretanto, ele conseguiria mentir de um modo bem convincente se, no meio daqueles homens, a mentira fosse mantê-lo vivo e poupá-lo de dor. Era mais fácil, no entanto, desviar do assunto, como ele fizera com a pergunta sobre seus progenitores.

— Você quer ficar aqui, Akin? — perguntou Rinaldi.

— Se vocês me comprarem, eu fico.

— Devemos comprar você?

— Sim.

— Por quê?

Akin lançou um olhar para Iriarte.

— Eles querem me vender. Se eu devo ser vendido, gostaria de ficar aqui.

— Por quê?

— Vocês não têm medo de mim, e não me odeiam. Eu também não odeio vocês.

Rinaldi riu, Akin ficou satisfeito. Esperava fazer o homem rir. Aprendeu em Lo que se fizesse os Humanos rirem, eles ficariam mais confortáveis diante dele. Mas é claro que, em Lo, ele nunca fora exposto a pessoas que poderiam machucá-lo simplesmente porque ele não era Humano.

Rinaldi perguntou a idade dele, o número de idiomas que falava e a função de sua língua comprida e cinzenta. Akin só omitiu informações sobre a língua.

— Com ela eu sinto cheiros e sabores — disse. — Também posso sentir cheiros com meu nariz, mas a língua me diz mais coisas. — Tudo verdade, mas Akin decidira não contar a ninguém o que mais sua língua podia fazer. A ideia de que ele provaria as células deles, os genes deles, poderia perturbá-los demais.

Uma mulher que chamaram de médica entrou, tirou Akin de Rinaldi e começou a examinar, cutucar e sondar seu corpo. Ela não falou com ele, embora Rinaldi tivesse lhe dito que sabia falar.

— Ele tem umas manchas de textura estranha nas costas, nos braços e no abdomen — disse ela. — Desconfio que elas vão se desenvolver como tentáculos em alguns anos.

— Vão? — Rinaldi perguntou a Akin.

— Não sei — respondeu Akin. — As pessoas nunca sabem como serão depois da metamorfose.

A médica cambaleou para trás, soltando um som sem palavras.

— Eu disse que ele sabia falar, Yori.

Ela sacudiu a cabeça.

— Pensei que você queria dizer... fala de bebê.

— Eu quis dizer como você e eu. Faça perguntas. Ele responde.

— O que você pode me dizer sobre as manchas? — ela perguntou.

— São manchas sensoriais. Consigo ver e sentir sabores com a maioria delas. — E ele conseguia estabelecer ligações sensoriais com qualquer um que tivesse tentáculos ou manchas. Mas não queria falar com Humanos a respeito disso.

— Incomoda você quando tocamos nelas?

— Sim. Estou acostumado com isso, mas ainda me incomoda.

Duas mulheres entraram na sala e chamaram Rinaldi para fora.

Um homem e uma mulher entraram para ver Akin. Eles só ficaram parados olhando-o fixamente e ouvindo enquanto ele respondia às perguntas da médica. Ele adivinhou quem eram antes que, por fim, falassem com ele.

— Você conhece mesmo nosso filho? — a mulher perguntou. Ela era muito pequena. Todas as mulheres que ele vira até então eram quase minúsculas. Pareceriam crianças ao lado da mãe e das irmãs dele. Mesmo assim, eram gentis e sabiam como pegá-lo sem machucar. E não ficaram nem assustadas nem com nojo dele.

— Tino era seu filho? — ele perguntou à mulher.

Ela assentiu, com a boca bem apertada. Rugas finas se acumularam entre os olhos dela.

— É verdade? — perguntou ela. — Eles o mataram?

Akin mordeu os lábios, pego de surpresa pela emoção da mulher.

— Acho que sim. Nada poderia salvá-lo a menos que um Oankali o encontrasse depressa, e nenhum Oankali me ouviu gritando por socorro.

O homem se aproximou de Akin, exibindo uma expressão que o menino nunca tinha visto antes, embora a compreendesse.

— Qual deles o matou? — perguntou o homem. Sua voz era muito baixa, e apenas Akin e as duas mulheres ouviram. A médica, pouco atrás do homem, balançou a cabeça. Os olhos dela pareciam os de seu pai Humano, mais puxados do que redondos. Akin estava esperando a oportunidade de perguntar se ela era chinesa.

Agora, no entanto, os olhos dela estavam enormes de medo. Akin reconhecia o medo quando o via.

— O que morreu — Akin mentiu, falando baixo. — O nome dele era Tilden. Ele tinha uma doença que o fazia sangrar e sentir dor, e odiava todo mundo. Os outros homens a chamavam de úlcera. Um dia, ele vomitou muito sangue e morreu. Acho que os outros o enterraram. Um deles me tirou de lá para que eu não visse.

— Ele está mesmo morto? Tem certeza?

— Sim. Os outros ficaram furiosos, tristes e perigosos por muito tempo depois disso. Tive de tomar muito cuidado.

O homem o encarou por muito tempo, tentando ver o que qualquer Oankali teria descoberto com um toque, o que aquele homem nunca saberia. Aquele homem amara Tino. Como Akin poderia, mesmo sem o alerta da médica, fazê-lo enfrentar, de mãos vazias, um homem com uma arma de fogo, que tinha três amigos com armas de fogo?

O pai de Tino deu as costas para Akin e foi para o outro lado da sala, onde os dois Rinaldi, as duas mulheres que entraram e os quatro assaltantes estavam conversando, gritando, gesticulando. Akin percebeu que eles tinham começado a negociá-lo. O pai de Tino era mais baixo do que a maioria dos homens, mas quando se infiltrou no meio deles, todos pararam de falar. Talvez tenha sido o olhar no rosto do homem que fez Iriarte dedilhar o fuzil a seu lado.

— Algum de vocês se chama Tilden? — o pai de Tino perguntou. A voz dele era calma e suave.

Os assaltantes não responderam de imediato. Então, ironicamente, foi Damek quem respondeu:

— Ele está morto, senhor. Aquela úlcera finalmente o levou.

— O senhor o conhecia? — perguntou Iriarte.

— Gostaria de tê-lo conhecido — disse o pai de Tino. E saiu da casa. Tate Rinaldi examinou Akin, e ninguém mais pareceu prestar atenção nele. A atenção se voltou do pai de Tino para o assunto da negociação. A mãe de Tino alisou o cabelo de Akin e investigou seu rosto por um instante.

— O que meu filho era para você? — perguntou ela.

— Ele substituiu meu pai Humano morto.

Ela fechou os olhos por um momento e lágrimas correram por seu rosto. Por fim, ela deu um beijo na bochecha dele e foi embora.

— Akin — disse a médica, em tom brando —, você falou a verdade a eles?

Akin olhou para ela e decidiu não responder. Desejou não ter dito a verdade a Tate Rinaldi. Ela tinha chamado os pais de Tino. Teria sido melhor não os conhecer até que os assaltantes tivessem partido. Ele precisava se lembrar, tinha de continuar se lembrando de como os Humanos eram perigosos.

— Nunca conte a eles — murmurou Yori. O silêncio dele parecia ter lhe dito o bastante. — Já houve mortes o suficiente. Morremos, morremos, e ninguém nasce. — Colocou as mãos no rosto dele e o encarou; a expressão dela mudou de dor para raiva para dor para algo completamente indecifrável. De repente, ela o abraçou e Akin teve medo de que ela o esmagasse, o arranhasse com as unhas, o empurrasse para longe e o machucasse. Havia tanta emoção contida nela, tanta tensão fatal em seu corpo...

Ela o deixou. Falou por alguns minutos com Rinaldi e depois saiu da casa.

10

A barganha durou a noite toda. As pessoas comiam, bebiam, contavam histórias e tentavam levar vantagem umas sobre as outras na negociação. Tate deu a Akin o que ela chamou de refeição vegetariana decente, e ele não lhe disse que aquilo não era nada decente. Não continha nem de longe a quantidade de proteína que o satisfaria. Ele comeu, depois escapou pela porta dos fundos e complementou a refeição com ervilhas e castanhas da horta. Ele estava comendo essas coisas quando começaram os tiros do lado de dentro.

O primeiro tiro o assustou tanto que ele caiu. Enquanto se levantava, ouviu mais tiros. Ele deu vários passos em direção à casa e então parou. Se entrasse, alguém poderia alvejá-lo, pisar nele ou chutá-lo. Quando o tiroteio parasse, ele entraria. Se Iriarte ou Tate o chamassem, ele entraria.

Houve o barulho de móveis se despedaçando, corpos pesados sendo jogados, pessoas gritando, xingando. Era como se as pessoas lá dentro tivessem a intenção de destruir tanto a casa como a si mesmas.

Outras pessoas correram para dentro e o barulho de luta aumentou, depois parou.

Após vários minutos de silêncio, Akin subiu os degraus e entrou na casa, se deslocando devagar, mas não em silêncio. Fez alguns ruídos deliberadamente, na esperança de que pudesse ser ouvido e visto sem ser confundido com algo perigoso.

Primeiro, ele viu pratos quebrados. O cômodo limpo e bem cuidado onde Tate lhe oferecera abacaxi e conversara com ele agora estava coberto de pratos e móveis quebrados. Ele precisava se mover bem devagar para não cortar os pés. Seu corpo cicatrizava mais depressa do que os corpos dos Humanos, mas achava tão doloroso se ferir quanto eles pareciam achar.

Sangue.

Aquele cheiro estava forte o suficiente para aterrorizá-lo. Alguém devia ter morrido para haver tanto sangue derramado.

Na sala, havia pessoas deitadas no chão e outras cuidando delas. Em um canto, Iriarte estava deitado, sem receber cuidados.

Akin correu em direção ao homem. Alguém o pegou antes que conseguisse alcançar Iriarte e o ergueu, apesar de seus esforços e gritos.

Rinaldi.

Akin berrou, se debateu e mordeu o polegar do homem.

Rinaldi o deixou cair, gritando que tinha sido envenenado (mas não tinha) e Akin cambaleou até Iriarte.

Mas Iriarte estava morto.

Alguém o atingira várias vezes pelo corpo com o que devia ter sido uma machete. Havia cortes abertos, ferimentos horríveis, entranhas espalhadas pelo chão.

Akin gritou de choque, frustração e luto. Quando ele chegava a conhecer um homem, o homem morria. Seu pai Humano estava morto e Akin só o conhecia por meio de Nikanj. Tino estava morto. Agora, Iriarte estava morto. Seus anos de vida foram ceifados, incompletos. Seus filhos Humanos morreram na guerra, seus filhos constructos, criados do material que ooloi coletaram muito tempo antes, jamais o conheceriam, jamais o provariam e se encontrariam nele.

Por quê?

Akin passou os olhos pela sala. Yori e alguns outros estavam fazendo o que podiam pelos feridos, mas a maioria das pessoas estavam com os olhos fixos em Akin ou em Gabriel Rinaldi.

— Ele não foi envenenado! — disse Akin, com aversão.

— São vocês que matam pessoas, não eu!

— Ele está bem? — perguntou Tate. Ela estava ao lado do marido, parecia assustada.

— Sim. — Akin olhou para ela por um instante e depois novamente para Iriarte. Olhou ao redor, viu que Galt também parecia estar morto, com golpes por toda a cabeça e os ombros. Yori estava examinando Damek. Mas que ironia se Damek sobrevivesse enquanto Iriarte morria por um assassinato que Damek cometera.

A morte de Tino *devia* ser o motivo de tudo aquilo.

No chão, perto de Damek, estava o pai de Tino, ferido na coxa esquerda, no braço esquerdo e no ombro direito. A esposa chorava sobre ele, mas ele não estava morto. Um homem usava algo além de água para limpar o sangue de seu ombro ferido. Outro mantinha o pai de Tino deitado.

Havia outros feridos e mortos pela sala. Akin encontrou Kaliq morto atrás de um longo banco de madeira estofado. Ele só tinha um ferimento, ensanguentado, mas pequeno. Era um ferimento no peito, que provavelmente atingira o coração.

Akin se sentou ao lado dele enquanto os outros dentro da casa ajudavam os feridos e carregavam os mortos para fora. Ninguém veio buscar Kaliq enquanto ele esteve sentado ali. Alguém atrás de Akin começou a gritar. Era Damek. Akin tentou não sentir a angústia que chegava a ele automaticamente ao ver um Humano sofrendo. Uma parte de sua mente gritava por ooloi que salvassem aquele Humano insubstituível, aquele homem cujas impressões eram guardadas por alguma criatura ooloi, mas que nenhum Oankali ou constructo conhecia de fato.

Outra parte de sua mente tinha a esperança de que Damek morresse. Que ele sofresse. Que gritasse. Tino não tivera sequer tempo de gritar.

O pai de Tino não gritava. Urrava. Fragmentos de metal eram removidos de sua carne enquanto ele urrava com um pedaço de pano dobrado entre os dentes.

Akin saiu de seu canto para olhar um dos pedaços de metal, um projétil cinza coberto com o sangue do pai de Tino.

Tate veio até ele e o ergueu. Para sua própria surpresa, ele se agarrou a ela. Colocou a cabeça em seu ombro e não quis ser colocado no chão.

— Não me morda — disse ela. — Se quiser ir para o chão, diga. Se me morder, vou atirar você numa parede.

Ele suspirou, sentindo-se solitário até mesmo em seus braços. Ela não era o refúgio de que ele precisava.

— Pode me colocar no chão — falou ele.

Ela o segurou, afastando-o de si, e observando-o.

— Sério?

Surpreso, ele retribuiu o olhar.

— Pensei que você não queria me segurar.

— Se não quisesse, não teria levantado você. Só quero que a gente se entenda. Certo?

— Sim.

E ela o trouxe para perto de si de novo e respondeu às perguntas dele, contou sobre as balas e como elas eram disparadas das armas, como o pai de Tino, Mateo, viera com seus amigos para se vingar dos assaltantes, apesar das armas de fogo que tinham. Não havia armas de fogo em Fênix antes da chegada dos assaltantes.

— Nós votamos por não as termos — ela explicou. — Temos coisas suficientes com as quais machucar uns aos outros. Agora... bem, agora temos nossas quatro primeiras armas. Vou enterrar essas malditas coisas, se tiver oportunidade.

Ela o carregou entre os pratos quebrados e o sentou no balcão. Akin a observou enquanto ela acendia uma lamparina. Dolorosamente, a lamparina o fez lembrar da casa de hóspedes em Lo.

— Quer mais alguma coisa para comer? — perguntou Tate.

— Não.

— Não, o quê?

— Não... o quê?

— A Lilith deveria ter vergonha. "Não, obrigado", bebê. Ou: "Sim, por favor". Entendeu?

— Eu não sabia que rebeldes diziam essas coisas.

— Na minha casa, dizem.

— Você contou ao Mateo quem matou Tino?

— Céus, não. Eu estava com medo de você ter contado a ele. Esqueci de dizer para você guardar segredo.

— Eu disse a ele que o homem que matou Tino estava morto. É verdade que um dos assaltantes morreu. Estava doente. Pensei que, se Mateo acreditasse que foi ele, não iria ferir nenhuma outra pessoa.

Ela assentiu.

— Poderia ter dado certo. Você é mais inteligente do que pensei. E Mateo é mais maluco do que pensei. — Ela suspirou. — Droga, não sei. Nunca tive filhos. Não sei como reagiria se tivesse um e alguém o matasse.

— Você não deveria ter falado nada aos pais de Tino até que os assaltantes tivessem partido — disse Akin, em voz baixa.

Ela o encarou, então desviou o olhar.

— Eu sei. Eu só falei que você conheceu Tino e que ele tinha sido morto. Óbvio que quiseram saber mais, mas eu disse para esperarem até que tivéssemos acomodado você. Que, afinal de contas, você é apenas um bebê. — Ela olhou para ele de novo, com a testa enrugada, sacudindo a cabeça. — Eu me pergunto que diabos você é de verdade.

— Um bebê — respondeu ele. — Um constructo Humano-Oankali. Gostaria de ser algo mais, porque minha parte oankali assusta as pessoas, mas não me ajuda quando tentam me machucar.

— Eu não vou te machucar.

Akin olhou para ela, então em direção à sala, onde Iriarte jazia, morto.

Tate se ocupou ao máximo limpando os pratos e copos quebrados.

11

D amek e Mateo sobreviveram.
Akin evitava os dois e ficava com os Rinaldi. A mãe de Tino, Pilar, queria ficar com ele. Parecia acreditar que tinha direito a ele, uma vez que seu filho estava morto. Mas Akin não queria ficar perto de Mateo, e Tate sabia disso. A própria Tate queria ficar com ele. Também se sentia culpada pelo tiroteio, por sua avaliação equivocada. Akin confiou que ela lutaria por ele. Não queria arriscar fazer de Pilar uma inimiga.

Outras mulheres o alimentavam e o seguravam quando podiam. Ele tentava falar com elas ou, ao menos, ser ouvido falando antes que elas colocassem as mãos nele. Isso fazia com que algumas recuassem. Na maioria das vezes, evitava que falassem com ele como falariam com um bebê Humano. Também evitava que fizessem papel ridículo e depois se ressentissem com ele por causa disso. Forçava-as ou a aceitá-lo como era ou a rejeitá-lo.

E isso foi ideia de Tate.

Ela o lembrava da mãe, embora as duas tivessem aparências opostas. Peles rosada e acastanhada, cabelos loiros e pretos, estaturas baixa e alta, estruturas ósseas pequena e grande. Mas eram parecidas no modo de aceitar as coisas, de se adaptar à estranheza, pensar depressa e transformar as situações a seu favor. E ambas às vezes ficavam perigosamente furiosas e transtornadas sem motivo aparente. Akin sabia que, de vez em quando, Lilith se odiava por colaborar com os Oankali, por ter filhos que não eram cem por cento Humanos. Ela amava seus filhos, mas se sentia culpada por tê-los.

Tate não teve filhos. Não cooperou com os Oankali. Pelo que se culpava? O que a impelia quando, às vezes, seguia para o meio da floresta e ficava lá por horas?

— Não se preocupe com isso — disse Gabe quando ele perguntou. — Você não entenderia.

Akin desconfiava que nem ele mesmo entendia. Pela forma como às vezes observava a esposa, Akin achava que Gabe estava se esforçando para entendê-la, sem sucesso.

Gabe aceitou Akin porque Tate queria que aceitasse. Particularmente, ele não gostava de Akin. "A boca", ele chamava Akin. E, quando pensou que Akin não conseguia escutar, ele disse:

— Que infeliz precisa de um bebê que parece um anão falando?

Akin não sabia o que era um anão. Pensou que deveria ser um tipo de inseto, até que uma das mulheres da aldeia lhe contou que era um Humano com uma disfunção glandular que o fazia permanecer pequeno, mesmo quando adulto. Depois que ele fez essa pergunta, várias pessoas da aldeia nunca mais o chamaram de outra coisa que não fosse anão.

Ele não tinha problemas mais sérios do que esse em Fênix. Mesmo as pessoas que não gostavam dele não eram cruéis. Damek e Mateo se recuperavam longe de sua vista. E ele tentava convencer Tate a ajudá-lo a fugir de volta para casa.

Akin precisava fazer algo. Parecia que ninguém viria procurar por ele. O novo bebê de sua família já devia ter nascido e estaria estabelecendo vínculos com as outras pessoas. Não saberia que tinha um irmão, Akin. Seria um estranho para ele quando finalmente se vissem. Tentou explicar a Tate o que aquilo significaria, como seria completamente errado.

— Não se preocupe com isso — disse Tate. Tinham ido colher pomelos. Tate fora colher as frutas e Akin fora observar, mas ficara perto dela. — A criança é apenas recém-nascida a esta altura — continuou. — Nem mesmo as crianças constructos nascem falando e conhecendo as pessoas. Vocês terão tempo de se conhecer.

— Este é o momento de formar vínculos — disse Akin, se perguntando como ele poderia explicar algo tão pessoal a uma Humana que evitava o contato com os Oankali. — A formação de vínculos acontece logo depois do nascimento e logo depois da metamorfose. Em outras épocas... os vínculos são apenas sombras do que poderiam ser. Algumas vezes as pessoas conseguem formá-los, mas em geral não. Vínculos tardios nunca são o que deveriam ser. Nunca conhecerei minha irmã do modo como deveria.

— Irmã?

Akin desviou o olhar, não queria chorar, mas não foi capaz de impedir algumas lágrimas silenciosas.

— Talvez não seja uma irmã. Mas deveria ser. Seria se eu estivesse lá. — Ele ergueu o olhar para Tate e pensou ter visto compreensão em seu rosto. — Leve-me para casa! — sussurrou, em tom de urgência. — Na verdade, nem eu concluí a formação de meus vínculos. Meu corpo estava aguardando esse novo bebê.

Ela fez uma careta para ele.

— Não entendo.

— Ahajas deixou que eu tocasse o bebê, me deixou ser uma de suas presenças. Deixou que eu o reconhecesse e o conhecesse ainda em gestação, como seu irmão. Seria o bebê da família mais próximo de mim, mais próximo em idade, com quem eu deveria crescer, formar vínculos. Nós... não daremos certo... — Ele refletiu por um instante. — Não seremos completos um sem o outro. — Ergueu para ela os olhos cheios de esperança.

— Eu me lembro de Ahajas — contou Tate, com delicadeza. — Ela era tão grande... Pensei que fosse do sexo masculino. Então, Kahguyaht, ooloi que ficou conosco, me explicou que as fêmeas Oankali são assim. "Com muito espaço interno para os bebês", disse. "E muita força para proteger as crianças, nascidas e ainda não nascidas." Gabe perguntou o que os machos faziam, já que as fêmeas faziam tudo isso. "Buscam vida nova", foi a resposta. "Machos são os que buscam e colhem a vida. O que ooloi e fêmeas *podem* fazer, os machos *precisam* fazer." Gabe achou que aquilo significava que ooloi e fêmeas podiam prescindir dos machos. Kahguyaht disse que não, na verdade significava que, sem os machos, os Oankali um dia desapareceriam como povo. Acho que Gabe nunca acreditou nisso. — Ela suspirou. Estava pensando em voz alta, não estava realmente falando com Akin. Ela se sobressaltou quando ele falou.

— Kahguyaht ooan Nikanj? — perguntou.

— Sim.

Ele fixou o olhar nela por vários segundos.

— Deixe que eu prove você — disse, por fim. Ela poderia consentir ou recusar. Não ficaria com medo, asco ou ameaçadora.

— Como você faria isso? — perguntou Tate.

— Primeiro, me pegue no colo.

Ela se inclinou e o ergueu nos braços.

— Você pode se sentar e me deixar fazer isso sem cansá-la? — pediu Akin. — Sei que, para você, sou pesado.

— Não é tão pesado.

— Isso não vai doer nem nada — disse ele. — As pessoas só sentem quando são ooloi que fazem. E depois gostam.

— Está bem. Vá em frente, faça.

Ele ficou surpreso por ela não ficar com medo de ser envenenada. Ela se recostou contra uma árvore e o segurou enquanto ele provava seu pescoço, a examinava.

— Vampirinho, como de costume — ele a ouviu dizer antes de se perder em seu sabor. Havia nela ecos de Kahguyaht. Nikanj tinha compartilhado com ele a memória de sua ascendência ooloi, o deixara estudar aquela memória em tantos detalhes que Akin sentia como se conhecesse Kahguyaht.

Tate era fascinante, muito diferente de Lilith, diferente de Joseph. Ela era, de certa forma, parecida com Leah e Wray, mas na verdade não era como ninguém que ele já tivesse provado.

Havia algo verdadeiramente estranho nela, alguma coisa errada.

— Você é muito bom — ela disse quando ele retrocedeu e examinou seu rosto. — Você descobriu, não foi?

— Descobri... alguma coisa. Não sei o que é.

— Uma doencinha sórdida que poderia ter me matado anos atrás. Parece que a herdei de minha mãe. Embora, na época da guerra, estivéssemos apenas começando a desconfiar que ela a tinha. Era chamada doença de Huntington. Não sei o que os Oankali fizeram por mim, mas nunca tive nenhum sintoma.

— Como você sabe que é isso?

— Kahguyaht me contou.

Aquilo bastava.

— Era um... gene defeituoso — disse Akin. — Ele me atraiu e tive de examiná-lo. Kahguyaht não quis que ele começasse a atuar. Acho que não vai, mas você deveria estar perto de Kahguyaht, que o acompanharia. Kahguyaht deveria ter substituído esse gene.

— Disse que faria isso se eu tivesse ficado a seu lado. Disse que me acompanharia por algum tempo para ver se o gene tinha alguma interferência real. Eu... não consegui ficar a seu lado.

— Você queria.

— Queria? — Ela o virou em seus braços e depois o colocou no chão.

— Ainda quer.

— Você comeu tudo o que queria por aí?

— Sim.

— Então, me siga. Tenho essas frutas para carregar. — Ela se abaixou e ergueu um enorme cesto de frutos até a cabeça. Quando ficou satisfeita com o modo como estava colocado, se levantou e voltou para a aldeia.

— Tate? — chamou Akin.

— O quê? — Ela não olhou para ele.

— Kahguyaht voltou à nave, sabe. Ainda é Dinso. Terá de voltar à Terra algum dia. Mas não quis viver aqui com os Humanos que poderia ter. Eu nunca tinha descoberto o porquê.

— Ninguém nunca lhe falou sobre nós?

Nós, pensou Akin, eram Tate e Gabe. Ambos conheciam Kahguyaht. E Gabe provavelmente era o motivo de Tate não ficar com Kahguyaht.

— Se Nikanj chamasse, Kahguyaht voltaria — disse ele.

— Você não sabia mesmo a nosso respeito? — insistiu Tate.

— Não. Mas as paredes de Lo não são como as daqui. Não dá para ouvir através delas. As pessoas ficam vedadas do lado de dentro e ninguém sabe o que estão falando.

Ela parou, levou uma das mãos ao alto para equilibrar o cesto, e então baixou o olhar até ele.

— Deus do céu! — disse.

Então ocorreu a Akin que não deveria ter deixado Tate saber que ele ouvia através das paredes de Fênix.

— O que é Lo? — ela quis saber. — É apenas uma aldeia ou...

Akin não sabia o que dizer, não sabia o que ela queria.

— As paredes realmente ficam vedadas? — perguntou ela.

— Sim, menos na casa de hóspedes. Você nunca esteve lá?

— Nunca. Negociantes e assaltantes nos contaram a respeito, mas nunca disseram que era... É o quê? Pelo amor de Deus! Uma nave filhote?

Akin franziu o rosto.

— Poderá ser um dia. Mas há tantas na Terra. Talvez Lo se torne um dos machos dentro de uma daquelas que se tornarão naves.

— Mas... mas um dia Lo deixará a Terra?

Akin sabia a resposta para aquela pergunta, mas percebeu que não deveria dá-la. Ainda assim, ele gostava de Tate e achava difícil mentir para ela. Não falou nada.

— Foi o que pensei — disse ela. — Então, um dia, a população de Lo, ou seus descendentes, irão para o espaço outra vez, procurando outro povo para infectar ou afligir ou seja lá como vocês chamam isso.

— Permutar.

— Ah, é. A maldita permuta genética! E você quer saber por que eu não posso voltar para Kahguyaht.

Ela se afastou, deixando que ele achasse o próprio caminho de volta à aldeia. Ele não fez nenhum esforço para acompanhá-la, pois sabia que seria impossível. O pouco que ela tinha adivinhado a abalara tanto que Tate não se importava que Akin, mesmo sendo tão valioso, fosse deixado sozinho em bosques e hortas, onde poderia ser roubado. Como ela reagiria se ele tivesse lhe contado tudo que sabia? Que não eram apenas os descendentes de Humanos e Oankali que um dia viajariam pelo espaço em novas naves recém-amadurecidas? Também muito da substância da Terra. E o que ficaria para trás seria menos que o cadáver de um mundo. Seria pequeno, frio e tão sem vida quanto a lua. O amadurecimento de Chkahichdahk não deixava nada útil para trás. As naves precisavam ser mundos completos pelo tempo que demorasse para os constructos em cada um amadurecerem como espécies e encontrarem outras espécies parceiras com as quais estabelecer permutas.

A Terra que fora salva finalmente morreria. Mesmo assim, de outra forma, ela continuaria vivendo, como os animais unicelulares continuavam vivendo após se dividirem. Será que aquilo confortaria Tate? Akin tinha medo de descobrir.

Ele estava cansado, mas já tinha quase chegado às casas quando Tate voltou para buscá-lo. Ela já colocara de lado o cesto de frutas. Pegou Akin no colo sem dizer uma palavra e o carregou de volta para a casa dela. Ele caiu no sono em seus braços antes de chegarem.

12

Ninguém veio procurá-lo.

Ninguém o levaria para casa ou o deixaria partir.

Ele se sentiu tão indesejado quanto excessivamente desejado. Se os progenitores dele não podiam vir, devido ao nascimento do bebê, outros deveriam ter vindo. Seus progenitores tinham dado esse tipo de ajuda a outras famílias, a outras aldeias cujas crianças foram raptadas. Pessoas ajudavam umas às outras na busca e resgate de crianças.

No entanto, a presença dele parecia encantar as pessoas de Fênix. Mesmo aquelas que ficavam perturbadas pelo contraste entre seu corpo minúsculo e sua aparente maturidade passaram a gostar de tê-lo por perto. Algumas sempre tinham um pouco de comida preparada para ele. Algumas faziam uma pergunta atrás da outra sobre a vida dele antes de chegar ali. Outras gostavam de segurá-lo ou sentá-lo a seus pés e contar para ele histórias sobre suas vidas antes da guerra. Era o que ele mais gostava. Aprendeu a não as interromper com perguntas. Podia descobrir depois o que eram cangurus, lasers, tigres, chuva ácida e Botsuana. E como ele se lembrava de cada palavra das histórias, podia recordá-las com facilidade e inserir as explicações onde deveriam estar.

Ele não gostava quando as pessoas lhe contavam histórias que obviamente não eram verdadeiras, histórias povoadas por seres chamados bruxas, elfos ou deuses. Mitologia, elas diziam; contos de fadas.

Contou-lhes casos da história dos Oankali: parcerias do passado que contribuíram para o que os Oankali eram ou poderiam se tornar. Tinha ouvido aquelas histórias de seus três progenitores Oankali. Todas absolutamente verdadeiras, ainda que os Humanos não acreditassem em quase nenhuma delas. De qualquer forma, gostavam delas. Amontoavam-se perto dele para escutá-lo. Algumas vezes, largavam o trabalho e iam ouvi-lo. Akin gostava da atenção, tanto que aceitou os contos de fadas e a descrença deles nas suas histórias. Também aceitou a bermuda que Pilar Leal fez para ele. Não gostava da roupa. Tolhia parte de sua percepção e era mais difícil de limpar do que a pele quando se sujava. Mesmo assim, nunca lhe ocorreu pedir a alguém que a lavasse. Quando Tate o viu lavando-a, deu sabão para ele e mostrou como usá-lo. Depois, sorriu, quase alegre, e foi embora.

As pessoas deixavam que ele as observasse produzindo sapatos, roupas e papel. Tate convenceu Gabe a levá-lo às fábricas, uma onde os grãos eram moídos e outra onde móveis, ferramentas e outros utensílios de madeira eram produzidos. Quando Akin chegou, um homem e uma mulher estavam lá fazendo uma canoa.

— Poderíamos fazer uma confecção — Gabe disse a ele. — Mas as rocas de fiar, máquinas de costura e teares movidos a pedais são suficientes. Já produzimos mais do que precisamos, e as pessoas precisam fazer algumas coisas no seu próprio ritmo e com criação própria.

Akin pensou sobre aquilo e decidiu que tinha compreendido. Ele sempre observava as pessoas fiando, tecendo, costurando, fazendo coisas das quais não precisavam, na esperança de poder trocá-las com aldeias que tinham pouco ou nenhum maquinário. Mas não havia urgência. Podiam parar no meio do que estivessem fazendo e ir ouvir suas histórias. Muito do trabalho era feito apenas para que as pessoas se mantivessem ocupadas.

— E quanto ao metal? — perguntou.

Gabe olhou para baixo, encarando-o.

— Você quer ver a ferraria?

— Sim.

Gabe o pegou no colo e caminhou com ele, em largas passadas.

— Eu me pergunto o quanto você entende, de fato — resmungou.

— Normalmente entendo — admitiu Akin. — O que não entendo, eu lembro. Um dia, entendo.

— Meu Deus! Imagino como você será quando crescer.

— Não tão grande quanto você — disse Akin, com certa tristeza.

— Sério? Você sabe isso?

Akin fez um sinal afirmativo com a cabeça.

— Forte, mas não muito grande.

— Mas esperto.

— Seria terrível ser pequeno e tolo.

Gabe riu.

— Acontece — disse. — Mas provavelmente não com você.

Akin o examinou e sorriu. Ainda ficava satisfeito quando conseguia fazer Gabe rir. Parecia que o homem estava começando a aceitá-lo. Fora Tate quem sugerira que Gabe o levasse à colina e lhe mostrasse as fábricas. Quando podia, ela os forçava a ficar juntos, e Akin compreendeu que ela queria que gostassem um do outro.

Mas se gostassem, o que aconteceria quando seu povo enfim viesse buscá-lo? Gabe lutaria? Morreria?

Akin observou o ferreiro fazendo a lâmina de uma machete, aquecendo, golpeando, forjando o metal. Em um canto, havia um caixote de madeira com lâminas de machete. Também havia foices, alfanjes, machados, martelos, serrotes, pregos, ganchos, correntes, arame enrolado, picaretas... No entanto, nada estava bagunçado. Tudo, de ferramentas a produtos, tinha seu lugar.

— Às vezes eu trabalho aqui — disse Gabe. — E ajudei a recuperar grande parte de nossas matérias-primas. — Ele espiou Akin. — Você talvez veja o sítio de recuperação de objetos.

— Nas montanhas?

— Sim.

— Quando?

— Quando as coisas começarem a esquentar por aqui.

Akin levou vários segundos para perceber que ele não estava falando sobre o clima. Ele seria escondido no sítio de recuperação quando seu povo viesse procurá-lo.

— Encontramos artefatos de vidro, plástico, cerâmica e metal. E muito dinheiro. Você sabe o que é dinheiro?

— Sim. Nunca vi nenhum, mas as pessoas me contaram sobre ele.

Gabe alcançou o bolso com a mão livre. Tirou um disco de metal dourado e brilhante e deixou Akin segurá-lo. Era surpreendentemente pesado para aquele tamanho. Em uma das faces havia algo que parecia uma grande letra *t* e as palavras "Ela ressurgiu. Devemos ressurgir". Na outra face, havia a imagem de um pássaro voando sobre fogo. Akin analisou o pássaro, percebendo que era de uma espécie que ele nunca vira antes.

— Moeda de Fênix — explicou Gabe. — É uma fênix

ressurgindo das próprias cinzas. Uma fênix era uma ave mítica. Você entende?

— Uma mentira — disse Akin, sem pensar.

Gabe tirou o disco dele, colocou-o de volta no bolso e pôs Akin no chão.

— Espere — pediu Akin. — Desculpe. Eu chamo os mitos desse jeito na minha cabeça. Não quis dizer isso em voz alta.

Gabe baixou o olhar até ele.

— Se você será pequeno para sempre, deve aprender a ser cuidadoso com essa palavra.

— Mas... eu não falei que você estava mentindo.

— Não. Você disse que meu sonho, o sonho de todos aqui, era uma mentira. Você sequer sabe o que disse.

— Desculpe.

Gabe olhou fixo para ele, suspirou, e pegou-o no colo outra vez.

— Não sei — falou. — Talvez eu deva ficar aliviado.

— Por quê?

— Porque, de certa maneira, você realmente é apenas uma criança.

13

Semanas mais tarde, negociantes chegaram trazendo mais duas crianças raptadas. As duas pareciam ser meninas. Os negociantes não levaram uma mulher, mas tantas ferramentas de metal e tanto ouro quanto conseguiram carregar, além de livros, que eram mais valiosos do que ouro. Dois casais de Fênix trabalhavam juntos, com a ajuda eventual dos outros, para fazer tinta e papel e para imprimir os livros que provavelmente seriam desejados por outras aldeias. Bíblias: usando as memórias de cada aldeia que conseguiram alcançar, pesquisadores de Fênix compuseram a Bíblia mais completa disponível. Também havia manuais práticos, livros de medicina, memórias da Terra antes da guerra, listas de plantas, animais, peixes e insetos comestíveis e seus riscos e benefícios, e propaganda contra os Oankali.

— Não podemos gerar filhos, então fazemos todas essas coisas — Tate explicou a Akin enquanto eles observavam os negociantes barganhando uma nova canoa para carregar seus novos bens. — Agora aqueles caras estão oficialmente ricos. Como se isso valesse de alguma coisa.

— Posso ver as meninas? — perguntou Akin.

— Por que não? Vamos lá.

Ela caminhou devagar e deixou que ele a seguisse até a casa dos Wilton, onde as meninas estavam. Macy e Kolina Wilton foram rápidos em se apossar das duas crianças. Eram metade dos editores de Fênix. Provavelmente teriam de ceder uma delas para outro casal, mas por enquanto eram uma família de quatro pessoas.

As meninas estavam comendo amêndoas torradas e pão de mandioca com mel. Kolina Wilton usava uma colher para lhes servir uma salada de frutas variadas em pequenas tigelas.

— Akin — disse quando o viu. — Ótimo. Essas menininhas não falam inglês. Talvez você consiga falar com elas.

Eram meninas de pele negra clara com longos cabelos negros e olhos escuros. Usavam o que pareciam ser camisas masculinas amarradas com uma corda leve e cortadas para servir nelas. A maior das duas já conseguia libertar os braços do traje improvisado. Tinha alguns tentáculos corporais no pescoço e nos ombros, e confiná-los devia ser um tormento ofuscante e irritante. Agora, todos os seus pequenos tentáculos se voltavam para Akin, enquanto o restante dela parecia se concentrar na comida. A menina menor tinha um aglomerado de tentáculos no pescoço, provavelmente protegendo um orifício respiratório sa'ir. Isso significava que o nariz dela, pequeno e de aparência normal, era apenas ornamental. Também poderia significar que a menina conseguia respirar embaixo d'água. Portanto, era nascida Oankali, apesar de sua aparência humana. Aquilo era incomum. Se ela nascera Oankali, era "ela" apenas por indulgência. Ainda não dava para saber de que sexo seria. Mas aquelas crianças, se por acaso possuíam órgãos sexuais de aparência humana, tendiam a parecer do sexo feminino. As crianças tinham cerca de três e quatro anos.

— Vocês terão de ir às hortas deles e à floresta para encontrar proteína suficiente — Akin explicou a elas. — Eles tentam, mas nunca parecem nos dar o suficiente.

As duas meninas desceram de suas cadeiras e vieram tocá-lo, prová-lo e conhecê-lo. Ele ficou tão completamente concentrado nelas e em conhecê-las que não conseguiu perceber mais nada durante vários minutos.

As crianças eram irmãs – uma nascida Humana e a outra nascida Oankali. A menor era nascida Oankali e tinha a aparência mais andrógina das duas. Provavelmente se tornaria macho em reação às aparentes características de fêmea da irmã. Seu nome, a criança tinha indicado, era Shkaht – Kaalshkaht eka Jaitahsokahldahktohj aj Dinso. Era parente de Akin. As duas eram parentes dele por meio de Nikanj, cuja família era Kaal. Contente, Akin deu a Shkaht a versão humana de seu próprio nome, já que a versão oankali não trazia informações suficientes sobre Nikanj. Akin Iyapo Shing Kaalnikanjlo.

As duas crianças já sabiam que ele tinha nascido Humano e que deveria se tornar macho. Isso o tornou alvo de intensa curiosidade. Ele descobriu que gostava da atenção delas e deixou que o investigassem detalhadamente.

—… não parecem nada com crianças — um dos Humanos estava dizendo. — Ficam em volta uns dos outros como um bando de cachorros. — Quem estava falando? Akin se obrigou a prestar atenção no ambiente outra vez, nos Humanos. Mais três tinham entrado na sala. Quem falava era Neci, uma mulher que sempre o vira como um bem valioso, mas nunca gostara dele.

— Se isso é o pior que fazem, vamos nos dar bem com eles — disse Tate. — Akin, quais são os nomes delas?

— Shkaht e Amma — informou Akin. — Shkaht é a mais nova.

— Que tipo de nome é Shkaht? — disse Gabe. Ele chegara junto com Neci e Pilar.

— Um nome oankali — respondeu Akin.

— Por quê? Por que dar a ela um nome oankali?

— Três dos progenitores dela são Oankali. Três dos meus também. — Ele não contaria que Shkaht nascera Oankali. Nem deixaria que Shkaht contasse. E se descobrissem e só quisessem a criança nascida Humana? Trocariam Shkaht mais tarde ou a devolveriam aos assaltantes? Melhor que continuassem acreditando que Amma e Shkaht haviam nascido Humanas e eram fêmeas de verdade. Ele mesmo deveria pensar nelas desse jeito, para que seus pensamentos não se tornassem palavras e o traíssem. Já alertara as crianças de que elas não deveriam contar essa verdade específica. Ainda não tinham compreendido, mas concordaram.

— Que línguas elas falam? — perguntou Tate.

— Querem saber que línguas vocês falam — disse Akin em oankali.

— Falamos francês e twi — respondeu Amma. — Nosso pai Humano e os irmãos dele vieram da França. Estavam viajando pelo país de nossa mãe quando veio a guerra. Muitas pessoas do país falavam inglês, mas na aldeia natal dela a língua principal era o twi.

— Onde ficava a aldeia dela?

— Em Gana. Nossa mãe vem de Gana.

Akin transmitiu aquilo a Tate.

— África, de novo — disse ela. — A região provavelmente não foi atingida. Eu me pergunto se os Oankali iniciaram assentamentos por lá. Pensei que todas as pessoas em Gana falassem inglês.

— Pergunte a elas de que aldeia de permuta elas vieram — disse Gabe.

— De Kaal — falou Akin sem perguntar. Depois ele se virou para as crianças. — Existe mais de uma aldeia Kaal?

— Existem três — informou Shkaht. — Somos de Kaal-Osei.

— Kaal-Osei — repetiu Akin.

Gabe sacudiu a cabeça.

— Kaal... — Ele olhou para Tate, mas ela também balançou a cabeça.

— Se não falam inglês — disse ela —, ninguém que conhecemos estaria lá.

Ele concordou com um movimento de cabeça.

— Fale com elas, Akin. Descubra quando foram levadas e onde fica a aldeia delas, se é que sabem. Elas conseguem se lembrar das coisas como você se lembra?

— Todos os constructos lembram.

— Ótimo. Elas vão ficar conosco, então comece a lhes ensinar inglês.

— São irmãs. Muito próximas. Precisam ficar juntas.

— Precisam? Veremos.

Akin não gostou daquilo. Ele precisaria avisar Amma e Shkaht para ficarem doentes se fossem separadas. Choro não funcionaria. Os Humanos tinham de ficar com medo, precisavam pensar que perderiam uma ou as duas crianças recém-chegadas. Agora aqueles Humanos tinham o que provavelmente nunca tiveram antes: crianças que eles achavam que poderiam, um dia, ser férteis juntas. Pelo que ouviu a respeito dos rebeldes, Akin não duvidava que alguns deles realmente acreditavam que as crianças poderiam gerar, em breve, novas crianças, treinadas por Humanos, com aparência humana.

— Vamos lá para fora — ele chamou. — Ainda estão com fome?

— Sim — Shkaht e Amma responderam em uníssono.

— Venham. Vou mostrar onde cresce o que há de melhor.

14

No dia seguinte, as três crianças foram acomodadas em mochilas e levadas para as montanhas. Não tiveram permissão para andar. Gabe carregou Akin em cima de um fardo de suprimentos, e Tate caminhou atrás, com ainda mais suprimentos. Amma viajou nas costas de Macy Wilton e discretamente o provou com um de seus pequenos tentáculos corporais. Ela tinha uma língua humana normal, mas cada um de seus tentáculos poderia servi-la tão bem quanto a língua oankali longa e cinzenta de Akin. Os tentáculos do pescoço de Shkaht lhe davam um olfato e um paladar mais apurados do que os de Akin, e ela também podia usar as mãos para sentir sabores. Além disso, ela tinha tentáculos delgados e escuros na cabeça, misturados a seus cabelos. Conseguia ver com eles. Não conseguia ver com os olhos. Aprendeu, no entanto, a dar a impressão de olhar para as pessoas com os olhos, virar e encará-las, mover os tentáculos delgados da cabeça enquanto movia a cabeça, para que os Humanos não ficassem incomodados quando seu cabelo parecia se espalhar para todos os lados. Precisaria ser muito cuidadosa porque os Humanos, por algum motivo, gostavam de cortar os cabelos das pessoas. Cortavam os próprios cabelos e tinham cortado os de Akin. Mesmo em Lo, os homens, em especial, ou cortavam seus cabelos ou tinham alguém para cortá-los. Akin não queria imaginar a sensação de ter tentáculos sensoriais cortados. Nada seria mais doloroso. Nada tinha mais chances de levar um Oankali ou um constructo a ferroar alguém automática e fatalmente.

Os Humanos caminharam o dia todo, parando para descansar e se alimentar apenas ao meio-dia. Não falaram sobre onde estavam indo ou por que, mas caminharam depressa, como se temessem uma perseguição.

Eram um grupo de vinte pessoas, portando, a despeito dos esforços de Tate, as quatro armas de fogo dos captores de Akin. Damek ainda vivia, mas não podia andar. Estava sendo tratado em Fênix. Akin desconfiava que ele não tinha ideia do que estava acontecendo, não sabia que sua arma fora levada, que Akin fora levado. Ele não podia se ressentir ou se queixar por algo que não sabia.

Naquela noite, os Humanos ergueram tendas e fizeram camas de cobertores, galhos ou bambu, qualquer coisa que conseguissem encontrar. Alguns estenderam redes entre as árvores e dormiram fora das tendas, já que não viram sinal de chuva. Akin pediu para dormir do lado de fora com alguém e uma mulher chamada Abira se esticou em sua rede e o puxou para cima. Ela pareceu feliz por ficar com ele, apesar do calor e da umidade. Era uma mulher baixa, muito forte, que carregara uma mochila tão pesada quanto as de homens com quase o dobro do tamanho. Ainda assim, segurou Akin com delicadeza.

— Eu tive três meninos antes da guerra — disse ela em seu inglês de sotaque estranho. Tinha vindo de Israel. Fez um cafuné rápido na cabeça dele, o carinho favorito dela, e dormiu, deixando que ele encontrasse a posição mais confortável.

Amma e Shkaht dormiram juntas em sua própria cama, feita de bambu envolvido por um cobertor. Os Humanos as estimavam, alimentavam e protegiam, mas não gostavam dos tentáculos das meninas, e não admitiriam, voluntariamente, ser tocados pelos pequenos órgãos sensoriais.

Amma só conseguira provar Macy Wilton porque estivera montada em suas costas e porque os tentáculos dela eram capazes de atravessar as roupas que ele colocara entre eles.

Nenhum Humano queria dormir com elas. Naquele mesmo instante, Neci Roybal e seu marido Stancio estavam cochichando sobre a possibilidade de remover os tentáculos enquanto as meninas eram novas.

Chocado, Akin ouviu atentamente.

— Elas vão aprender a se virar sem aquelas coisinhas horríveis se as cortarmos enquanto ainda são pequenas — Neci estava dizendo.

— Não temos os anestésicos apropriados — protestou o homem. — Seria uma crueldade. — Ele era o oposto da esposa: quieto, estável, gentil. As pessoas toleravam Neci por consideração a ele. Akin o evitava a fim de evitar Neci. Mas ela tinha o costume de dizer uma coisa sem parar até que as outras pessoas começassem a repeti-la e a acreditar nela.

— Agora elas não vão sentir muito — disse ela. — São tão novas... E aquelas coisinhas feito vermes são tão pequenas. Agora é o melhor momento para fazer isso.

Stancio não falou nada.

— Elas vão aprender a usar os sentidos humanos — sussurrou Neci. — Vão ver o mundo como o vemos e serão mais parecidas conosco.

— Você quer operá-las? — perguntou Stancio. — Garotinhas. Quase bebês.

— Não fale besteira. Isso pode ser feito. Elas vão cicatrizar. Vão esquecer que um dia tiveram tentáculos.

— Talvez eles cresçam de novo.

— Cortamos de novo!

Houve um longo silêncio.

— Quantas vezes, Neci — o homem finalmente disse.
— Quantas vezes você torturaria crianças? Será que as torturaria se tivessem saído de seu corpo? Vai torturá-las agora porque não saíram?

Nada mais foi dito. Akin achou que Neci chorou um pouco. Ela emitiu alguns sons baixos, sem palavras. Stancio emitiu apenas sons normais de respiração. Depois de algum tempo, Akin percebeu que ele tinha caído no sono.

15

Eles passaram dias caminhando pela floresta, escalando colinas ocupadas pela vegetação. Mas agora estava mais frio e Akin e as meninas precisavam repelir as tentativas humanas de vestirem-nos com roupas mais quentes. Ainda havia muito o que comer e seus corpos se adaptavam com rapidez e facilidade à mudança de temperatura. Akin continuava vestindo a bermuda que Pilar Leal fizera para ele. Não houve tempo para que fossem feitas roupas para as meninas, por isso elas vestiam pedaços de tecido enrolados na cintura e amarrados no alto. Era a única roupa de que elas não se livraram nem perderam de propósito.

Akin começou a dormir com elas na segunda noite da viagem. Elas precisavam aprender inglês e aprendiam rápido. Neci vinha fazendo o que Akin esperara: dizia sem parar, para pessoas diferentes, durantes conversas discretas, intensas, que os tentáculos das meninas deveriam ser removidos agora, enquanto eram novas, para que parecessem mais Humanas, para que aprendessem a depender de seus sentidos humanos e perceber o mundo de maneira humana. As pessoas riam dela pelas costas, mas vez ou outra Akin as ouvia falando sobre os tentáculos, como eram feios, como as meninas teriam uma aparência melhor sem eles...

— Eles vão nos operar? — Amma quis saber quando ele lhes contou aquilo. Todos os tentáculos dela se achataram contra a carne, ficando invisíveis.

— Pode ser que tentem — disse Akin. — Precisamos impedi-los de tentar.

— Como?

Shkaht tocou nele com uma de suas mãozinhas sensoriais.

— Em quais Humanos você confia? — perguntou. Ela era a mais nova das duas, mas conseguira aprender mais.

— A mulher com quem eu moro. Tate. No marido dela, não. Apenas nela. Vou contar a verdade para ela.

— Será que ela pode mesmo fazer algo?

— Talvez sim. Talvez não. Ela... faz algumas coisas estranhas de vez em quando. Ela... O pior que ela pode fazer agora é não fazer nada.

— O que há de errado com ela?

— O que há de errado com todos eles? Você não percebeu?

—... Sim, mas não entendo.

— Na verdade, nem eu. Mas é o jeito que têm para viver. Querem crianças, então nos compraram. Mas ainda não somos filhos ou filhas deles. Eles querem ter filhos e filhas. Crianças. Às vezes, eles nos odeiam porque não podem tê-los. E às vezes nos odeiam porque somos parte dos Oankali e são os Oankali que não os deixam ter filhos.

— Eles poderiam ter dezenas de filhos se parassem de viver sozinhos e se juntassem a nós.

— Eles querem ter filhos do modo como os tinham antes da guerra. Sem os Oankali.

— Por quê?

— É o jeito deles. — Ele se deitou amontoado com elas, de modo que manchas sensoriais encontravam outras manchas sensoriais, para que as meninas pudessem usar seus tentáculos sensoriais e ele pudesse usar sua língua. Quase não tinham consciência de que a conversa deixara de ser vocal. Akin já tinha descoberto que, quando eles se deitavam daquele jeito, os Humanos julgavam que estavam dormindo uns sobre os outros.

— Não haverá mais nenhum deles — ele falou, tentando projetar as sensações de isolamento e medo que acreditava que os Humanos sentiam. — A espécie deles é tudo que conheceram e foram, e agora não serão mais. Tentam nos tornar como eles, mas nós nunca seremos como eles de verdade, e sabem disso.

As meninas tremeram e interromperam o contato por algum tempo, com cuidado. Quando voltaram a tocá-lo, pareciam se comunicar como uma só pessoa.

— Somos eles! E somos os Oankali. Você sabe. Se conseguissem notar, eles saberiam!

— Se conseguissem notar, eles seriam nós. Eles não conseguem e não são. Somos o que há de melhor neles e o que há de melhor nos Oankali. Mas, por nossa causa, eles não vão mais existir.

— Os Oankali Dinso e Toaht não existirão mais.

— Não. Mas os Akjai permanecerão inalterados. Se os constructos Humano-Oankali não derem certo aqui ou com os Toaht, os Akjai permanecerão.

— Só se encontrarem algum outro povo com o qual miscigenar. — Isso nitidamente viera de Amma.

— Os Humanos chegaram ao próprio fim — disse Shkaht. — Eles eram imperfeitos e especializados demais. Se não tivessem passado pela guerra, teriam encontrado outra forma de matarem a si mesmos.

— Talvez — Akin admitiu. — Fui ensinado assim também. E consigo perceber o conflito nos genes deles, uma nova inteligência colocada a serviço de antigas tendências hierárquicas. Mas... eles não precisavam destruir a si mesmos. Certamente não precisam fazer isso outra vez.

— Como poderiam não fazer? — Amma quis saber. Tudo que ela aprendeu, tudo que lhe foi mostrado a partir dos corpos de seus próprios progenitores Humanos dizia-lhe que Akin estava falando bobagem. Ela não tinha ficado entre rebeldes Humanos tempo suficiente para começar a vê-los como um povo verdadeiramente separado. Mesmo assim, ela precisava compreender. Ela seria fêmea. Algum dia, diria aos próprios filhos o que foram os Humanos. E ela não sabia. Ele mesmo só estava começando a aprender.

Ele disse, com intensidade e total certeza:

— Deveria haver Humanos Akjai! Deveria haver Humanos que não mudam ou morrem, Humanos para permanecerem caso as uniões com Dinso e Toaht falhem.

Amma estava se mexendo, de modo desconfortável, contra ele, primeiro tocando-o e depois desfazendo o contato como se para ela fosse doloroso saber o que ele estava dizendo, mas a curiosidade não a deixasse se afastar. Shkaht estava imóvel, presa a ele pelos tentáculos delgados de sua cabeça, tentando absorver o que ele estava dizendo.

— Você está aqui por causa disso — disse em voz alta, mas branda. A voz dela o surpreendeu, embora ele não tenha se mexido. Ela tinha falado em oankali e assim sua comunicação dava a sensação de intensidade e verdade.

Amma fez uma ligação mais profunda com os dois, transmitindo-lhes sua frustração. Ela não entendia.

— Ele está sendo deixado aqui — Shkaht explicou, em silêncio. Sem palavras. Tinha deliberadamente tranquilizado a irmã com a própria calma. — Querem que ele conheça os Humanos — falou ela. — Não queriam enviá-lo a eles, mas já que ele está aqui e não está sendo machucado, querem que ele aprenda para que mais tarde possa ensinar.

— E nós?

— Não sei, podem vir nos buscar sem levá-lo. E não deviam saber onde seríamos vendidas ou mesmo se isso aconteceria. Acho que seremos deixadas aqui até decidirem vir buscá-lo, a menos que estejamos em perigo.

— Agora nós estamos em perigo — Amma vocalizou, sussurrando.

— Não. Akin vai falar com Tate. Se Tate não puder nos ajudar, vamos desaparecer alguma noite dessas.

— Fugir?

— Sim.

— Os Humanos nos pegariam.

— Não. Nós nos deslocaríamos à noite, nos esconderíamos durante o dia, seguindo para o rio mais próximo quando fosse seguro.

— Você consegue respirar embaixo d'água? — Akin perguntou a Amma.

— Ainda não — ela respondeu —, mas nado bem. Sempre ia junto quando Shkaht nadava. Se me meto em apuros, Shkaht ajuda, se liga a mim e respira por mim.

Da mesma forma que o bebê, irmão ou irmã de Akin, teria sido capaz de ajudá-lo. Ele se afastou delas; sua união o lembrava da própria solidão. Ele podia conversar com elas, se comunicar com elas sem usar a voz, mas nunca poderia ter com elas a proximidade especial que tinham entre si. Logo, ele não teria mais idade para isso, se é que já não tinha. E o que estaria acontecendo com o bebê?

— Não acredito que estejam me deixando com os Humanos de propósito — ele disse. — Meus progenitores não fariam isso. Minha mãe Humana viria sozinha se ninguém quisesse vir com ela.

As duas meninas voltaram a fazer contato com ele imediatamente.

— Não! — Shkaht estava dizendo. — Quando rebeldes encontram uma mulher sozinha, ficam com ela. Vimos isso acontecer em uma aldeia onde nossos captores tentaram nos vender.

— O que vocês viram?

— Alguns homens vieram até a aldeia. Moravam lá, mas estavam voltando de uma viagem. Havia uma mulher com eles, com os braços amarrados, e outra corda amarrada ao pescoço. Disseram que a encontraram e que pertencia a eles. Ela gritou com eles, mas ninguém conhecia sua língua. Ficaram com ela.

— Ninguém conseguiria fazer isso com minha mãe — disse Akin. — Ela não deixaria. Ela viaja sozinha sempre que quer.

— Mas como ela encontraria você sozinha? Talvez todas as aldeias rebeldes que ela visitasse tentassem amarrá-la e ficar com ela. Talvez, se não conseguissem, eles a machucariam ou a matariam com armas de fogo.

Talvez matassem. Pareciam fazer coisas assim com muita facilidade. Talvez já tivessem feito.

Alguma comunicação que ele não captou foi transmitida entre Amma e Shkaht.

— Você tem três progenitores Oankali — Shkaht vocalizou, murmurando. — Eles sabem mais sobre os rebeldes do que nós. Não a deixariam ir sozinha, deixariam? Se eles não conseguissem impedi-la, iriam com ela, não é?

—... sim — Akin respondeu, sem ter absolutamente nenhuma certeza. Amma e Shkaht não conheciam Lilith,

182

não sabiam como, às vezes, ela se tornava tão assustadora que todos ficavam longe dela. Então, ela desaparecia por algum tempo. Como saber o que poderia acontecer com ela enquanto perambulava sozinha pela floresta? As garotas o colocaram entre elas. Ele não percebeu, até ser tarde demais, que elas o estavam acalmando com sua própria calma deliberada, tranquilizando-o, colocando a ele e a si mesmas para dormir.

Akin acordou no dia seguinte ainda infeliz, ainda assustado por sua mãe e sozinho por seu irmão ou irmã. Mesmo assim, foi até Tate e pediu que ela o carregasse por um tempo para que pudessem conversar.

Ela o pegou no colo imediatamente e o levou ao pequeno riacho de corrente forte de onde o acampamento pegava água.

— Lave-se — disse ela — e fale comigo aqui. Não quero que as pessoas nos vejam juntos sussurrando.

Ele se lavou e contou a ela sobre os esforços de Neci para fazer os tentáculos de Amma e Shkaht serem removidos.

— Eles cresceriam de novo — falou Akin. — E até crescerem, Shkaht não seria capaz de enxergar nada ou respirar direito. Ela ficaria muito doente. Poderia morrer. Amma provavelmente não morreria, mas ficaria mutilada. Não conseguiria usar por completo nenhum dos seus sentidos. Ela não teria como reconhecer cheiros e sabores que deveriam ser familiares. Seria como se ela os pudesse tocar, mas não pegar, até seus tentáculos crescerem de novo. Eles sempre cresceriam de novo. E sempre seria doloroso para ela quando os removessem, talvez da forma como, para você, seria doloroso ter seus olhos arrancados.

Tate se sentou em um tronco caído, ignorando fungos e insetos.

— Neci é boa em convencer as pessoas — disse.

— Eu sei. Por isso vim até você.

— Gabe me falou algo sobre uma pequena cirurgia nas garotas. Você tem certeza de que foi ideia da Neci?

— Ouvi ela falar sobre isso na primeira noite depois que saímos de Fênix.

— Meu Deus. — Tate suspirou. — E ela não vai desistir. Nunca desiste. Se as meninas fossem mais velhas, eu gostaria de dar a ela uma faca para tentar. — Ela olhou fixo para Akin. — E como nenhuma das duas é ooloi, suponho que isso seria fatal para Neci. Não seria, Akin?

—... Sim.

— E se as garotas estiverem inconscientes?

— Não importaria. Mesmo se elas... mesmo se elas estivessem mortas, mas não mortas há muito tempo, os tentáculos delas ferroariam qualquer um que tentasse cortá-los ou puxá-los.

— Por que você não me disse isso em vez de falar sobre como as meninas ficariam gravemente feridas?

— Não quis assustar você. Não queremos assustar ninguém.

— Não? Bem, às vezes é bom assustar as pessoas. Às vezes o medo é a única coisa que as impede de fazer alguma idiotice.

— Você vai contar a eles?

— De certa forma. Vou lhes contar uma história. Uma vez, Gabe e eu vimos o que aconteceu com um homem que feriu os tentáculos corporais de um Oankali. Foi na nave ainda. Há outras pessoas em Fênix que se lembram, mas nenhuma delas estava conosco. Sua mãe estava conosco na época, Akin, embora eu não tenha a intenção de mencioná-la.

Akin desviou os olhos dela, fixou-os no outro lado do riacho e se perguntou se sua mãe ainda estava viva.

— Ei — chamou Tate. — Qual o problema?

— Você deveria ter me levado para casa — disse ele, com amargura. — Você diz que conhece minha mãe. Deveria ter me levado de volta para ela.

Silêncio.

— Shkaht disse que homens das aldeias rebeldes amarram as mulheres quando as capturam e ficam com elas. Minha mãe deve saber disso, mas ela procuraria por mim de qualquer forma. Ela não deixaria que ficassem com ela, mas eles poderiam atirar nela ou feri-la.

Mais silêncio.

— *Você deveria ter me levado para casa.* — Agora ele chorava abertamente.

— Eu sei — murmurou Tate. — Lamento. Mas não posso levar você para casa. Você significa muito para meu povo. — Ela cruzou os braços na frente do corpo, com os dedos de cada mão curvados em volta de um cotovelo. Criou uma barreira contra ele, como as barreiras de madeira que usava para proteger as portas. Akin se aproximou e colocou as mãos nos braços dela.

— Eles não vão deixar vocês ficarem comigo por muito mais tempo — disse ele. — E mesmo que deixem... mesmo que eu cresça em Fênix e Amma e Shkaht cresçam aqui, vocês ainda precisarão de um ser ooloi. E não há constructos ooloi.

— Você não sabe do que precisaremos!

Isso o surpreendeu. Como ela poderia pensar que ele não sabia? Ela deveria desejar que ele não soubesse, mas era evidente que sabia.

— Eu sei desde que toquei o bebê de quem sou irmão — falou ele. — Não entendia dessa forma na época, mas sabia que éramos dois terços de uma unidade reprodutiva. Sei o que isso significa. Não sei qual é a sensação. Não sei como três adultos se sentem quando se juntam para acasalar. Mas sei que deve haver três, e que um desses três deve ser ooloi. Meu corpo sabe disso.

Ela acreditou nele. O rosto dela indicava que acreditou nele.

— Vamos voltar — disse.

— Você vai me ajudar a voltar para casa?

— Não.

— Mas por quê?

Silêncio.

— Por quê?! — Ele deu golpes inúteis nos braços travados dela.

— Porque... — Ela esperou até ele se lembrar de virar o rosto para enfrentar o olhar dela. — Porque este é meu povo. Lilith fez a escolha dela e eu fiz a minha. Talvez você jamais entenda isso. Você e as meninas são a esperança dessas pessoas, e esperança é algo que elas não têm há tantos anos que nem quero pensar.

— Mas não é real. Não podemos fazer o que eles querem.

— Faça um favor a si mesmo. Não conte a eles.

Nesse momento, ele não precisou se lembrar de encará-la.

— Seu povo virá atrás de você, Akin. Eu sei disso e você também. Gosto de você, mas não sou boa em autoengano. Deixe meu povo ter esperança enquanto pode. Fique quieto. — Ela inspirou fundo. — Você fará isso, não fará?

— Vocês tiraram de mim o bebê de quem sou irmão — disse ele. — Vocês me impediram de ter o que Amma e Shkaht têm, e isso é algo que vocês não entendem e com que sequer se importam. Minha mãe pode morrer porque vocês me mantêm aqui. Você a conhece, mas não se importa. E se não se importa com meu povo, por que eu deveria me preocupar com o seu?

Ela olhou para baixo, depois para a água corrente. Sua expressão o fez se lembrar da expressão da mãe de Tino quando ela perguntou se o filho estava morto.

— Por motivo nenhum — ela disse, por fim. — Se eu fosse você, eu nos odiaria até a morte. — Ela desfez a barreira dos braços e ergueu Akin, colocando-o no colo. — No entanto, somos tudo que você tem, garoto. Não deveria ser assim, mas é.

Ela se levantou com ele, segurando-o mais apertado do que o necessário, e se virou, percebendo que Gabe vinha em direção a eles.

— O que está acontecendo? — perguntou. Mais tarde, Akin pensou que ele parecia um pouco assustado. Parecia inseguro, depois aliviado, mas ainda levemente assustado, como se algo ruim ainda pudesse acontecer.

— Ele tinha umas coisas para me dizer — falou Tate. — E nós temos trabalho a fazer.

— Que trabalho? — Ele pegou Akin dos braços dela enquanto voltavam para o acampamento, e de certo modo o gesto significava algo além de aliviá-la de um fardo. Akin tinha visto essa tensão estranha em Gabe antes, mas não a compreendia.

— Temos de garantir que nossas menininhas não sejam forçadas a matar alguém — disse Tate.

16

O sítio de recuperação, destino do grupo, era uma cidade enterrada.

— Desmantelada e coberta pelos Oankali — Gabe explicou a Akin. — Não queriam que vivêssemos aqui e nos lembrássemos do que éramos antigamente.

Akin olhou para a enorme cratera que a equipe de recuperação abrira ao longo dos anos, escavando a cidade. Ela não fora destruída sem justificativa, como Gabe acreditava. Passara por uma colheita. Uma das cápsulas a tinha consumido. Os pequenos entes-naves se alimentavam onde podiam. Não havia maneira mais rápida de destruir uma cidade do que aterrissar uma cápsula nela e deixá-la se fartar-se de tanto comer. As cápsulas podiam digerir quase qualquer coisa, incluindo o próprio solo. O que as pessoas de Fênix estavam escavando eram os restos. Pelo jeito, havia o suficiente para satisfazer suas necessidades.

— Nem sabemos como este lugar era chamado — disse Gabe, em tom amargo.

Montes de metal, pedra e outros materiais jaziam espalhados por todo lado. A equipe de recuperação estava amarrando algumas coisas com corda de juta para poder carregá-las. No entanto, todos pararam o trabalho quando viram o grupo de recém-chegados. Eles se reuniram, primeiro gritando e cumprimentando as pessoas pelo nome, depois ficando em silêncio ao notar as três crianças.

Homens e mulheres, cobertos de suor e poeira, se aglomeraram em volta para tocar Akin e fazer sons de bebê para ele. Akin não os surpreendeu falando, embora as duas garotas estivessem ensaiando seu inglês recente com a audiência.

Gabe ajoelhou, tirou a mochila e depois ergueu Akin, libertando-o.

— Não faça "gugu dadá" para ele — disse a uma mulher da equipe de recuperação que já estava esticando o braço em direção a Akin. — Ele sabe falar tão bem quanto você, e entende tudo que você diz.

— Ele é lindo! — falou a mulher. — É nosso? É...

— Nós o conseguimos em uma troca. Ele parece mais Humano do que as meninas, mas isso provavelmente não significa nada. É um constructo. Mas não é um mau garoto.

Akin ergueu os olhos para ele, reconhecendo o elogio, o primeiro que recebia do homem, mas Gabe tinha se virado para falar com outra pessoa.

A mulher da equipe de recuperação ergueu Akin e o segurou de modo que pudesse ver o rosto dele.

— Vem cá — disse ela. — Vou mostrar para você um buraco gigante no chão. Por que você não fala como suas amigas? É tímido?

— Acho que não — respondeu Akin.

A mulher o olhou espantada, depois sorriu.

— Certo. Vamos dar uma olhada em uma coisa que provavelmente era um caminhão.

A equipe de recuperação tinha cortado a vegetação densa e selvagem para abrir um buraco e cultivar suas plantações, mas a vegetação nativa estava voltando a crescer. Com enxadas, pás e machetes, as pessoas vinham removendo-a. Agora, conversavam com os Humanos recém-chegados ou se familiarizavam com Amma e Shkaht. Três Humanos seguiram a mulher que carregava Akin, conversando entre si sobre ele e, às vezes, falando com ele.

— Nenhum tentáculo — disse um deles, acariciando o rosto de Akin. — Tão Humano. Tão bonito...

Akin não acreditava que era bonito. Aquelas pessoas gostavam dele apenas porque se parecia com elas. No entanto, ele se sentia confortável com elas. Conversava com elas com facilidade, comia porções de comida que lhe davam, e aceitava seus carinhos, embora não os apreciasse mais do que antes. Os Humanos precisavam tocar as pessoas, mas não conseguiam fazer isso de formas que fossem prazerosas ou úteis. Ele só ficava contente com as mãos dos Humanos, com a proteção deles, quando se sentia sozinho ou assustado.

Passaram por um amplo fosso com as bordas cobertas de relva. No centro, brotava uma corrente de água límpida. Sem dúvida existiam estações úmidas em que todo o leito do rio era preenchido, talvez a ponto de transbordar. As estações úmidas e as secas deviam ser mais pronunciadas ali do que na floresta ao redor de Lo. Lá, chovia com frequência, não importando qual deveria ser a estação. Akin sabia dessas coisas porque tinha ouvido os adultos conversando sobre elas. Aquele rio encolhido não era estranho de ver. Mas, quando foi levado para a extremidade oposta da cratera, ele viu pela primeira vez, entre o verde das colinas, os picos distantes das montanhas, cobertos de neve.

— Espere! — gritou Akin quando a mulher da equipe de recuperação (Sabina era seu nome) estava prestes a levá-lo para a casa na ponta mais distante da cratera. — Espere, deixe eu olhar!

Ela pareceu contente em fazer aquilo.

— Aquelas são vulcânicas — ela disse. — Você sabe o que isso significa?

— Um pedaço quebrado na Terra por onde sobe um líquido quente — respondeu Akin.

— Muito bom! — disse ela. — Aquelas montanhas foram erguidas e formadas pela atividade vulcânica. Uma delas entrou em erupção no ano passado. Não estava perto o suficiente para nos afetar, mas foi empolgante. Ainda libera vapor de vez em quando, embora esteja coberta de neve. Você gostou dela?

— É perigosa — disse ele. — A Terra tremeu?

— Sim. Aqui não tanto, mas deve ter sido bem grave lá. Acho que não há ninguém vivendo lá perto.

— Que bom. Mas gosto de olhar para ela. Gostaria de ir até lá um dia para compreendê-la.

— É mais seguro olhar daqui. — Ela o carregou, passando pela curta fileira de casas onde a equipe de recuperação aparentemente vivia. Ele viu uma moldura de metal retangular achatada, que devia ser o "caminhão" de Sabina. Parecia inútil. Akin não fazia ideia do que os Humanos tinham feito com aquilo no passado, mas agora só poderia ser picado em retalhos metálicos e, no futuro, forjado para fazer outras coisas. Era enorme e provavelmente renderia uma grande quantidade de metal. Akin se perguntou como cápsula comilona deixara aquilo passar.

— Queria saber como os Oankali o esmagaram para ficar tão plano assim — disse outra mulher. — É como se um pé imenso tivesse pisado nele.

Akin não falou nada. Ele aprendeu que as pessoas não queriam de verdade que ele lhes desse informações exceto quando o questionavam diretamente, ou se estivessem tão desesperadas que não importava de onde a informação vinha. E fatos sobre os Oankali tendiam a assustá-las ou irritá-las, independentemente de como os recebessem.

Sabina o colocou no chão e ele observou o metal com mais atenção. Teria provado seu sabor se estivesse sozinho. Em vez disso, seguiu o pessoal de recuperação até uma das casas. Era uma construção sólida, mas simples, sem pintura, com telhado de chapas metálicas. A casa de hóspedes de Lo era um prédio mais interessante.

Mas a casa abrigava um museu.

Havia pilhas de louça, peças de joias, vidro, metal. Havia caixas com vitrines. Atrás das vitrines havia apenas uma tonalidade cinzenta branca e sólida. Havia caixas volumosas de metal com grandes rodas numeradas nas portas. Havia prateleiras, mesas, gavetas, garrafas. Havia cruzes como aquela da moeda de Gabe, cruzes de metal, cada uma delas com um homem de metal pendurado. Cristo na cruz, Akin se lembrou. Também havia imagens de Cristo batendo em uma porta e outras que o mostravam abrindo sua túnica para revelar uma forma vermelha que continha uma tocha. Havia uma imagem de Cristo sentado a uma mesa com um monte de outros homens. Algumas das imagens pareciam se mexer conforme Akin as via de diferentes ângulos.

Tate, que chegara à casa antes dele, pegou uma das imagens que se moviam, uma pequena, com Cristo em pé sobre uma colina falando com pessoas, e a entregou a Akin. Ele a moveu com a mão, de leve, observando o aparente movimento de Cristo, cuja boca abria e fechava e cujo braço subia e descia. A imagem, embora estivesse arranhada, era dura e plana, feita de um material que Akin não compreendia. Ele a provou e a atirou bem longe de si, enojado, nauseado.

— Ei! — gritou uma pessoa do grupo de recuperação.
— Isso é valioso! — O homem recolheu a imagem, lançou um olhar de raiva para Akin e depois para Tate. — Por que raios você tinha de dar uma coisa dessas a um bebê?

Mas tanto Tate como Sabina tinham se aproximado depressa para ver o que havia de errado com Akin.

Akin foi até a porta e cuspiu para fora várias vezes, cuspiu dor pura enquanto seu corpo lutava para lidar com o que ingerira imprudentemente. Quando conseguiu falar e contar o que estava errado, ele tinha a atenção de todos. Não queria, mas tinha.

— Desculpem — pediu ele. — A imagem quebrou?
— O que há de errado com você? — perguntou Tate com uma preocupação inconfundível.
— Agora, nada. Eu me livrei. Se eu fosse mais velho, poderia ter lidado melhor com essa coisa, tornado-a inofensiva.
— A imagem, o plástico, foi prejudicial para você?
— O material de que ela é feita. Plástico?
— Sim.
— É tão vedado e coberto de sujeira que não senti o veneno antes de experimentar. Avise às meninas para não experimentar.
— Não vamos — disseram Amma e Shkaht em uníssono, e Akin deu um pulo. Não sabia quando elas tinham entrado ali.
— Vou mostrar para vocês depois — ele falou em oankali.
Elas assentiram.
— Era… mais veneno compactado em um lugar do que jamais vi. Os Humanos fazem isso de propósito?
— Era assim mesmo — disse Gabe. — Inferno, talvez seja por isso que essa porcaria ainda está aqui. Talvez seja tão venenosa e inútil que nem mesmo micróbios a

comeriam. Não biodegradável, acho que era o termo antes da guerra.

Akin olhou para ele com seriedade. A cápsula não comera o plástico. E a cápsula conseguiria comer qualquer coisa. Talvez o plástico, como o caminhão, tivesse sido simplesmente ignorado. Ou talvez a cápsula o tivesse achado inútil, como Gabe tinha dito.

— Plásticos já matavam as pessoas antes da guerra — falou uma mulher. — Eram usados em móveis, roupas, recipientes, utensílios, quase tudo. Às vezes os venenos se infiltravam na comida ou na água e causavam câncer, às vezes havia incêndios e os plásticos queimavam e asfixiavam as pessoas com gases até a morte. Meu marido da época anterior à guerra era bombeiro. Ele me contava.

— Não me lembro disso — alguém falou.

— Eu lembro — outra pessoa contestou. — Lembro de um incêndio em uma casa do meu bairro em que todos morreram ao tentar escapar por causa do gás venenoso de plástico em chamas.

— Meu Deus! — Sabina. — Deveríamos estar negociando essa porcaria?

— Podemos negociá-la — disse Tate. — Este aqui é o único lugar onde há quantidade suficiente para causar dano verdadeiro. As outras pessoas precisam de coisas como essas, quadros e estátuas de outra época, algo para fazê-las se lembrar de como éramos. Como somos.

— Por que as pessoas usavam tanto disso, se as matava? — perguntou Akin.

— A maioria delas não sabia o quanto era perigoso — disse Gabe. — E algumas, entre as que sabiam, estavam ganhando dinheiro para cacete vendendo essa porcaria para se preocupar com incêndios e contaminações, que poderiam acontecer ou não. — Ele fez um som sem palavras, quase uma risada, embora Akin não conseguisse detectar nenhuma graça naquilo. — É isso que os Humanos também são, não se esqueça. Pessoas que envenenam umas às outras e depois se isentam de qualquer responsabilidade. De certo modo, foi assim que a guerra aconteceu.

— Então... — Akin hesitou. — Então por que vocês não pintam outras imagens e fazem estátuas de madeira ou de metal?

— Para eles não seria a mesma coisa — Shkaht disse em oankali. — Eles precisam mesmo dos objetos antigos. Nosso pai Humano conseguiu uma dessas cruzes com um rebelde andarilho. Ele a usava sempre em um cordão no pescoço.

— Era de plástico? — perguntou Akin.

— De metal. Mas de antes da guerra. Muito antiga. Talvez tenha saído daqui.

— Rebeldes independentes levam nossas coisas para as aldeias de vocês? — Tate perguntou quando Akin traduziu aquilo.

— Alguns deles fazem negócios com a gente — disse Akin. — Alguns ficam por um tempo e geram filhos. E alguns vão apenas para raptar crianças.

Silêncio. Os Humanos voltaram para suas mercadorias, se dividindo em grupos, e começaram a trocar notícias.

Tate mostrou a Akin a casa onde ele iria dormir, uma casa cheia de esteiras e redes, atulhada de pequenos objetos que a equipe de recuperação tinha desenterrado, e diferenciada por um enorme fogão a lenha de ferro fundido que fazia o fogão da cozinha de Tate parecer brinquedo de criança.

— Fique longe disso — disse Tate. — Mesmo quando fizer frio. Crie o hábito de ficar longe disso, está ouvindo?

— Certo. No entanto, eu não tocaria em nada quente sem querer. Afinal, já estou velho demais para me envenenar, então...

— Você acabou de se envenenar!

— Não. Eu fui imprudente, e doeu, mas eu não teria ficado muito doente nem morrido. Foi como quando você bateu o dedão e tropeçou. Não significa que você não sabia andar. Foi apenas imprudente.

— É. Essa pode ser ou não uma boa analogia. De qualquer maneira, fique longe do fogão. Quer comer algo, ou alguém já entupiu você de comida?

— Vou me livrar de parte do que já comi para poder comer mais proteína.

— Quer comer com a gente ou prefere sair e procurar folhas?

— Prefiro sair e procurar folhas.

Por um segundo, ela franziu o rosto para ele e depois começou a rir.

— Vá — disse ela. — E tome cuidado.

17

eci Roybal queria uma das garotas. E não tinha desistido da ideia de remover os tentáculos das duas. Começara aquela campanha de novo entre a equipe de recuperação. Os tentáculos se pareciam mais com lesmas do que com vermes na maior parte do tempo, ela disse. Era criminoso permitir que menininhas sofressem com coisas como aquelas. Meninas que poderiam um dia ser mães de uma nova raça humana deveriam parecer Humanas, deveriam ver feições humanas quando se olhassem no espelho...

— Elas não são Oankali — Akin a ouviu explicar a Abira uma noite. — O que aconteceu com o homem que Tate e Gabe conheciam, aquilo só poderia acontecer com Oankali.

— Neci — disse Abira —, se você chegar perto das crianças com uma faca e elas não acabarem com você, eu acabo.

Outros foram mais receptivos. Um casal da equipe de recuperação, chamados Senn, logo se converteu ao ponto de vista de Neci. Durante a terceira noite no acampamento de recuperação, Akin passou grande do tempo deitado na rede de Abira, ouvindo enquanto, na casa ao lado, Neci, Gilbert e Anne Senn se esforçavam para convencer Yori Shinizu e Sabina Dobrowski. Obviamente, eles esperavam que a pessoa a remover os tentáculos das garotas fosse Yori, a médica.

— Não é apenas a aparência dos tentáculos — Gil falou em sua voz suave. Todos o chamavam de Gil. Ele tinha uma voz suave como a de ooloi. — Sim, eles são feios, mas o importante é o que representam. São alienígenas. Não humanos. Como menininhas podem crescer e se tornar mulheres Humanas quando seus próprios órgãos sensoriais as traem?

— E quanto ao garoto? — perguntou Yori. — Ele tem os mesmos sentidos alienígenas, mas estão localizados na língua. Não poderíamos removê-la.

— Não — disse Anne, com uma voz suave como a do marido. Ela tinha a aparência e a voz tão parecidas com as dele que poderia ser sua irmã, mas Humanos não se casavam com seus irmãos ou irmãs, e aqueles dois estavam casados desde antes da guerra. Tinham vindo de um lugar chamado Suíça e estavam visitando um lugar chamado Quênia quando a guerra estourou. Eles tinham ido observar animais enormes, fabulosos, agora extintos. Em seu tempo livre, Anne pintava quadros dos animais em tecido, papel ou madeira. Girafas, ela chamava, depois leões, elefantes, guepardos... Ela mostrara algumas de suas obras a Akin. E parecia gostar dele. — Não — repetiu ela. — Mas o garoto deve ser ensinado como qualquer criança deveria ser ensinada. É errado deixá-lo colocar as coisas sempre na boca. É errado deixá-lo comer relva e folhas como uma vaca. É errado deixá-lo lamber as pessoas. Tate diz que ele chama isso de "prová-las". É asqueroso.

— Ela permite que ele ceda a qualquer impulso alienígena — disse Neci. — Tate não teve filhos antes. Ouvi dizer que havia alguma doença na família dela, então ela não arriscou ter filhos. Ela não sabe como cuidar de um.

— O menino a ama — disse Yori.

— Porque ela o mima — retrucou Neci. — Mas ele é novo. Pode aprender a amar outras pessoas.

— Você? — perguntou Gil.

— Por que não? Eu tinha duas crianças antes da guerra. Sei como criá-las.

— Também tivemos duas — disse Anne. — Duas menininhas. — Ela riu baixinho. — Shkaht e Amma não se parecem nada com elas, mas eu daria qualquer coisa para tornar uma delas minha filha.

— Com ou sem tentáculos? — questionou Sabina.

— Se Yori topar, quero que sejam removidos.

— Não sei se faria isso — disse Yori. — Não acredito que Tate estivesse mentindo sobre o que viu.

— Mas o que ela viu foi entre um Humano e um Oankali adulto — disse Anne. — Estas são crianças. Quase bebês. E são quase Humanas.

— *Parecem* quase Humanas — acrescentou Sabina. — Não sabemos o que realmente são.

— Crianças — respondeu Anne. — São crianças.

Silêncio.

— Isso deveria ser feito — falou Neci. — Todo mundo sabe que deveria. Ainda não sabemos como fazer, mas, Yori, você deveria descobrir. Deveria estudá-las. Você veio para garantir a saúde delas. Isso não significa que você deveria passar o tempo com as meninas, aprendendo mais sobre elas?

— Isso não ajudaria — disse Yori. — Já sei que são peçonhentas. Talvez eu conseguisse me proteger, talvez não. Mas... é uma cirurgia estética, Neci. Desnecessária. E de qualquer forma, não sou cirurgiã. — Ela deu um suspiro profundo. — Não, não vou fazer isso. Não tinha certeza antes, mas agora tenho. Não vou fazer isso.

Silêncio. Sons de movimentos, alguém caminhando, os passos curtos e leves de Yori. Som de uma porta sendo aberta.

— Boa noite — disse Yori.

Ninguém desejou boa noite a ela.

— Não é tão complicado — falou Neci instantes depois. — Especialmente com Amma. Ela tem poucos tentáculos, oito ou dez, e são muito pequenos. Com luvas de proteção, qualquer um poderia fazer isso.

— Eu não poderia — disse Anne. — Não conseguiria usar uma faca em alguém.

— Eu poderia — falou Gil. — Mas... elas são meninas tão pequenas.

— Tem alguma bebida alcoólica por aqui? — perguntou Neci. — Serve até aquela porcaria imunda de mandioca que os viajantes bebem.

— Aqui também fazemos uísque de milho — disse Gil. — Sempre tem bastante. Até demais.

— Então damos uísque para as meninas e depois fazemos.

— Não sei, não — disse Sabina. — Elas são tão novas. E se ficarem doentes...

— Yori vai cuidar delas se ficarem doentes. Ela vai cuidar delas mesmo que não goste do que fizermos. E será feito, como deveria ser.

— Mas...

— Isso *tem* que ser feito. Precisamos criar crianças Humanas, não alienígenas que nem entendem como nós vemos as coisas.

Silêncio.

— Amanhã, Gil? Isso pode ser feito amanhã?

— Eu... não sei...

— Podemos recolher as crianças quando estiverem lá fora comendo plantas. Durante algum tempo, ninguém vai perceber que elas sumiram. Sabina, você pega a bebida, não pega?

— Eu...

— Existe alguma faca afiada por aqui? Isso precisa ser feito de maneira rápida e limpa. E precisamos de tecidos limpos para as ataduras, luvas para todos nós, só por precaução, e aquele antisséptico que a Yori tem. Vou pegar. Provavelmente não haverá nenhuma infecção, mas não vamos arriscar. — Ela parou de forma brusca e depois, com dureza, disse uma palavra: — Amanhã!

Silêncio.

Akin se levantou e, com esforço, conseguiu sair da rede. Abira acordou, mas só resmungou algo e voltou a dormir. Akin seguiu em direção ao quarto vizinho, onde Amma e Shkaht dividiam uma rede. Elas o encontraram ao saírem da rede. Os três fizeram contato instantâneo e falaram sem emitir som.

— Precisamos ir — disse Shkaht, com tristeza.

— Não precisam — argumentou Akin. — Eles são só alguns, e não tão fortes. Temos Tate, Gabe, Yori, Abira, Macy e Kolina. Eles vão nos ajudar!

— Eles vão nos ajudar amanhã. Neci esperaria, recrutaria outros e tentaria outra vez depois de algum tempo.

— Tate poderia falar com os membros da equipe de recuperação, assim como falou com os outros no caminho até aqui em cima. As pessoas acreditam no que ela fala.

— Neci não acreditou.

— Acreditou, sim. Ela simplesmente quer fazer tudo do jeito dela, mesmo se o jeito dela for errado. E não é muito esperta. Ela me viu provando metal, carne e madeira, mas acha que luvas vão proteger as mãos dela de serem provadas ou ferroadas quando ela operar vocês.

— Luvas de plástico?

Surpreso, Akin pensou por um instante.

— Talvez tenham luvas feitas de algum tipo de plástico. Nunca vi plástico tão maleável, mas poderia existir. Porém, uma vez que você compreende o plástico, ele não pode lhe fazer mal.

— Neci provavelmente não entende isso. Você disse que ela não é esperta. Isso a torna mais perigosa. Talvez, se outras pessoas a impedirem de nos operar amanhã, ela fique com mais raiva. Vai querer nos machucar só para provar que consegue.

Depois de um tempo, Akin concordou.

— Ela faria isso.

— Precisamos ir.

— Quero ir com vocês!

Silêncio.

Assustado, Akin fez uma conexão mais profunda com elas.

— Não me deixem aqui sozinho!

Silêncio outra vez. Com delicadeza, elas o seguraram entre si e o colocaram para dormir. Ele compreendeu o que elas estavam fazendo e resistiu, no início, furioso, mas elas estavam certas. Tinham chance sem ele. Eram mais fortes, maiores, e poderiam se deslocar mais depressa e por uma distância maior sem descansar. A comunicação entre elas era mais rápida e mais precisa. Podiam agir quase como se compartilhassem o mesmo sistema nervoso. Apenas duplas de irmãos e irmãs e parceiros adultos conheciam uns aos outros tão bem. Akin iria atrasá-las, talvez as fizesse serem recapturadas. Ele sabia disso, e elas podiam sentir seus sentimentos conflituosos. Elas sabiam que ele sabia. Assim, não havia necessidade de discutir. Ele deveria apenas aceitar a realidade.

Finalmente a aceitou e permitiu que o colocassem em sono profundo.

18

Ele dormiu nu no chão até Tate encontrá-lo na manhã seguinte. Ela o acordou erguendo-o e ficou surpresa quando ele a agarrou pelo pescoço e não a soltou. Não chorou nem falou nada. Provou-a, mas não a analisou. Depois ele percebeu que na realidade tinha tentado se tornar ela, se unir a ela como faria com o irmão ou irmã mais próximo. Aquilo não era possível. Ele estava buscando uma união que os Humanos lhe haviam negado. Para Akin, era como se o que ele precisava estivesse um pouco além de seu alcance, um pouco além da travessia final que ele não conseguia fazer, tanto com sua mãe como com todas as pessoas. Ele podia saber o bastante e não mais; sentir o bastante e não mais; acompanhar de perto e não se aproximar mais.

Desesperado, ele aceitava o que podia ter. Ela não podia confortá-lo ou mesmo saber o quão profunda era sua percepção sobre ela. Mas podia, simplesmente por permitir esse apego, desviar a atenção dele de si mesmo, de sua própria aflição.

Exceto por seu legítimo espasmo de surpresa, Tate não tentou se desprender dele. Ele não soube o que ela fez. Todos os sentidos dele estavam voltados para os mundos no interior das células do corpo dela. Akin não soube por quanto tempo ficou imobilizado por ela, sem pensar, sem saber ou se importar com o que Tate fazia, contanto que ela não o incomodasse.

Quando ele enfim se afastou, descobriu que ela estava sentada em uma esteira no chão, descansando o braço nos joelhos. Então, enquanto ele se endireitava e se reorientava, ela pegou o queixo dele entre os dedos e virou seu rosto para si.

— Você está bem? — ela perguntou.

— Sim.

— O que foi isso?

Por um instante ele não falou nada, apenas percorreu o quarto com os olhos.

— Todos estão tomando café da manhã — disse ela.

— Recebi meu sermão regularmente programado sobre o quanto mimo você, e um extra de despedida. Agora, por que não me conta exatamente o que aconteceu?

Ela o colocou no chão a seu lado e lhe lançou um olhar fixo de cima, esperando. Era evidente que ela não sabia que as meninas tinham desaparecido. Talvez ninguém tivesse percebido ainda, graças aos hábitos matinais de pastio das três crianças. Ele não tinha certeza. Amma e Shkaht precisavam ter a maior vantagem possível.

— É tarde demais para eu formar laços com meu irmão ou irmã — ele falou com sinceridade. — Eu fiquei pensando sobre isso na noite passada. Estava me sentindo... sozinho não seria a palavra exata. Era mais como... se alguma coisa morresse.

— Todas as palavras eram verdadeiras. A resposta dele só estava incompleta. Eram Amma e Shkaht que tinham despertado esse sentimento nele, a união delas, sua partida...

— Onde estão as meninas? — perguntou Tate.

— Não sei.

— Elas foram embora, Akin?

Ele olhou para o outro lado. Por que era sempre tão difícil esconder as coisas dela? Por que ele hesitava tanto em mentir para ela?

— Meu Deus — disse ela, e começou a se levantar.

— Espere! — falou Akin. — Eles iam cortá-las hoje de manhã. Neci e os amigos dela iam pegá-las enquanto estivessem comendo, escondê-las e remover seus tentáculos sensoriais.

— Até parece que iam!

— Iam! Nós os ouvimos ontem à noite! Yori não quis ajudá-los, mas eles iam cortá-las mesmo assim. Iam dar uísque de milho para elas e…

— Bebida?

— O quê?

— Eles iam deixar as meninas bêbadas?

— Não conseguiriam.

Tate franziu a testa.

— Eles iam dar bebida para elas, uísque?

— Sim. Mas isso não as deixaria bêbadas. Já vi Humanos bêbados. Acho que nada que conseguíssemos beber nos deixaria daquele jeito. Nossos corpos rejeitariam a bebida.

— O que o uísque faria com elas?

— Faria com que elas vomitassem e urinassem muito. Não é forte nem fatal. Provavelmente elas passariam pela experiência quase inalteradas. Iriam urinar muito.

— Aquela porcaria é forte para caramba.

— Eu quis dizer… quis dizer que não é um veneno mortal. Humanos podem beber aquilo sem morrer. Nós podemos bebê-lo sem vomitar, envolvendo-o em uma parte de nossa carne para evitar que nos prejudicasse.

— Então, o uísque não faria mal para elas, caso Neci as tivesse capturado.

— Não faria mal. Mas elas não iriam gostar. E Neci não as capturou.

— Como você sabe?

— Eu a ouvi. Ela anda perguntando onde as meninas estão. Ninguém as viu. Ela está ficando preocupada.

Tate fixou o olhar no nada, acreditando, absorvendo.

— Não deixaríamos que ela fizesse isso. Tudo que vocês precisavam fazer era me contar.

— Vocês a teriam impedido dessa vez — concordou ele.

— Ela continuaria tentando. As pessoas, depois de um tempo, acreditam nela. Fazem o que ela quer que façam.

Ela balançou a cabeça.

— Desta vez, não. Muitos de nós estamos contra ela neste caso. São menininhas, pelo amor de Deus! Akin, poderíamos perder dias procurando por elas, mas você conseguiria seguir o rastro delas com sua visão e sua audição oankali.

— Não.

— Sim. Ah, sim! Você acha que essas meninas vão chegar muito longe antes que algo aconteça? Elas não são muito maiores que você. Vão morrer por aí!

— Eu não morreria. Por que elas morreriam?

Silêncio. Ela olhou para baixo fazendo uma careta para ele.

— Quer dizer que você conseguiria ir para casa se saísse daqui?

— Conseguiria, se nenhum Humano me impedisse.

— E acha que nenhum Humano vai impedir as meninas?

— Acho... Acho que elas estão com medo. Acho que estão assustadas a ponto de ferroar.

— Ai, meu Deus.

— E se alguém fosse arrancar seus olhos fora, e você tivesse uma arma de fogo?

— Achei que a nova espécie deveria estar acima desse tipo de coisa.

— Elas estão com medo. Só querem ir para casa. Não querem ser mutiladas.

— Não. — Ela suspirou. — Vista-se. Vamos tomar o café da manhã. O tumulto vai começar a qualquer momento.

— Não acho que eles vão encontrar as meninas.

— Se o que você diz é verdade, espero que não encontrem. Akin?

Ele esperou, sabendo o que ela iria perguntar.

— Por que elas não o levaram junto?

— Sou muito pequeno. — Ele se afastou dela, encontrou sua bermuda no quarto vizinho e a vestiu. — Não conseguiria me sair bem com elas do mesmo modo como elas funcionam bem uma com a outra. Eu teria feito com que fossem capturadas.

— Você queria ir?

Silêncio. Se ela não soubesse que ele queria ir, queria desesperadamente partir, seria burra. E ela não era burra.

— Eu me pergunto por que o seu povo não veio buscá-lo — ela disse. — Devem saber melhor do que eu o que eles estão fazendo você passar.

— O que *eles* estão me fazendo passar? — perguntou Akin, espantado.

Ela suspirou.

— Nós, então. Seja lá o bem que faça para você quando eu admito isso. Os Oankali nos levaram a ser o que somos. Se não tivessem nos manipulado, teríamos nossas próprias crianças. Poderíamos viver à nossa maneira e eles poderiam viver à deles.

— Alguns de vocês os atacariam — Akin disse baixinho.
— Acho que alguns Humanos os teriam atacado.

— Por quê?

— Por que os Humanos atacam uns aos outros?

De repente, ouviram-se gritos do lado de fora.

— Certo — disse Tate. — Eles descobriram que as meninas desapareceram. Estarão aqui em um instante.

Ela quase não terminou de falar. Macy Wilton e Neci Roybal estavam na porta, passando os olhos pelo cômodo.

— Você viu as meninas? — Macy quis saber.

Tate balançou a cabeça.

— Não, nós não saímos.

— Você chegou a vê-las hoje de manhã?

— Não.

— Akin?

— Não. — Se Tate achava que era melhor mentir, ele mentiria. Embora nenhum dos dois já tivesse começado a mentir.

— Ouvi dizer que você estava doente, Akin — disse Neci.

— Estou bem agora.

— O que deixou você doente?

Ele a contemplou com um desagrado silencioso, imaginando se seria seguro responder.

Tate se expressou com uma brandura não característica.

— Ele teve um sonho que o abalou. Um sonho com a mãe dele.

Neci ergueu uma das sobrancelhas, cética.

— Eu não sabia que eles sonhavam.

Tate balançou a cabeça e deu um riso discreto.

— Por que não, Neci? Ele é no mínimo tão Humano quanto você.

A mulher recuou.

— Você deveria estar lá fora ajudando a procurar pelas meninas! — disse ela. — Sabe-se lá o que aconteceu com elas!

— Talvez alguém tenha seguido seu conselho, as capturado e cortado seus tentáculos sensoriais.

— Quê? — Macy questionou. Ele tinha entrado no quarto onde dormia com as meninas e a esposa. Agora saía, encarando Tate.

— Ela tem um senso de humor obsceno — disse Neci. Tate fez um som sem palavras.

— Ultimamente, não tenho nenhum senso de humor no que se refere a você. — Ela olhou para Macy. — Neci ainda está pressionando para amputar os tentáculos das meninas. Ela tem falado sobre isso com o pessoal da equipe de recuperação. — Então, ela olhou diretamente para Neci. — Desminta isso.

— Por que eu deveria? As meninas ficariam melhor sem os tentáculos, mais Humanas!

— Tanto quanto você ficaria melhor sem seus olhos! Vamos procurá-las, Macy. Rezo a Deus que elas não tenham escutado o que Neci anda dizendo.

Estupefato, Akin a seguiu. Tate tinha falado sobre a fuga das meninas sem envolvê-lo ou culpá-lo de forma alguma. Ela o deixou com um homem da equipe de recuperação que tinha machucado o joelho e então se uniu às buscas como se tivesse todas as esperanças de encontrar logo as meninas.

19

A mma e Shkaht não foram encontradas. Tinham simplesmente desaparecido. Talvez tivessem sido encontradas por outros rebeldes, talvez tivessem chegado a salvo em uma aldeia de permuta. A maioria dos rebeldes parecia acreditar que elas foram mortas, comidas por jacarés ou cobras, picadas por serpentes ou insetos peçonhentos. A ideia de que crianças tão novas pudessem seguir seu caminho em segurança parecia completamente impossível para eles.

E muitos dos rebeldes culparam Neci. Tate pareceu achar isso gratificante. Akin não se importou. Ficava satisfeito com Neci desde que ela o deixasse em paz. E ela o deixou em paz, mas somente depois de inculcar a ideia de que ele deveria ser vigiado com mais atenção. Ela não era a única que acreditava nisso, mas foi a única a sugerir que ele fosse mantido fora da cratera, longe do rio, que fosse amarrado como um cavalo do lado de fora das cabanas quando todos estivessem ocupados demais para vigiá-lo.

Ele não toleraria aquilo. Ferroaria a corda ou a correia com que o prendessem até que estivesse estragada ou corroída, e fugiria, para cima da montanha, não para baixo. Talvez não o encontrassem se fosse mais para o alto. Era improvável que conseguisse voltar a Lo. Agora estava longe demais e havia tantas aldeias rebeldes entre ele e Lo que provavelmente seria pego assim que descesse as colinas. Mas não ficaria com pessoas que o amarrassem.

Ele não foi amarrado. Foi vigiado com mais atenção do que antes, mas parecia que, assim como ele, os rebeldes tinham grande aversão a amarrar ou confinar pessoas.

Neci enfim foi embora com o grupo da equipe de recuperação que estava voltando para casa, homens e mulheres carregando riquezas em suas mochilas. Levaram duas das armas. Houve um consenso entre os novos e os antigos membros da equipe de recuperação, segundo o qual Fênix começaria a produzir armas de fogo. Tate foi contra. Yori foi tão veementemente contra que ameaçou se mudar para outra aldeia rebelde. Mesmo assim, as armas seriam produzidas.

— Temos de nos proteger — disse Gabe. — Muitos dos assaltantes têm armas agora, e Fênix é muito rica. Cedo ou tarde, perceberiam que é mais fácil roubar de nós do que continuar com a negociação honesta.

Tate dormiu várias noites sozinha ou com Akin depois que a decisão foi tomada. Algumas vezes ela não dormia quase nada, e Akin desejou poder reconfortá-la do modo como Amma e Shkaht o tinham reconfortado. O sono poderia ser um grande presente. Mas ele só conseguiria dá-lo com a ajuda de um irmão ou uma irmã Oankali de quem fosse próximo.

— Será que os assaltantes começariam a roubar vocês como nos roubam? — ele perguntou a ela uma noite, quando se deitaram juntos em uma rede.

— Provavelmente.

— Por que ainda não começaram?

— Eles fizeram isso algumas vezes, tentando roubar metais ou mulheres. Mas Fênix é uma cidade forte, com muitas pessoas dispostas a lutar se precisarem. Há assentamentos menores e mais fracos que são mais fáceis de roubar.

— Então as armas de fogo são mesmo uma má ideia?

Ela tentou olhar para ele no escuro. Não conseguiria vê-lo, embora ele a visse com nitidez.

— O que você acha? — perguntou ela.

— Não sei. Gosto muito das pessoas de Fênix. E me lembro do que os assaltantes fizeram com Tino. Eles não precisavam ter feito aquilo. Apenas fizeram. Mas depois, enquanto estive com eles, não pareciam realmente… Não sei. Na maior parte do tempo eles eram como os homens de Fênix.

— Deviam vir de algum lugar parecido com Fênix, alguma aldeia ou cidade. Se cansaram dessa existência sem sentido, sem fim, e escolheram outra.

— Sem sentido porque os rebeldes não podem gerar filhos?

— Exato. Isso significa muito mais do que eu conseguiria explicar para você. Nós não envelhecemos. Não temos filhos, e nada do que fazemos significa merda nenhuma.

— O que significaria… se vocês tivessem um garoto como eu?

— Nós temos um garoto como você. Você.

— Você sabe o que eu quis dizer.

— Durma, Akin.

— Por que você tem medo de armas de fogo?

— Elas fazem com que matar seja muito fácil. Muito impessoal. Você sabe o que isso significa?

— Sim. Vou perguntar se você disser algo que não entendo.

— Com as armas, vamos matar uns aos outros mais do que já matamos. Aprenderemos a fazer armas cada vez melhores. Um dia, vamos confrontar os Oankali e esse será nosso fim.

— Será. O que você quer que aconteça em vez disso?

Silêncio.

— Você sabe?

— A não extinção — murmurou Tate. — A não extinção em nenhuma de suas formas. Enquanto estivermos vivos, temos alguma chance.

Akin fez uma careta, tentando entender.

— Se você tivesse filhos com Gabe do jeito antigo, do jeito que era antes da guerra, isso significaria que você e Gabe estariam se tornando extintos?

— Significaria que não estaríamos. Nossos filhos seriam Humanos como nós.

— Eu sou Humano como vocês, e Oankali como Ahajas e Dichaan.

— Você não entende.

— Estou tentando.

— Está? — Ela tocou o rosto dele. — Por quê?

— Preciso. Também faz parte de mim. Também me diz respeito.

— Na verdade, não.

Ele ficou furioso de repente. Odiava a condescendência suave dela.

— Então por que estou aqui? Por que você está aqui? Você e Gabe estariam lá embaixo, em Fênix, se não fosse por minha causa. Eu estaria em Lo. Oankali e Humanos fizeram o que seres humanos machos e fêmeas costumavam fazer. E fizeram a mim, Amma e Shkaht, e não estão mais extintos do que vocês estariam se você tivesse filhos com Gabe!

Ela se virou um pouco, virou as costas para ele o máximo que conseguia em uma rede.

— Durma, Akin.

Mas ele não dormiu. Era sua vez de ficar deitado acordado e pensando. Ele compreendia mais do que ela imaginava.

Ele se lembrou da discussão com Amma e Shkaht, quando defendeu que os Humanos deveriam ter permissão para fazer sua própria divisão Akjai, sua própria salvaguarda contra o desastre e a extinção verdadeira. De acordo com Lilith, havia porções de terra cercadas por uma grande quantidade de água. Humanos poderiam ser isolados e ter restaurada a capacidade de se reproduzir à sua própria maneira. Mas então o que aconteceria quando constructos se espalhassem pelos astros, deixando a Terra despojada como uma ruína? As esperanças de Tate eram em vão.

Ou não eram?

Quem, entre os Oankali, estava defendendo os interesses dos Humanos rebeldes? Quem tinha considerado seriamente que poderia não ser suficiente fazer os Humanos escolherem entre a união com os Oankali ou a vida estéril e livre dos Oankali? Os Humanos das aldeias de permuta disseram isso, mas eram tão imperfeitos, com uma genética tão contraditória que, em geral, não eram ouvidos.

Ele não teria a imperfeição deles. Fora composto dentro de um corpo de ooloi. Era Oankali suficiente para se fazer escutar por outros Oankali e Humano o suficiente para saber que os rebeldes Humanos estavam sendo tratados com crueldade e condescendência.

Mesmo assim, ele não fora capaz sequer de fazer Amma e Shkaht compreenderem. Ainda não sabia o suficiente. Os rebeldes precisavam ajudá-lo a aprender mais.

20

kin estava com o povo de Fênix havia mais de um ano. Passava a maior parte do tempo nas colinas, observando os trabalhos de recuperação e participando deles quando a equipe permitia. Um dos homens o incumbiu de limpar itens pequenos: joias, estatuetas, frascos pequenos, potes, utensílios de alimentação. Ele sabia que recebera o trabalho principalmente para ficar subjugado, mas a atividade o agradava. Ele provava tudo antes e depois de limpar. Em geral, encontrava restos humanos protegidos dentro de recipientes. Eram fragmentos de cabelo, pele, unha. De alguns deles, ele recuperou padrões genéticos humanos perdidos que poderiam ser recriados por ooloi se precisassem de diversidade genética humana. Só um ser ooloi poderia lhe dizer o que era útil. Ele memorizou tudo para algum dia transmitir a Nikanj.

Uma vez, Sabina o flagrou provando o interior de um frasco. Tentou apanhar o frasco. Por sorte, ele conseguiu evitar as mãos dela e retirar os filamentos finos e penetrantes de sua língua antes que ela os quebrasse. Ela deveria ter voltado a Fênix quando o grupo dela partiu. Tinha feito sua parte no que chamava de cavoucar a terra, mas continuou ali. Akin achava que ela tinha ficado por causa dele. Não esquecera que ela estava disposta a participar da remoção dos tentáculos de Amma e Shkaht. Mas ela parecia mais inteligente do que Neci, mais capaz e mais disposta a aprender.

— Como se chamava isso? — ele perguntou quando não havia mais possibilidade de ela machucá-lo.

— Era um vidro de perfume. Mantenha-o longe da sua boca.

— Onde você estava indo? — perguntou ele.

— O quê?

— Se você tiver tempo, explico por que coloco as coisas na boca.

— Todas as crianças colocam coisas na boca, e às vezes se envenenam.

— Eu *preciso* colocar as coisas na minha boca para entendê-las. E preciso tentar entendê-las. Não tentar seria como ter mãos e olhos e mesmo assim estar sempre amarrado e vendado. Isso me deixaria... mentalmente desequilibrado.

— Ah, mas...

— E estou velho demais para me envenenar. Poderia beber o fluido que estava neste frasco e nada aconteceria. Ele passaria por mim depressa, quase intacto, porque não é muito perigoso. Se fosse muito perigoso, ou meu corpo alteraria sua estrutura e a neutralizaria ou... o encerraria em uma espécie de frasco feito de carne, vedado, que o expeliria. Você entende?

— Eu... entendo o que está dizendo, mas não tenho certeza de que acredito em você.

— É muito importante que vocês entendam. Você em especial.

— Por quê?

— Porque agora há pouco, você quase me machucou. Muito. Poderia ter me prejudicado mais do que qualquer veneno. E poderia ter me levado a ferroar você. Se eu fizesse isso, você morreria. Por isso.

Ela tinha retrocedido para longe dele. Seu rosto se alterara um pouco.

— Você parece sempre tão normal... Às vezes, me esqueço.

— Não esqueça. Mas também não me odeie. Nunca ferroei ninguém e nem quero.

Um pouco da desconfiança abandonou seus olhos.

— Ajude-me a aprender — disse Akin. — Quero conhecer melhor minha parte humana.

— O que posso ensinar a você?

Ele sorriu.

— Conte para mim por que as crianças Humanas colocam as coisas na boca. Eu nunca soube.

21

E le transformou todos em seus professores. Só para Tate contou o que pretendia fazer. Depois que ela terminou de ouvir, observou-o e balançou a cabeça, com tristeza.

— Vá em frente — disse Tate. — Aprenda tudo que puder sobre nós. Mal não vai fazer. Mas depois, acho que você descobrirá que também há algumas outras coisas a aprender sobre os Oankali.

Ele ficou preocupado com aquilo. Nenhum outro rebelde poderia tê-lo feito se preocupar com os Oankali. Mas Tate era quase uma parente. Ela teria sido sua parente de linhagem ooloi se tivesse ficado com Kahguyaht e seus parceiros. Akin sentia que ela praticamente se tornara sua parente. Confiava nela. Ainda assim, ele não podia desistir de sua própria crença de que um dia falaria em nome dos rebeldes.

— Eu deveria dizer a eles que é preciso haver Humanos Akjai? — perguntou a ela. — Você estaria disposta a recomeçar, isolada, em algum lugar longe daqui? — Onde, ele não podia imaginar, mas em *algum lugar*!

— Se fosse um lugar onde pudéssemos viver e se pudéssemos gerar filhos. — Ela inspirou, umedeceu os lábios. — Faríamos qualquer coisa por isso. Qualquer coisa.

Havia em sua voz uma intensidade que ele nunca ouvira antes. E havia algo mais. Ele franziu a testa.

— Você iria?

Ela viera até ali para observá-lo lavar uma peça de mosaico colorido, um quadrado de pedaços de vidro brilhantes que se uniam para formar uma flor vermelha contra um campo azul.

— Isso é lindo — disse Tate, em tom suave. — Houve uma época em que eu teria pensado que era uma porcaria barata. Agora, é lindo.

— Você iria? — Akin perguntou de novo.

Ela virou de costas e foi embora.

22

Gabe o afastou por um tempo da atividade de provar e limpar. Ele o levou mais acima na colina, de onde as grandes montanhas distantes podiam ser vistas nitidamente. Uma delas soltava fumaça e vapor no céu azul e era, de certo modo, muito bonita, um caminho para as profundezas da Terra. Um respiradouro. Uma espécie de articulação onde grandes segmentos de crosta terrestre se uniam. Akin observava o imenso vulcão e conseguia compreender um pouco melhor como a Terra funcionava, como iria funcionar até que fosse quebrada e repartida entre os grupos Dinso que estivessem de saída.

Akin escolheu plantas comestíveis que ele imaginava que teriam um sabor melhor para Gabe e as apresentou a ele. Em troca, Gabe lhe contou sobre um lugar chamado Nova York e como tinha sido crescer lá. Gabe falou mais do que jamais falara, falou sobre atuação, o que Akin, de início, absolutamente não compreendeu.

Gabe fora ator. As pessoas davam dinheiro e bens a ele para que fingisse ser outra pessoa, para que ele fizesse parte da encenação de uma história que alguém tinha inventado.

— Sua mãe nunca contava histórias para você? — ele perguntou a Akin.

— Sim — respondeu Akin. — Mas eram verdadeiras.

— Ela nunca contou sobre Cachinhos Dourados e os três ursos?

— O que é um urso?

Primeiro, Gabe pareceu irritado, depois resignado.

— Às vezes ainda me esqueço — disse. — Um urso é só mais um animal imenso e extinto. Deixe para lá.

Naquela noite, em um pequeno abrigo de pedra meio em ruínas, diante de uma fogueira, Gabe se tornou outra pessoa para Akin. Tornou-se um velho. Ele nunca vira um velho. A maioria dos Humanos idosos que tinham sobrevivido à guerra tinham sido mantidos a bordo da nave. Os mais velhos já estavam mortos a essa altura. Os Oankali não foram capazes de prolongar suas vidas por mais do que uns poucos anos, mas os mantiveram saudáveis e livres de dores pelo maior tempo possível.

Gabe se tornou um velho. A voz dele ficou mais pesada, mais grossa. Seu corpo pareceu mais pesado, também. Dolorido e cansado, arqueado e mesmo assim difícil de curvar. Ele era um homem cujas filhas o tinham traído. Era equilibrado e, depois, desequilibrado. Era assustador. Completamente outra pessoa. Akin quis levantar e fugir na escuridão.

Mesmo assim, ele permaneceu imóvel, enfeitiçado. Não conseguia compreender muito do que Gabe dizia, embora parecesse inglês. De alguma maneira, entretanto, ele sentiu o que Gabe parecia querer que ele sentisse. Surpresa, raiva, deslealdade, perplexidade total, desespero, loucura...

A representação terminou e Gabe era Gabe outra vez. Virou o rosto para cima e riu alto.

— Jesus — disse ele. — *Rei Lear* para um menino de três anos. Dane-se. Foi bom mesmo assim. Fazia tanto tempo... Nem sabia que me lembrava dessa bobagem toda.

— Você não faz isso para as pessoas de Fênix? — perguntou Akin, acanhado.

— Não. Nunca fiz. Não me pergunte por quê. Não sei. Agora eu lavro a terra e forjo o metal. Desenterro lixo do passado e transformo em coisas que as pessoas podem usar hoje. É isso que faço.

— Gostei da atuação. No começo, me assustou e não consegui entender muita coisa, mas... É parecido com o que fazemos, constructos e Oankali. É como quando tocamos uns aos outros e falamos com sentimentos e pressões do toque. Às vezes, nos lembramos de um sentimento que não tínhamos há muito tempo e o trazemos de volta para poder transmiti-lo a outra pessoa ou usamos um sentimento que temos a respeito de algo para ajudar alguém a entender outra coisa.

— Vocês fazem isso?

— Sim. Não conseguimos fazer isso muito bem com Humanos. Ooloi conseguem, mas os machos e as fêmeas não.

— É. — Ele suspirou e se deitou de costas. Eles tinham removido um pouco de vegetação e dos pedregulhos do chão de pedra do abrigo e puderam se enrolar em seus cobertores e se deitar confortavelmente ali.

— O que é este lugar? — perguntou Akin, olhando para as estrelas no alto, na construção sem telhado. Apenas uma saliência na colina oferecia alguma proteção se chovesse naquela noite.

— Não sei — disse Gabe. — Poderia ter sido a casa de algum camponês. Mas desconfio que é mais antiga. Acho que é uma velha habitação indígena. Talvez até dos incas ou de algum outro povo análogo.

— Quem eram eles?

— Pessoas baixas de pele acastanhada. Deviam parecer um pouco com os pais de Tino. Um pouco com você, talvez. Ficaram aqui por milhares de anos antes que pessoas parecidas comigo ou com Tate chegassem.

— Você e Tate não são parecidos.

— Não. Mas nós dois somos descendentes de europeus. Indígenas eram descendentes dos asiáticos. É nos incas que todo mundo pensa quando se fala nessa parte do mundo, mas havia um monte de grupos diferentes. Para dizer a verdade, não acho que estamos infiltrados o suficiente nas montanhas para encontrar ruínas incas. Entretanto, este é um lugar muito antigo. — Ele forçou a boca em um sorriso.

— Antigo e humano.

Caminharam durante muitos dias, explorando, encontrando outras moradas em ruínas, traçando um círculo imenso na volta ao acampamento do sítio de recuperação. Akin nunca perguntou por que Gabe o levou naquela longa viagem. Gabe nunca deu uma explicação voluntária. Parecia satisfeito por Akin ter insistido em caminhar a maior parte do tempo e, em geral, ter conseguido não ficar para trás. Ele tentou, por vontade própria, comer as plantas que Akin recomendou e gostou o suficiente de algumas delas para levá-las na volta, nas formas de mudas, sementes, talos ou tubérculos. Akin o orientou também nisso.

— O que você acha que posso levar e que vai crescer?

— Gabe dizia. Ele não imaginava o quanto isso agradava Akin. O que ele e Gabe estavam fazendo era o que os Oankali sempre fizeram: coletar vida, viajar e coletar, e integrar vida nova às suas naves, à sua coleção já vasta de seres vivos e a si mesmos.

Ele analisava cada planta em detalhes, dizendo a Gabe o que deveria fazer para mantê-la viva. Automaticamente, guardava em si mesmo uma memória dos padrões genéticos e algumas poucas células inativas de cada amostra. A partir delas, ooloi poderiam recriar cópias dos organismos vivos. Ooloi gostavam de ter células ou memórias de vários indivíduos dentro de uma espécie. Quanto aos Humanos, Akin viu que Gabe pegava a semente, quando havia uma. A semente podia ser transportada em uma folha ou em um retalho de tecido amarrado com um pouco de relva. Ela se desenvolveria. Akin garantiria isso. Mesmo sem ooloi para ajudar, ele conseguia provar a planta e captar suas necessidades. Com essas necessidades atendidas, ela cresceria.

— Acho que nunca vi você tão alegre — comentou Gabe quando se aproximavam do acampamento de recuperação.

Akin sorriu para ele, mas não disse nada. Gabe não gostaria de saber que Akin estava coletando informações para Nikanj. Era suficiente, para ele, saber que deixara Akin muito contente.

Gabe não sorriu de volta, mas apenas porque fez um esforço evidente para isso.

Quando eles chegaram ao acampamento, alguns dias depois, Gabe encontrou Tate e não sentiu nem um pouco da estranha ansiedade que ele sempre apresentava quando ela desaparecia de vista por algum tempo.

23

Dez dias depois que Akin e Gabe retornaram, uma nova equipe chegou para assumir a vez na escavação. As duas equipes ainda estavam no sítio quando os Oankali chegaram.

Não foram vistos. Não houve protestos entre os Humanos. Akin estava muito ocupado esfregando um pequeno vaso ornamentado de cristal quando sentiu o odor dos Oankali.

Com cuidado, colocou o vaso em uma caixa de madeira revestida com tecido, usada para achados especialmente delicados e belos. Akin nunca tinha quebrado nenhum deles. Não havia motivo para quebrar um agora.

O que ele deveria fazer? Se os Humanos avistassem os Oankali, poderia haver luta. Os Humanos poderiam, com muita facilidade, provocar o reflexo de ferroada letal dos Oankali. O que fazer?

Ele avistou Tate e a chamou. Ela estava escavando com muito cuidado ao redor de alguma coisa grande e de aparência delicada. Escavava com o que parecia ser uma faca fina e comprida e uma escova feita de ramos. Ela o ignorou.

Akin foi depressa até ela, contente por não haver ninguém por perto para ouvir.

— Preciso ir — sussurrou. — Eles estão aqui.

Ela quase se feriu com a faca.

— Onde?

— Daquele lado. — Ele olhou para o leste, mas não apontou.

— Óbvio.

— Leve-me até lá. As pessoas vão perceber se eu for sozinho para longe demais do acampamento.

— Eu? Não!

— Se você não for, alguém pode acabar morto.

— Se eu for, eu posso acabar morta!

— Tate.

Ela olhou para ele.

— Você sabe que não vão machucar você. Você sabe. Ajude-me. É seu povo que estou tentando salvar.

Ela lançou-lhe um olhar tão hostil que ele cambaleou para trás. Em um movimento brusco, ela o agarrou, pegou-o no colo e começou a caminhar rumo ao leste.

— Coloque-me no chão — pediu ele. — Deixe-me andar.

— Cala a boca! — disse ela. — Apenas me diga quando eu estiver chegando perto deles.

Ele percebeu, tardiamente, que ela estava aterrorizada. Ela não poderia estar com medo de ser morta. Conhecia os Oankali bem demais para isso. Por que estava assim, então?

— Desculpe — murmurou Akin. — Você é a única a quem ousei pedir. Vai ficar tudo bem.

Ela inspirou e o colocou no chão, segurando sua mão.

— Não vai ficar tudo bem — disse. — Mas a culpa não é sua.

Eles foram até uma elevação, fora do campo de visão do acampamento. Lá, vários Oankali e dois Humanos esperavam. Um dos Humanos era Lilith. O outro... parecia com Tino.

— Oh, Jesus! Meu Deus! — Tate sussurrou ao ver os Oankali. Ela congelou. Akin pensou que ela poderia se virar e correr, mas de alguma maneira ela conseguiu não se mover. Akin quis ir até sua família, mas ele também ficou imobilizado. Não queria deixar Tate ali, sozinha e aterrorizada.

Lilith veio até ele. Ela andou tão depressa que ele não teve tempo de reagir antes que ela o alcançasse, se inclinando, erguendo-o, abraçando-o com tanta força que doía.

Ela não fez nenhum som. Deixou Akin provar seu pescoço e sentir a total segurança de uma carne tão familiar quanto a dele.

— Esperei você por tanto tempo — ele enfim sussurrou.

— Procurei você por tanto tempo — respondeu ela, com uma voz que quase não soava como sua. Ela beijou o rosto dele e acariciou seus cabelos. Por fim, o segurou longe de seu corpo. — Três anos — disse. — Você está tão grande. Eu estava preocupada de você não se lembrar de mim, mas sabia que se lembraria. Sabia que se lembraria.

Ele riu diante da ideia impossível de que ele a esqueceria e olhou para ver se ela estava chorando. Não estava. Estava examinando-o, suas mãos e braços, suas pernas.

Um grito os fez erguer o olhar. Tate e o outro Humano estavam de pé, um de frente para o outro. O som fora Tate gritando o nome de Tino.

Tino estava sorrindo para ela de um jeito inseguro. Não falou até que ela o pegasse pelos braços e dissesse:

— Tino, você não me reconhece? Tino?

Akin observou a expressão de Tino e soube que ele não a reconhecia. Estava vivo, mas havia algo errado com ele.

— Desculpe — disse Tino. — Tive uma lesão na cabeça. Eu me lembro de muito do meu passado, mas... algumas coisas ainda estão voltando para mim.

Tate olhou para Lilith com atenção. Ela a olhou de volta sem nenhum sinal de cordialidade.

— Tentaram matar Tino quando levaram Akin — falou. — Derrubaram-no com uma porrada, fraturaram seu crânio com tanta gravidade que ele quase morreu.

— Akin disse que ele estava morto.

— Ele tinha bons motivos para pensar isso. — Ela fez uma pausa. — Será que valeria a pena ele perder a vida para você ficar com meu filho?

— Não foi ela quem fez isso — disse Akin imediatamente. — Ela foi minha amiga. Os homens que me levaram tentaram me vender em um monte de lugares antes... antes de Fênix querer me comprar.

— A maioria dos homens que o pegaram estão mortos — contou Tate. — O sobrevivente está com paralisia. Houve uma briga. — Ela lançou um olhar para Tino. — Acredite em mim, você e Tino estão vingados.

Os Oankali começaram a se comunicar em silêncio entre si quando ouviram aquilo. Akin conseguiu ver seus progenitores Oankali entre eles e queria ir até eles, mas também queria ir até Tino, queria fazer o homem se lembrar dele, queria fazê-lo soar como Tino outra vez.

— Tate...? — disse Tino, com os olhos fixos nela. — É...? Você é...?

— Sou eu — ela falou depressa. — Tate Rinaldi. Por metade da sua vida, você foi criado na minha casa. Tate e Gabe. Lembra?

— Mais ou menos. — Ele pensou por um instante. — Você me ajudou. Eu ia partir de Fênix e você disse... você me disse para ir para Lo.

Lilith pareceu surpresa.

— Você fez isso? — ela perguntou a Tate.

— Achei que ele estaria seguro em Lo.

— Ele deveria estar. — Lilith inspirou fundo. — Foi nossa primeira invasão em anos. Nós nos descuidamos.

Ahajas, Dichaan e Nikanj se separaram dos outros Oankali e foram até o grupo humano. Akin não conseguia esperar mais. Ele se esticou em direção a Dichaan, que o pegou e segurou por vários minutos de alívio, reaproximação e alegria. Ele não soube o que os Humanos disseram enquanto ele e Dichaan estavam entrelaçados por todos os tentáculos sensoriais de Dichaan que podiam alcançá-lo e pela língua de Akin. Akin ficou sabendo que Dichaan encontrara Tino e se esforçara para mantê-lo vivo e levá-lo para casa, e então descobrira que a criança de Ahajas nasceria em breve. A família não pôde fazer buscas. Mas outros tinham feito. No início.

— Eu fui deixado entre eles por todo esse tempo para que pudesse estudá-los? — Akin perguntou sem usar a voz.

Dichaan agitou seus tentáculos livres, desconfortável.

— Houve um consenso — disse. — Todos acabaram por acreditar que era a coisa certa a fazer, menos nós. Nunca tínhamos ficado sozinhos dessa maneira antes. Os outros ficaram surpresos por não aceitarmos a vontade geral, mas estavam errados. Estavam errados a ponto de colocar você em risco!

— E o bebê?

Silêncio. Tristeza.

— O bebê se lembra de você como algo que estava lá e depois não estava mais. Nikanj manteve você em seus pensamentos por algum tempo, e o restante de nós procurava você. Assim que pudemos deixar o bebê, começamos as buscas. Ninguém quis nos ajudar até agora.

— Por que agora? — perguntou Akin.

— As pessoas acharam que você aprendeu o suficiente. Sabiam que tinham privado você do bebê.

— É… tarde demais para estabelecer vínculos. — Ele sabia que era.

— Sim.

— Havia um par de irmãs constructos aqui.

— Nós sabemos. Elas estão bem.

— Eu vi o que havia entre elas, como isso era para elas. — Ele parou por um instante, recordando, saudoso. — Nunca terei aquilo. — Sem perceber, ele começara a chorar.

— Eka, você terá algo muito semelhante quando acasalar. Até lá, você tem a nós.

Dichaan não precisava que lhe dissessem o quanto aquilo era pouco. Passariam-se muitos anos antes que Akin tivesse idade suficiente para acasalar. E os vínculos com os progenitores não eram o mesmo que os vínculos com um irmão ou irmã próximo. Nada do que ele tocara era tão doce quanto aquele vínculo.

Dichaan o entregou a Nikanj, que obteve dele todas as informações que Akin descobrira sobre a vida animal e vegetal e sobre a cratera de recuperação. Aquilo podia ser transmitido com grande velocidade para um indivíduo ooloi. Era trabalho ooloi absorver e assimilar a informação que outros reuniam. E comparar formas de vida conhecidas com aquilo que tinham sido ou deveriam ser. Detectavam alterações e descobriam novas formas de vida que poderiam ser compreendidas, agregadas e usadas conforme fossem necessárias. Machos e fêmeas procuravam ooloi com conjuntos de informações biológicas. Ooloi pegavam as informações e, em troca, lhes davam um prazer intenso. O ato de dar e receber era um só.

Akin tinha experimentado versões brandas dessa troca com Nikanj durante toda sua vida, mas a experiência atual lhe ensinou que, até agora, ele não sabia nada sobre o que ooloi podiam dar e receber. Entrelaçado com Nikanj, ele esqueceu por muito tempo da dor de não poder ter um vínculo com o bebê.

Quando foi capaz de pensar outra vez, ele compreendeu por que as pessoas apreciavam tanto os ooloi. Machos e fêmeas não coletavam as informações apenas para agradar seres ooloi ou obter o prazer que ofereciam. Eles as coletavam porque tinham o sentimento de que a coleta era necessária para ooloi, para satisfazê-las.

Ainda assim, eles não sabiam que, a certa altura, ooloi deviam pegar as informações e combiná-las para que as pessoas pudessem usá-las. A certa altura, ooloi deviam transmitir a elas a sensação que apenas ooloi conseguiam transmitir. Mesmo Humanos eram vulneráveis a essa isca. Não podiam reunir, por vontade própria, o tipo de informação biológica específica que queriam, mas podiam compartilhar com indivíduos ooloi tudo que tinham comido, respirado ou absorvido através da pele em um período recente. Podiam compartilhar quaisquer alterações em seus corpos desde seu último contato com uma criatura ooloi. Não compreendiam o que transmitiam aos seres ooloi, mas sabiam o que ooloi lhes davam em troca. Akin entendia exatamente o que estava oferecendo a Nikanj. Pela primeira vez, começou a entender o que ooloi poderiam lhe dar. Aquilo não substituía uma proximidade permanente, como a que existia entre Amma e Shkaht. Nada poderia fazer isso. Mas era melhor do que qualquer coisa que ele já conhecera. Era, por ora, um abrandamento da dor e uma antecipação da cura, para o futuro distante, adulto.

Algum tempo depois, Akin voltou a ficar consciente dos três Humanos. Eles estavam sentados no chão conversando. Na colina atrás deles, a colina que os escondia do acampamento, estava Gabe. Aparentemente, nenhum dos Humanos o tinha visto ainda. Todos os Oankali deviam estar cientes de sua presença. Ele estava observando Tate, sem dúvida com a atenção voltada para o cabelo amarelo dela.

— Não diga nada — Nikanj disse a Akin, em silêncio. — Deixe que conversem.

— Ele é o parceiro dela — cochichou Akin, usando a voz. — Tem medo que ela venha conosco e o deixe para trás.

— Sim.

— Deixe que eu vá e o traga.

— Não, Eka.

— Ele é amigo. Ele me levou por todas as colinas. Foi graças a ele que obtive tantas informações para você.

— Ele é um rebelde. Não vou dar a ele a chance de usar você como refém. Você não percebe o quanto é valioso.

— Ele não faria isso.

— E se ele simplesmente pegasse você no colo, descesse a colina para o outro lado e chamasse os amigos? Eles têm armas de fogo naquele acampamento, não têm?

Silêncio. Gabe poderia tomar uma atitude daquelas se achasse que estava perdendo os dois, Akin e Tate. Poderia. Assim como o pai de Tino tinha reunido os amigos e matado tantas pessoas, mesmo acreditando que nada do que fizesse traria Tino de volta ou mesmo o vingaria da forma apropriada.

— Venha conosco! — Lilith estava dizendo. — Você gosta de crianças? Temos algumas nossas. Ensine a elas tudo o que sabe sobre como era a Terra.

— Não é o que você costumava dizer — disse Tate, em tom brando.

Lilith assentiu.

— Eu achava que vocês, rebeldes, encontrariam uma resposta. Tinha a esperança de que encontrariam. Mas, Jesus, a única resposta de vocês tem sido raptar nossas crianças. As mesmas crianças que vocês são bons demais para ter por si mesmos. Qual o sentido?

— Achamos... achamos que elas seriam capazes de ter filhos sem um parceiro ooloi.

Lilith inspirou fundo.

— Ninguém tem filhos sem ooloi. Eles garantiram isso.

— Não posso voltar para eles.

— Não é ruim — falou Tino. — Não é como eu pensava.

— Eu sei como é! Sei exatamente como é. Gabe também sabe. E não acho que nada que eu dissesse o convenceria a passar por aquilo outra vez.

— Chame-o — disse Lilith. — Ele está na colina.

Tate ergueu os olhos e viu Gabe. Ela levantou.

— Preciso ir.

— Tate! — chamou Lilith em tom de urgência.

Tate olhou para trás, para ela.

— Traga-o até nós. Vamos conversar. Que mal isso pode causar?

Mas Tate não faria isso. Akin podia ver que não faria.

— Tate — ele a chamou.

Ela o encarou, depois desviou o olhar, depressa.

— Eu vou fazer o que disse que faria — ele falou para ela. — Não me esqueço das coisas.

Ela veio até ele e o beijou. O fato de que Nikanj ainda o segurava não pareceu incomodá-la.

— Se você pedir — falou Nikanj —, meus progenitores voltarão da nave. Eles não encontraram outros parceiros Humanos.

Ela olhou para Nikanj mas não lhe dirigiu a palavra. Caminhou para a colina e a subiu; não parou sequer para falar com Gabe. Ele a seguiu e os dois desapareceram atrás da colina.

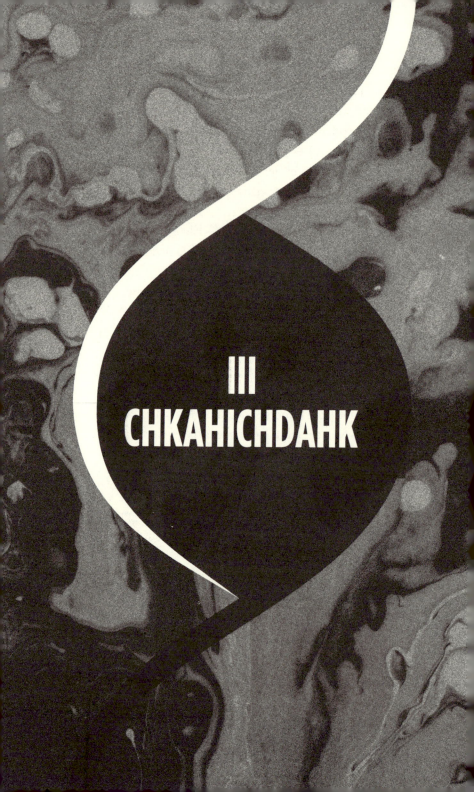

1

O menino perambula demais — disse Dichaan enquanto compartilhava uma refeição com Tino. — É muito cedo para começar a fase de perambulação na vida dele. — Dichaan comia com os dedos uma grande salada de frutas e verduras que ele mesmo preparara. Só ele sabia exatamente o que tinha vontade de comer e quais eram suas necessidades nutricionais a cada momento.

Tino comia uma espiga de milho e um prato de feijão e tinha a seu lado melão fatiado com polpa de laranja e pratos de bananas fritas e castanhas tostadas. Ele, Dichaan pensou, estava prestando mais atenção na comida do que naquilo que o Oankali estava dizendo.

— Tino, me escute!

— Estou escutando. — O homem engoliu e lambeu os lábios. — Ele tem 20 anos, 'Chaan. Se não mostrasse alguma independência a esta altura, eu é que estaria preocupado.

— Não. — Dichaan agitou os tentáculos. — A aparência humana dele está enganando você. Os vinte anos dele são... como doze anos humanos. Em alguns sentidos, equivalem a menos ainda; ele não é fértil agora. E não será até que sua metamorfose esteja completa.

— Mais quatro ou cinco anos?

— Talvez. Aonde ele vai, Tino?

— Não vou contar. Ele me pediu para não contar.

Dichaan se concentrou atentamente nele.

— Não pretendia segui-lo.

— Não o siga. Ele não está fazendo nada errado.

— Sou seu progenitor do mesmo sexo. Deveria entendê-lo melhor. Não entendo, pois a herança humana o leva a tomar atitudes pelas quais não espero.

— O que um Oankali de vinte anos estaria fazendo?

— Desenvolvendo afinidade por um dos sexos. Começando a saber o que se tornaria.

— Isso ele já sabe. Não sabe a aparência que vai ter, mas já foi definido que será macho.

— Sim.

— Bem, um macho Humano de vinte anos, em um lugar como este, estaria explorando, caçando, perseguindo garotas e se exibindo. Estaria tentando garantir que todos soubessem que ele era um homem, não mais um garoto. Era isso que eu estava fazendo.

— Akin ainda é um menino, pelo que você diz.

— Ele não parece um menino, apesar de ser pequeno. E provavelmente não se sente como um menino. E, seja fértil ou não, está muitíssimo interessado em garotas. E elas não parecem se importar.

— Nikanj disse que ele passaria por uma fase de sexualidade quase humana.

Tino riu.

— Então deve ser isso.

— Mais tarde ele vai ter desejo por ooloi.

— Sim. Também consigo entender isso.

Dichaan hesitou. Ele chegou à pergunta que mais queria fazer, e soube que Tino não gostaria que ele a fizesse.

— Ele vai até os rebeldes, Tino? Eles são o motivo da perambulação?

Tino pareceu surpreso, depois irritado.

— Se você sabia, por que perguntou?

— Eu não sabia, adivinhei. Ele tem que parar!

— Não.

— Eles podem matá-lo, Tino! Eles matam uns aos outros com tanta facilidade!

— Eles o conhecem. Cuidaram dele. E ele não vai longe.

— Você quer dizer que eles sabem que ele é um homem constructo?

— Sim. Ele assimilou alguns de seus idiomas. Mas não escondeu deles sua identidade. Seu tamanho os desarma. Eles não acham que alguém tão pequeno poderia ser perigoso. Por outro lado, isso significa que ele precisou lutar algumas vezes. Alguns caras acham que, se ele é pequeno, é fraco, e se é fraco, é um alvo legítimo.

— Tino, ele é valioso demais para isso. Ele nos ensina o que machos nascidos Humanos podem ser. Ainda há tão poucos como ele porque estamos inseguros demais para chegar a um consenso...

— Então, aprendam com ele! Deixem-no em paz e aprendam!

— Aprender o quê? Que ele gosta da companhia dos rebeldes? Que gosta de lutar?

— Ele não gosta de lutar. Ele precisou aprender a fazê-lo para a autodefesa, só isso. E quanto aos rebeldes, ele diz que precisa conhecê-los, compreendê-los. Diz que são parte dele.

— O que ainda falta para ele aprender?

Tino endireitou as costas e encarou Dichaan.

— Será que ele sabe tudo a respeito dos Oankali?

—... não. — Dichaan deixou frouxos os tentáculos da cabeça e do corpo. — Desculpe. Os rebeldes não parecem tão complexos, exceto em termos biológicos.

— Mesmo assim, eles resistem. Prefeririam morrer a vir aqui e viver vidas fáceis, sem dor, com vocês.

Dichaan colocou sua comida de lado e voltou um cone de tentáculos da cabeça para Tino.

— Sua vida é sem dor?

— Às vezes... biologicamente.

Ele não gostava que Dichaan o tocasse. Tinha levado algum tempo para Dichaan perceber que não era por ele ser Oankali, mas por ser do sexo masculino. Tino apertava as mãos ou jogava um braço sobre outros Humanos do sexo masculino, mas a masculinidade de Dichaan o incomodava. Por fim, Dichaan foi a Lilith em busca de ajuda para entender isso.

— Você é um dos parceiros dele — explicou ela, com seriedade. — Acredite em mim, 'Chaan, ele nunca esperou ter um parceiro masculino. Para ele, já foi difícil o suficiente se acostumar com Nikanj.

Dichaan não percebera a dificuldade de Tino em se acostumar com Nikanj. As pessoas se acostumavam com Nikanj muito depressa. E nos longos, inesquecíveis acasalamentos do grupo, Tino não parecera ter qualquer dificuldade com nenhum deles. Embora, depois, ele tivesse mesmo a tendência a evitar Dichaan. Ainda assim, Lilith não evitava Ahajas.

Dichaan se levantou de sua plataforma, largou a salada e foi até Tino. O homem começou a recuar, mas Dichaan pegou seus braços.

— Deixe-me tentar compreender você, Chkah. Quantos filhos tivemos juntos? Fique parado.

Tino se sentou, imóvel, e permitiu que Dichaan o tocasse com alguns tentáculos longos e delgados de sua cabeça. Eles tinham seis filhos juntos. Três meninos nascidos de Ahajas e três meninas nascidas de Lilith. A antiga configuração.

— Você escolheu vir para cá — continuou Dichaan. — E escolheu ficar. Eu me alegrei por ter você aqui, um pai Humano para as crianças e um Humano do sexo masculino para equilibrar o grupo de acasalamento. Um parceiro em todos os sentidos. Por que o magoa permanecer aqui?

— Como poderia não magoar? — disse Tino, em voz baixa. — E como você pode não saber? Sou um traidor para meu povo. Tudo que faço aqui é um ato de deslealdade. Um dia, meu povo não vai mais existir e eu terei ajudado os responsáveis pela sua destruição. Traí meus pais... todo mundo. — Sua voz quase desapareceu antes mesmo que terminasse de falar. A barriga dele doía, e a cabeça começava a doer também. Tino tinha enxaquecas terríveis às vezes. E não queria contar a Nikanj. Afastava-se, sozinho, e sofria. Se alguém o encontrasse, ele talvez xingasse a pessoa. Mas não resistia à ajuda.

Dichaan se aproximou da plataforma em que Tino estava sentado. Penetrou a carne da plataforma, do ente Lo, e pediu que lhes trouxesse Nikanj. Lo gostava de fazer essas coisas. Nikanj sempre o agradava quando ele transmitia essas mensagens.

— Chkah, Lilith se sente da mesma forma que você? — Dichaan perguntou a Tino.

— Você realmente não sabe a resposta para essa pergunta?

— Sei que no começo ela sentia. Mas ela sabe que os genes dos rebeldes estão tão disponíveis para nós quanto qualquer outro gene humano. Ela sabe que não há rebeldes, vivos ou mortos, que já não sejam pai ou mãe de crianças constructo. A diferença entre eles e ela, entre eles e vocês, é que vocês decidem agir como pais e mães.

— Lilith acredita mesmo nisso?

— Sim. Você não?

Tino olhou para o outro lado, com a cabeça latejando.

— Acho que acredito. Mas não importa. Os rebeldes não traíram a si mesmos ou à sua Humanidade. Não ajudaram vocês a fazer o que estão fazendo. Podem não ser capazes de deter vocês, mas não os ajudaram.

— Se todos os Humanos fossem como eles, nossas crianças constructos seriam muito menos Humanas, independentemente de sua aparência. Saberiam apenas o que nós pudéssemos lhes ensinar sobre os Humanos. Será que isso seria melhor?

— Eu digo a mim mesmo que não seria — afirmou Tino. — Digo a mim mesmo que há alguma justificativa para o que estou fazendo. Na maioria das vezes, acho que estou mentindo. Eu queria ter filhos. Queria... o que Nikanj me faz sentir. E para ter o que eu queria, traí tudo o que já fui.

Dichaan tirou a comida de Tino da plataforma e disse a ele para se deitar. Tino apenas o observou. O Oankali agitou seus tentáculos do corpo, desconfortável.

— Nikanj diz que você prefere suportar a dor. Diz que você precisa causar sofrimento a si mesmo para poder sentir que seu povo está vingado e que pagou sua dívida com ele.

— Isso é mentira!

Nikanj atravessou a parede vindo de fora. Olhou para os dois e os atingiu com um odor ruim.

— Ele insiste em causar dor a si mesmo — disse Dichaan. — Eu me pergunto se não convenceu Akin a fazer isso também.

— Akin faz o que quer! — exclamou Tino. — Ele entende meus sentimentos melhor do que qualquer um de vocês poderia entender, mas não é o que ele sente. Ele tem as próprias ideias.

— Você não faz parte do corpo dele — disse Nikanj, empurrando-o para trás para que ele se deitasse. Dessa vez, ele se deitou. — Mas está presente nos pensamentos dele. Fez mais do que Lilith para fazê-lo sentir que os rebeldes foram enganados e traídos.

— Os rebeldes *foram* enganados e traídos — insistiu Tino. — Mas eu nunca disse isso a Akin. Nunca precisei dizer. Ele percebeu sozinho.

— Você está provocando outra úlcera — falou Nikanj.

— E daí?

— Você quer morrer. E ainda assim quer viver. Você ama seus filhos e seus pais e isso é um conflito terrível. Você ama até a nós, mas acha que não deveria. — Nikanj subiu na plataforma e se deitou ao lado de Tino. Dichaan tocou a plataforma com os tentáculos da cabeça, estimulando-a a crescer, se ampliar, para criar espaço para ele. Ele não era necessário, mas queria ser o primeiro a saber o que aconteceria com Tino.

— Eu me lembro de Akin me falar sobre um Humano que sangrou até a morte por causa de úlceras — ele disse a Nikanj. — Um de seus captores.

— Sim. Ele nos deu a identidade dele. Descobri que ele tinha úlceras desde adolescente, encontrei qual ooloi foi responsável por condicionar e tentar ficar com ele, para seu próprio bem, mas o homem não quis ficar.

— Qual era o nome dele? — Tino quis saber.

— Joseph Tilden. Vou colocar você para dormir, Tino.

— Não me importo — resmungou Tino. Depois de algum tempo, ele caiu no sono.

— O que você disse para ele? — Nikanj perguntou a Dichaan.

— Questionei sobre os desaparecimentos de Akin.

— Ah. Você deveria ter perguntado a Lilith.

— Achei que Tino saberia.

— Ele sabe. E isso o incomoda muito. Acha que Akin é mais leal à Humanidade do que ele. Não compreende por que Akin está tão concentrado nos rebeldes.

— Eu não percebi que ele estava tão concentrado — admitiu Dichaan. — Deveria ter percebido.

— As pessoas privaram Akin da proximidade fraterna e lhe deram uma obsessão compensatória. Ele sabe disso.

— O que ele vai fazer?

— Chkah, ele também é seu filho. O que você acha que ele vai fazer?

— Tentar salvá-los, o que restou deles, de ter mortes vazias e desnecessárias. Mas como?

Nikanj não respondeu.

— É impossível. Não há nada que ele possa fazer.

— Talvez não, mas o problema vai mantê-lo ocupado até sua metamorfose. Depois, espero que os outros sexos o mantenham ocupado.

— Mas deve haver algo mais nisso tudo!

Nikanj alisou os tentáculos de seu corpo, se divertindo.

— Tudo que está relacionado aos Humanos sempre parece envolver contradições. — Ele fez uma pausa. — Analise Tino. Dentro dele, tantas coisas diferentes estão trabalhando juntas para mantê-lo vivo. Dentro de suas células, a mitocôndria, uma forma de vida que antes era independente, encontrou um paraíso e troca sua habilidade de sintetizar proteínas e metabolizar gordura por espaço para viver e se reproduzir.

Agora nós também estamos nas células dele e elas nos aceitaram. Um organismo oankali no interior de cada célula, dividindo-as, prolongando a vida e resistindo a doenças. Antes mesmo de chegarmos, eles tinham bactérias vivendo em seus intestinos e protegendo-os de outras bactérias que poderiam prejudicá-los ou matá-los. Eles não conseguiriam existir sem relações simbióticas com outras criaturas. Ainda assim, essas relações os assustam.

— Nika... — Dichaan enrolou deliberadamente os tentáculos de sua cabeça com os de Nikanj. — Nika, nós não somos como as mitocôndrias ou as bactérias úteis, e eles sabem disso.

Silêncio.

— Você não deveria mentir para eles. Seria melhor não dizer nada.

— Não, não seria. Quando ficamos calados, eles imaginam que é porque a verdade é terrível. Acho que somos tão simbiontes quanto as mitocôndrias deles eram originalmente. Eles não poderiam ter evoluído para seu estado atual sem mitocôndrias. Talvez a Terra ainda fosse habitada apenas por bactérias e algas. Nada muito interessante.

— Tino vai ficar bem?

— Não. Mas vou cuidar dele.

— Você não pode, de alguma forma, impedi-lo de fazer mal a si mesmo?

— Poderia fazê-lo esquecer parte de seu passado.

— Não!

— Você sabe que eu não faria isso. Não faria nem mesmo se não tivesse visto o homem agradável e vazio que ele era antes de suas memórias voltarem. Não faria isso. Não gosto de manipulá-los desse jeito. Eles perdem muito daquilo que valorizo neles.

— O que vai fazer, então? Só vai continuar corrigindo-o até que ele enfim nos deixe e, talvez, mate a si mesmo?

— Ele não vai nos deixar.

Nikanj queria dizer que não o deixaria partir, não *conseguiria* deixar. Ooloi podiam ser assim quando encontravam um Humano por quem sentissem forte atração. Com certeza Nikanj não poderia deixar Lilith partir, por mais que a deixasse vagar.

— Akin vai ficar bem?

— Não sei.

Dichaan se desapegou de Nikanj e se sentou, dobrando as pernas debaixo do corpo.

— Vou separá-lo dos rebeldes.

— Por quê?

— Cedo ou tarde, um deles irá matá-lo. Recolhemos as armas de fogo deles duas vezes desde que o pegaram. Eles sempre fazem mais, e as novas são sempre mais eficientes. Maior variedade, maior precisão, maior segurança para os Humanos que as estão usando... Humanos são muito perigosos. E são apenas uma parte dele. Deixe-o aprender o que mais ele é.

Com angústia, Nikanj recolheu seus tentáculos corporais, mas não disse nada. Se tivesse favoritas entre suas crianças, Akin seria uma delas. Não tinha filhos do mesmo sexo que o seu e isso era uma verdadeira privação. Akin era único e, quando estava em casa, passava grande parte do tempo com Nikanj. Mas Dichaan ainda era seu progenitor do mesmo sexo.

— Não por muito tempo, Chkah — Dichaan disse baixinho. — Não vou mantê-lo longe de você por muito tempo. E ele lhe trará você todas as alterações que encontrar em Chkahichdahk.

— Ele sempre traz coisas para mim — Nikanj murmurou e pareceu relaxar, aceitando a decisão de Dichaan. — Ele desvia do caminho para provar coisas e trazê-las para casa. Falta pouquíssimo tempo até que ele passe pela metamorfose e comece a levar todas as suas aquisições a seus parceiros.

— Um ano — falou Dichaan. — Trarei-o de volta daqui a apenas um ano. — Ele se deitou de novo para confortar Nikanj e não ficou surpreso ao descobri que o indivíduo ooloi precisava de conforto. Nikanj se angustiava com a forma como Tino continuamente descontava sua frustração e confusão no próprio corpo. Agora, sentia uma angústia ainda maior. Estava prestes a perder um ano da infância de Akin. Em casa, com sua imensa família, Nikanj sentia solidão e cansaço.

Dichaan se vinculou ao interior do sistema nervoso de Nikanj. Conseguiu sentir seu próprio vínculo familiar profundo estimulando o de Nikanj. Aqueles vínculos se expandiam e se alteravam ao longo dos anos, mas não enfraqueciam. E nunca falhavam em atrair o interesse mais intenso de Nikanj.

Mais tarde, Dichaan diria a Lo para alertar a nave e fazê-la enviar uma cápsula. Depois ele diria a Akin que era a hora de aprender mais sobre o lado oankali de sua origem.

2

Às vezes, parecia que o mundo de Akin era feito de pequenos grupos de pessoas que o tratavam com gentileza ou com frieza, conforme desejavam, mas que não conseguiam deixar que ele entrasse, independentemente de quanto desejassem isso.

Ele se lembrava de uma época em que se misturar com os outros não só parecia possível como também inevitável, quando Tiikuchahk ainda não tinha nascido e ele podia esticar-se, provar e conhecer aquele ser de quem se tornaria o irmão mais próximo. Mas agora, como ele não pudera estabelecer esse vínculo, Tiikuchahk era seu parente menos interessante. Akin passava o menor tempo possível a seu lado.

Agora, Tiikuchahk queria ir para Chkahichdahk com ele.

— Deixe Tiikuchahk ir e eu fico aqui — ele falou para Dichaan.

— Tiikuchahk também está só — respondeu Dichaan. — Vocês dois precisam aprender mais sobre o que são.

— Eu sei o que sou.

— Sim. Você é meu filho, do mesmo sexo que eu, perto de sua metamorfose.

Akin não fora capaz de responder a isso. Era hora de escutar Dichaan, aprender com ele, se preparar para ser um macho maduro. Ele se sentia fortemente inclinado a obedecer.

Ainda assim ele vagara pela floresta por dias, resistindo a essa inclinação e sentindo um profundo ressentimento cada vez que a ideia retornava para importuná-lo.

Ninguém foi atrás dele. E ninguém pareceu surpreso quando voltou para casa. A cápsula tinha comido até abrir uma nova clareira enquanto esperava por ele.

Akin ficou parado olhando aquilo. Era uma grande criatura de casco verde, um macho, na medida em que entes-nave podiam ser de um ou de outro sexo. Todos tinham a capacidade de se tornar fêmeas. Mas, enquanto continuasse recebendo uma substância controladora vinda do corpo de Tiikuchahk, a cápsula permaneceria pequena e macho. Estenderia seu alcance a Chkahichdahk investigando planetas e luas do sistema solar, trazendo informações, suprimentos materiais e vida. Carregaria passageiros e trabalharia com eles na exploração. E transportaria pessoas para a nave e de volta.

Akin nunca estivera dentro de uma delas. Não teria permissão de se conectar a um sistema nervoso desses enquanto não fosse um adulto. Muitas coisas tinham de esperar até que ele fosse um adulto.

Quando adulto, ele poderia falar a favor dos rebeldes. Agora, a voz dele podia ser ignorada, sequer seria ouvida sem a amplificação fornecida por um dos membros adultos de sua família. Ele se lembrou das histórias de Nikanj sobre sua própria infância, sobre ter razão, saber que tinha razão, e mesmo assim não receber atenção porque ainda não entrara na fase adulta. Lilith fora machucada algumas vezes durante aqueles anos porque as pessoas não escutavam Nikanj, que sabia mais do que elas.

Akin não cometeria o erro de Nikanj. Tinha decidido isso havia muito tempo. Mas agora... Por que Dichaan decidira enviá-lo a Chkahichdahk? Apenas para mantê-lo fora de perigo ou havia algum outro motivo?

Ele se aproximou da cápsula querendo entrar, mas querendo antes caminhar ao redor da criatura, apreciá-la com os sentidos que ele e os Humanos compartilhavam.

De qualquer ângulo, a cápsula parecia uma colina alta e perfeitamente simétrica. Assim que estivesse no ar, seria esférica. As placas de seu casco, três camadas delas, deslizariam ao seu redor e se fechariam; nada poderia entrar ou sair.

— Akin.

Ele olhou ao redor sem mover o corpo e viu Ahajas vindo da direção de Lo. Os outros faziam algum barulho ao andar, mas Ahajas, maior e mais alta do que quase todos eles, parecia fluir pelo caminho, com pés de dezesseis dedos que pareciam mal tocar o chão. Se ela não quisesse ser ouvida, ninguém a ouviria. As fêmeas precisavam ser capazes de se esconder, se possível, e de lutar, caso se esconder fosse impossível ou inútil. Nikanj explicara isso.

Durante um ano, Akin não veria Nikanj. Talvez por mais tempo.

Ahajas veio se elevando sobre ele, então se dobrou até ficar sentada de frente para Akin, da maneira como Humanos costumavam se curvar ou se ajoelhar para falar com ele quando era mais novo. Agora, a cabeça deles estava na mesma altura.

— Eu quis vê-lo antes que você fosse embora. Talvez você não seja mais uma criança quando voltar.

— Eu serei. — Ele colocou a mão entre os tentáculos da cabeça dela e sentiu-os agarrando-a e penetrando-a. — Ainda estou a anos da mudança.

— Seu corpo pode mudar mais rápido do que você imagina. O estresse de precisar se adaptar a um novo ambiente poderia tornar as coisas mais rápidas. Você deveria ver todo mundo antes de ir.

— Não quero.

— Eu sei. Você não quer partir, então não quer dizer adeus. Nem foi ver seus amigos rebeldes.

Ela não sentia o cheiro deles em Akin. Ele ficara particularmente envergonhado ao perceber que ela e os outros sabiam pelo cheiro quando ele estivera com uma mulher. Ele se lavava, é claro, mas ainda assim eles sabiam.

— Você deveria ter ido até eles. Talvez você mude muito durante a metamorfose. Humanos não aceitam isso com facilidade.

— Lilith?

— Você sabe. Apesar das coisas que ela diz, nunca a vi rejeitar um de seus filhos. Mas você gostaria de partir sem vê-la?

Silêncio.

— Venha, Eka. — Ela soltou a mão dele e se levantou.

Ele a seguiu na volta à aldeia, sentindo-se rancoroso e manipulado.

3

Foi organizada uma festa ao ar livre para ele. As pessoas interromperam suas atividades e se reuniram no centro da aldeia em homenagem a ele e a Tiikuchahk. Tiikuchahk pareceu apreciar a festa, mas Akin simplesmente a aturou. Margit, que todos sabiam que estava à beira da metamorfose, veio se sentar ao lado dele. Ela ainda era sua irmã favorita, embora passasse mais tempo com o irmão que era seu par. Ela estendeu uma mão cinzenta para ele e Akin quase a tomou entre as suas antes de perceber o que Margit estava lhe mostrando. Ela sempre tivera dedos demais para uma criança nascida Humana, sete em cada mão. Mas a mão que ela lhe estendia agora possuía apenas cinco dedos longos, delgados, cinzentos.

Ele encarou Margit, depois pegou a mão apresentada e a examinou. Nenhuma ferida, nenhuma cicatriz.

— Como...? — perguntou.

— Acordei hoje de manhã e eles tinham sumido. Não sobrou nada, exceto as unhas e um pouco de pele enrugada e morta.

— Sua mão doeu?

— Ela estava bem. Ainda está. Estou sonolenta, mas até agora é só isso. — Ela hesitou. — Você é a primeira pessoa a quem contei.

Ele a abraçou e mal foi capaz de impedir o próprio choro.

— Nem vou reconhecer você quando eu voltar. Você será outra pessoa, provavelmente terá acasalado e estará grávida.

— Posso ter acasalado e estar grávida, mas você vai me reconhecer. Posso garantir isso!

Ele apenas a observou. Todos mudavam, mas, de um jeito irracional, ele não queria que ela mudasse.

— O que foi? — perguntou Tiikuchahk.

Akin não entendeu por que fez isso, mas, depois de olhar para Margit para garantir que estava tudo bem, ele pegou a mão dela e a mostrou para Tiikuchahk.

Tiikuchahk, que tinha uma aparência muito mais humana que a de Margit, apesar de ter nascido Oankali, começou a chorar. Beijou a mão dela e soltou-a, triste.

— As coisas vão mudar muito enquanto estivermos fora — disse, com lágrimas silenciosas rolando pelo rosto. — Quando voltarmos, seremos estranhos. — Seus poucos tentáculos sensoriais se tensionaram em nódulos colados ao corpo, transparecendo o mesmo que Akin sentia.

Então, outros quiseram saber o que havia de errado e Lilith veio até eles, olhando-os como se já soubesse.

— Margit? — disse baixinho.

Margit estendeu as mãos e sorriu.

— Imaginei — falou Lilith. — Agora, a festa também é sua. Venha. — Ela levou Margit para mostrar aos outros.

Akin e Tiikuchahk levantaram ao mesmo tempo sem falar. Às vezes agiam de forma sincronizada como se formassem um par fraterno, mas o fenômeno sempre os surpreendia e, de algum modo, nunca trazia o conforto que parecia trazer a outros pares fraternos, que tinham estabelecido vínculos apropriados na primeira infância.

Agora, entretanto, eles se deslocaram juntos em direção a Ayre, sua irmã mais velha. Ela era um adulto constructo – o adulto constructo mais velho de Lo –, e os vinha observando, apontando vários tentáculos da cabeça para eles enquanto conversava com um dos filhos de Leah nascido

Oankali. Ayre nascera em Chkahichdahk. Tinha passado pela metamorfose na Terra, acasalado e dado à luz várias crianças. Sobrevivera às coisas que eles ainda estavam enfrentando.

— Sentem comigo — disse ela quando eles se aproximaram. — Sentem aqui. — Posicionou um de cada lado. Imediatamente, entrelaçou os longos tentáculos de sua cabeça com os de Tiikuchahk. Akin descobrira que ter apenas um tentáculo sensorial de verdade, e posicionado na boca, era muito inconveniente. Os rebeldes gostavam de não precisar olhar para ele, mas aquilo inibia a comunicação com Oankali e constructos. Ele logo ficara grande demais para ser carregado nos braços de alguém.

Mas Ayre, sendo Ayre, simplesmente o colocou sob um dos braços e o pressionou contra si para que fosse fácil para ele se conectar a ela enquanto ela usava os tentáculos de seu corpo para se conectar a ele.

— Não sabemos o que vai acontecer conosco — ele e Tiikuchahk disseram em um uníssono silencioso. Foi um grito de medo de ambos, e para Akin também um grito de frustração. O tempo estava sendo tirado dele. Ele conhecia as pessoas e os idiomas de uma aldeia rebelde chinesa, uma aldeia igbo, três aldeias que falavam espanhol formadas por pessoas de muitos países, uma aldeia hindu e duas aldeias de gente de diferentes países que falavam suaíli. Tantos rebeldes. Ainda assim, havia tantos mais. Acima de tudo, ele fora expulso da aldeia de pessoas que falavam inglês porque sua pele era mais escura do que a dos moradores da aldeia. Ele não entendera aquilo e não ousara perguntar a ninguém em Lo. Mesmo assim, havia rebeldes que ele nunca tinha visto, rebeldes cujas ideias não ouvira, rebeldes que acreditavam que sua única esperança era sequestrar crianças constructo ou morrer como espécie. Agora, havia boatos sobre uma aldeia onde as pessoas se reuniram na praça e beberam veneno. Ninguém com quem Akin conversou sabia o nome dessa aldeia, mas todos tinham ouvido a respeito.

Será que restariam Humanos para salvar quando Akin finalmente tivesse idade para que suas opiniões fossem respeitadas?

E será que ele ainda pareceria Humano o suficiente para persuadi-los?

Ou tudo isso era bobagem? Será que ele seria mesmo capaz de ajudar a todos eles, independentemente do que acontecesse? Os Oankali só o impediriam de fazer algo se o considerassem prejudicial. Mas se não houvesse consenso, também não o ajudariam. Akin não conseguiria ajudar os Humanos sozinho.

Não poderia, por exemplo, dar a eles um ente-nave. Enquanto permanecessem Humanos a fim de satisfazer suas crenças, os rebeldes não poderiam se comunicar com uma nave. Alguns deles insistiam em acreditar que as naves não estavam vivas, que eram coisas de metal que qualquer um poderia aprender a controlar. Não tinham compreendido absolutamente nada quando Akin tentara explicar que as naves controlavam a si mesmas. Ou as pessoas se juntavam a elas, compartilhavam suas experiências e as deixavam compartilhar das suas, ou não havia troca. E, sem troca, as naves ignoravam a existência das pessoas.

— Vocês precisam se ajudar — disse Ayre.

Akin e Tiikuchahk se retraíram, em um movimento automático.

— Vocês não poderão ser o que deveriam ter sido, mas podem se ajudar. — Akin não pôde ignorar a certeza que

Ayre sentia. — Vocês dois estão sozinhos. Serão estranhos. E são como uma ervilha cortada ao meio. Permitam-se depender um pouco do outro.

Nem Akin nem Tiikuchahk responderam.

— Uma ervilha cortada ao meio é uma coisa ferida ou duas? — perguntou Ayre, em tom suave.

— Não podemos curar um ao outro — disse Tiikuchahk.

— A metamorfose vai curar vocês, e pode estar mais próxima do que imaginam.

E eles ficaram com medo de novo. Medo da mudança, medo de retornar para uma terra natal mudados, irreconhecíveis. Medo de ir a um lugar que lhes pertencia ainda menos do que aquele de onde partiam. Ayre tentou distraí-los.

— Ti, por que você quer ir para Chkahichdahk? — perguntou.

Tiikuchahk não quis responder à pergunta. Mas Akin e Ayre receberam seu sentimento negativo.

— Não há rebeldes lá — disse Ayre. — É isso, não é? Tiikuchahk não falou nada.

— Ahajas disse que você seria fêmea? — perguntou Ayre.

— Ainda não.

— Você quer ser?

— Não sei.

— Acha que pode querer ser macho?

— Talvez.

— Se quiser ser macho, você precisa ficar aqui. Deixe Akin ir. Passe seu tempo com Dichaan e Tino e com suas irmãs. Com seus progenitores masculinos e suas irmãs. Seu corpo vai saber como reagir.

— Eu quero ver Chkahichdahk.

— Você poderia esperar. Vê-lo depois de mudar.

— Quero ir com Akin. — Havia uma forte negativa outra vez. Tiikuchahk disse o que precisava dizer, não o que queria de verdade.

— Então você provavelmente será fêmea.

Tristeza.

— Eu sei.

— Ti, talvez você queira ir com Akin porque ainda está tentando curar a antiga ferida. Como eu disse, não há rebeldes em Chkahichdahk. Não há bandos humanos para distrair Akin e ocupar muito de seu tempo. — Ela voltou a atenção para Akin. — E você? Uma vez que tem de ir, como se sente a respeito de Ti ir com você?

— Não quero que vá. — Nenhuma mentira seria eficaz naquela forma íntima de comunicação. A única maneira de evitar verdades desagradáveis era evitar a comunicação, não dizer nada. Mas Tiikuchahk já sabia que Akin não queria sua companhia. Todos sabiam. Tiikuchahk o repelia e o atraía de uma maneira tão incompreensível e desconfortável que ele não gostava da proximidade entre eles. E Tiikuchahk sentia o mesmo. Deveria ficar feliz ao ver Akin partir.

Ayre estremeceu. Ela não interrompeu o contato entre eles, mas quis fazer isso. Conseguia sentir a atração-repulsão entre os dois. Tentou sobrepujar aquelas emoções conflituosas usando a própria calma, com sentimentos vindos da união com seu próprio par fraterno. Akin reconheceu o sentimento. Ele o tinha percebido antes em outras pessoas. Mas isso não teve nenhum efeito para acalmar sua confusão de sentimentos.

Ayre rompeu o contato com eles.

— Ti tem razão. Vocês devem ir juntos — disse, farfalhando os tentáculos desconfortavelmente. — Vocês precisam resolver isso. É deplorável que alguém tenha deixado isso acontecer com vocês.

— Não sabemos como resolver isso — disse Akin —, exceto esperando pela metamorfose.

— Procurem ajuda ooloi. Um subadulto. É algo que vocês não podem fazer aqui. Não vejo um subadulto aqui embaixo há anos.

— Nunca vi um — falou Tiikuchahk. — Ooloi descem depois de sua segunda metamorfose. O que podem fazer antes disso?

— Desviar sua atenção mútua sem sequer tentar. Vocês vão ver. Antes mesmo de crescer, ooloi são... interessantes.

Akin se levantou.

— Não quero ooloi. Isso me faz pensar em acasalamento. Tudo está indo rápido demais.

Ayre suspirou e sacudiu a cabeça.

— O que você pensa que tem feito com aquelas mulheres rebeldes?

— Aquilo é diferente. Nada poderia acontecer. Eu até disse a elas que nada poderia acontecer. Mas elas queriam continuar de qualquer maneira, para o caso de eu estar errado.

— Você e Ti, encontrem uma companhia ooloi. Se não tiver amadurecido, não poderá acasalar, mas poderá ajudá-los.

Eles a deixaram e se viram, ambos, procurando e depois se dirigindo a Nikanj. Nesse momento, Akin se excluiu deliberadamente da sincronia com Tiikuchahk. Era uma sincronia gritante que continuava acontecendo por acaso e que provocava a mesma sensação de quando a serraria de Fênix teve que ser fechada por dias porque algo saíra muito errado.

Ele parou. Tiikuchahk continuou, cambaleou e sentiu a mesma desconexão que Akin sentira. As coisas sempre eram assim para eles. Akin sabia que Tiikuchahk costumava ficar feliz quando ele saía da aldeia por semanas ou meses. Às vezes, Ti não ficava com a família quando Akin estava em casa; em vez disso, se juntava a outras famílias onde considerava mais suportável a sensação de estar só, de ser diferente.

Humanos não tinham ideia de como a sociedade de constructos e Oankali era completamente formada por grupos de duas ou mais pessoas. Tate não sabia o que fizera quando se recusou a ajudá-lo a voltar para Lo e para Tiikuchahk. Talvez tenha sido por isso que, em todas as suas viagens, ele nunca retornara a Fênix.

Akin foi até Lilith quando alguém começou a pedir uma história. Ela estava sentada, sozinha, ignorando o chamado, embora as pessoas gostassem de suas histórias. A memória dela a abastecia dos menores detalhes da Terra antes da guerra, e ela sabia como juntar todas as coisas de uma maneira que fazia as pessoas rirem, chorarem ou se inclinarem para a frente, ouvindo, receosas de perderem as palavras seguintes.

Ela ergueu os olhos para ele e não falou nada quando ele se sentou a seu lado.

— Eu queria me despedir — disse ele, baixinho.

Lilith parecia cansada.

— Eu estava pensando sobre Margit crescendo, você e Ti partindo... mas vocês devem ir. — Ela pegou a mão dele e a segurou. — Vocês deveriam conhecer também sua parte oankali. Mas mal posso suportar a ideia de perder o que talvez seja o último ano da infância de vocês.

— Eu esperava fazer contato com mais rebeldes — disse Akin.

Ela não respondeu. Não falava com ele sobre as viagens para junto dos rebeldes. Às vezes, o alertava, respondia perguntas se ele as fizesse. E Akin percebia que ela se preocupava com ele. Mas ela não oferecia nada, nem ele. Uma vez, quando Lilith deixou a aldeia em uma de suas expedições solitárias, ele a seguiu e, quando finalmente a alcançou, encontrou-a sentada em um tronco esperando por ele. Viajaram juntos por vários dias e ela lhe contou sua história: por que seu nome era um epíteto entre rebeldes de língua inglesa, como eles a culpavam pelo que os Oankali tinham feito com eles porque ela fora a pessoa que os Oankali escolheram para executar seu trabalho. Lilith precisara despertar grupos de Humanos da animação suspensa e ajudá-los a compreender sua nova situação. Na época, só ela sabia falar Oankali. Só ela podia abrir e fechar paredes e usar sua força intensificada pelos Oankali para proteger a si mesma e aos outros. Aquilo foi o suficiente para torná-la, no entendimento de seu próprio povo, uma colaboradora, uma traidora. Para eles, fora seguro culpá-la. Os Oankali eram poderosos e perigosos, ela não.

Agora ela o encarava.

— Não tem como você entrar em contato com todos os rebeldes — disse ela. — Se quer ajudá-los, você já tem as informações de que precisa sobre eles. Agora precisa aprender mais sobre os Oankali. Entende?

Ele fez que sim com a cabeça, devagar, com a pele irritada onde havia manchas sensoriais mas nenhum tentáculo para que ele enrolasse em um nódulo rígido e expressasse a tensão que sentia.

— Se houver algo que você possa fazer, agora é a hora de descobrir o que é e como fazê-lo. Aprenda tudo que puder.

— Vou fazer isso. — Ele comparou a mão dela, longa, de tom marrom, com a sua, e se perguntou como poderia haver tão pouca diferença visível. Talvez o primeiro sinal de sua metamorfose fossem novos dedos crescendo ou os antigos perdendo suas unhas humanas achatadas. — Eu não tinha pensado nessa viagem como algo útil.

— Torne-a útil!

— Tornarei. — Ele hesitou. — Você acredita mesmo que eu posso ajudar?

— Você acredita?

— Tenho ideias.

— Guarde-as. Você acertou em ficar calado a respeito delas até agora.

Era bom ouvi-la confirmando o que ele acreditava.

— Você pode vir até a nave comigo?

— Claro.

— Agora.

Ela olhou para a festa, para a aldeia. As pessoas tinham se aglomerado na casa de hóspedes, onde alguém estava contando uma história, e outro grupo conseguira flautas, tambores, violões e uma pequena harpa. A música logo levaria os contadores de histórias para dentro de uma das casas ou, mais provavelmente, os traria para a cantoria e a dança.

Os Oankali não gostavam de música. Começaram a se retirar para dentro das casas, para preservar sua audição, eles diziam. A maioria dos constructos gostava tanto de música quanto os Humanos. Vários constructos machos nascidos Oankali se tornaram músicos viajantes, mais do que bem-vindos nas aldeias de permuta.

— Não estou com ânimo para canto, dança ou histórias — disse Akin. — Venha comigo. Vou dormir na nave esta noite. Já fiz minhas despedidas.

Ela se levantou, erguendo-se acima dele de uma maneira que o fazia sentir-se estranhamente seguro. Ninguém falou com eles ou se juntou aos dois quando saíram da aldeia.

4

hkahichdahk. Dichaan subiu com Akin e Tiikuchahk. A cápsula poderia apenas ter sido enviada para casa. Comera até se satisfazer e fora apresentada a várias pessoas que tinham atingido a idade adulta recentemente. Ela estava contente e não precisava de orientação. Mas Dichaan foi junto mesmo assim. Akin ficou feliz com isso. Ele precisava de um progenitor do mesmo sexo, mais do que teria admitido.

Tiikuchahk também parecia precisar de Dichaan. Ficou perto dele, sob a luz tênue da cápsula. Ela tinha feito para eles uma esfera lisa e cinzenta em seu interior, e os deixou decidir se queriam erguer plataformas ou anteparos. O ar seria mantido fresco; eficaz, a cápsula os supriria com o oxigênio que produzia e retiraria para seu próprio uso o dióxido de carbono exalado por eles. Também poderia usar qualquer resíduo que eles produzissem, e poderia alimentá-los com qualquer coisa que conseguissem descrever, assim como fazia Lo. Até uma criança com apenas um tentáculo sensorial funcional poderia descrever alimentos que tivesse comido e solicitar duplicatas deles. A cápsula os sintetizaria, como Lo faria.

Mas, entre eles, apenas Dichaan podia se conectar de verdade com a cápsula e, por meio dos sentidos, compartilhar da experiência de voar pelo espaço. Ele não poderia compartilhar o que tinha sentido até se desconectar da cápsula. Depois, ele manteve Akin imóvel, como se segurasse um bebê, e lhe mostrou o espaço aberto.

Akin pareceu flutuar, completamente nu, girando em seu próprio eixo, deixando o pequeno planeta úmido, rochoso, adocicado que sempre apreciou e voltando à fonte de vida que era esposa, mãe, irmã, santuário. Trazia para ela notícias de uma de suas crianças: Lo.

Mas ele estava em um espaço vazio, cercado por escuridão, alimentando-se da luz solar, de brilho impossível, se afastando aos poucos da grande curva azul da Terra, consciente de todo um corpo de imensos astros distantes. Eles eram toques gentis e o sol era uma grande mão limitante, amistoso, mas inescapável. Nenhuma cápsula poderia passar tão perto de uma estrela e depois escapar de seu abraço gravitacional. Apenas Chkahichdahk fazia aquilo, movido por seu próprio sol interno, sua digestão de alta eficiência que nada desperdiçava.

Tudo era nítido, perfeitamente claro, de uma intensidade além do suportável. Tudo golpeava os sentidos. As impressões surgiam como pancadas. Ele foi atacado, espancado, atormentado...

E acabou.

Akin não podia ter colocado um fim naquilo. Agora estava deitado, enfraquecido pelo choque, já não se irritava mais por Dichaan segurá-lo; precisava de apoio.

— Durou apenas um segundo — Dichaan estava dizendo. — Menos de um segundo. E eu o amorteci para você.

Aos poucos, Akin foi capaz de se mover e pensar outra vez.

— Por que é assim? — ele quis saber.

— Por que a cápsula sente o que sente? Por que experimentamos seus sentimentos com tanta intensidade? Eka, por que *você* sente o que sente? Como um quati ou uma cotia receberiam seus sentimentos?

— Mas...

— Ela sente o que sente. Os sentimentos dela agrediriam você, talvez o machucassem ou o matassem se você os recebesse diretamente. Suas reações confundiriam a cápsula e o lançariam para fora da rota.

— E quando eu for adulto, serei capaz de sentir através dela, como você faz?

— Ah, sim. Nunca abrimos mão de nossas habilidades de operar com as naves. Elas são mais do que parceiras para nós.

— Mas... o que fazemos por elas, de verdade? Elas nos permitem viajar pelo espaço, mas poderiam viajar sem nós.

— Nós as construímos. Elas também são nós, sabe. — Ele tocou uma parede lisa e cinzenta, então se conectou a ela com vários tentáculos da cabeça. Akin percebeu que ele estava pedindo comida. A entrega demoraria um pouco, já que a cápsula não armazenava nada. Os alimentos eram estocados quando Humanos eram trazidos porque algumas cápsulas não tinham muita prática em preparar alimentos com sabor satisfatório para os Humanos. Elas nunca envenenaram ninguém nem deixaram ninguém desnutrido. Mas, às vezes, os Humanos achavam que a comida que produziam tinha um sabor tão estranho que preferiam jejuar.

— Elas começaram como nós — continuou Dichaan. Ele tocou Akin com alguns tentáculos esticados da cabeça e Akin se aproximou para receber uma impressão dos Oankali em uma de suas formas primitivas, limitados ao seu mundo natal e à vida que se originara ali. A partir de uma mistura de genes, seus e de muitos outros animais, eles modelaram os ancestrais das naves. A inteligência delas, quando necessária, ainda era Oankali. Não havia ooloi nas naves, então suas sementes eram sempre combinadas em Oankali ooloi.

— E não há ooloi constructos — disse Akin com cuidado.

— Haverá.

— Quando?

— Eka... quando nos sentirmos seguros em relação a você. Em silêncio, Akin o encarou.

— Eu?

— Você e outros como você. A esta altura, todas as aldeias de permuta têm um. Se você tivesse feito suas perambulações por elas, saberia disso.

Tiikuchahk falou pela primeira vez.

— Por que precisa ser tão difícil conseguir constructos machos de fêmeas Humanas? E por que machos nascidos Humanos são tão importantes?

— Eles precisam receber mais características humanas do que constructos machos nascidos Oankali — respondeu Dichaan. — Do contrário, não poderiam sobreviver dentro de suas mães Humanas. E uma vez que precisam ser tão Humanos e, ainda assim, machos, e férteis no futuro, precisam, de várias maneiras, se aproximar dos machos totalmente Humanos; precisam fazê-lo de um jeito perigoso. Precisam carregar mais da Contradição Humana do que quaisquer outras pessoas.

A Contradição Humana de novo. A Contradição, como costumava ser chamada entre os Oankali. Inteligência e comportamento hierárquico. Era fascinante, sedutora e letal. Conduziu os Humanos à sua guerra final.

— Não sinto nada disso em mim — disse Akin.

— Você ainda não amadureceu — respondeu Dichaan.

— Nikanj acredita que você é exatamente o que se pretendia

que você fosse. Mas as pessoas precisam ver a expressão completa do trabalho de Nikanj antes de poder dirigir sua atenção a constructos ooloi e ao amadurecimento da nova espécie.

— Então será uma espécie Oankali — falou Akin em voz baixa. — Vai se desenvolver e se dividir como os Oankali sempre fizeram e chamará a si mesma de Oankali.

— Será Oankali. Olhe dentro das células de seu próprio corpo. Você é Oankali.

— E os Humanos serão extintos, exatamente como acreditam.

— Olhe dentro de suas células. As suas, em particular.

— Mas seremos Oankali. Eles serão apenas... algo que consumimos.

Dichaan se deitou, relaxando o corpo e acolhendo Tiikuchahk, que no mesmo instante se deitou a seu lado, entrelaçando alguns tentáculos de suas cabeças.

— Você e Nikanj — ele disse a Akin. — Nikanj diz que os Humanos são simbiontes e você acredita que nós somos predadores. O que você consumiu, Eka?

— Sou o que Nikanj fez de mim.

— O que Nikanj consumiu?

Akin fixou o olhar nos dois, se perguntando que comunhão compartilhavam da qual ele não fazia parte. Mas ele não queria outra fusão dolorosa e dissonante com Tiikuchahk. Ainda não. Aquilo aconteceria em breve e por acaso. Ele se sentou, observando-os e tentando enxergá-los como um rebelde enxergaria. Aos poucos, eles se tornaram alienígenas para ele, se tornaram feios, quase assustadores.

Ele sacudiu a cabeça de repente, rejeitando a ilusão. Já a criara antes, mas nunca deliberadamente ou com tanta perfeição.

— Eles são consumidos — comunicou em silêncio. — E isso é errado e desnecessário.

— Eles vivem, Eka. Em você.

— Deixem que vivam em si mesmos!

Silêncio.

— O que somos nós se fazemos isso com povos inteiros? Não somos predadores? Não somos simbiontes? O que, então?

— Um povo, se desenvolvendo, mudando. Você é uma parte importante dessa mudança. Você é um perigo ao qual podemos não sobreviver.

— Não vou ferir ninguém.

— Acha que os Humanos destruíram a civilização deles de propósito?

— O que você acha que eu vou destruir?

— Nada. Não você pessoalmente, mas machos nascidos Humanos em geral. Ainda assim, precisamos tê-lo. Você é parte da permuta. Nenhuma permuta nunca esteve livre do perigo.

— Você quer dizer — Akin questionou, com rugas na testa — que esse novo ramo de Oankali que pretendemos nos tornar poderia acabar fazendo uma guerra e destruindo a si mesmo?

— Achamos que não. Ooloi têm sido muito cuidadosos, controlando a si mesmos e uns aos outros. Mas se estiverem errados, se cometerem e deixarem passar erros, os Dinso serão destruídos um dia. Os Toaht provavelmente serão destruídos. Apenas os Akjai sobreviverão. Não é preciso que haja uma guerra para nos destruir. A guerra foi apenas a mais rápida de muitas destruições enfrentadas pela Humanidade antes de ela nos encontrar.

— A Humanidade deveria ter outra chance.

— Ela tem. Conosco. — Dichaan voltou a atenção para Tiikuchahk. — Não deixei você provar as percepções da nave. Quer que eu faça isso?

Tiikuchahk hesitou, abrindo a boca para que soubessem que queria falar em voz alta.

— Não sei — disse, por fim. — Eu deveria prová-las, Akin?

Akin ficou surpreso por ser consultado. Foi a primeira vez que Tiikuchahk lhe dirigiu a palavra desde que entraram na nave. Agora ele analisava os próprios sentimentos em busca de uma resposta. Dichaan o aborrecera e ele se ressentia por ser levado para outro assunto de forma tão brusca. Mesmo assim, Tiikuchahk não fizera uma pergunta frívola. Ele deveria responder.

— Sim — falou. — Faça isso. Dói, e você não vai gostar, mas há algo além da dor, algo que você não vai sentir até que termine. Acho... talvez... talvez seja uma sombra do modo como será quando ficarmos adultos e formos capazes de sentir diretamente. Vale a pena, vale a tentativa.

5

A kin e Tiikuchahk estavam dormindo quando a cápsula chegou a Chkahichdahk. Dichaan os acordou com um toque e os conduziu para um pseudocorredor que era exatamente da mesma cor da parte interna da cápsula. O pseudocorredor era baixo e estreito, largo o suficiente apenas para que os três o atravessassem em fila indiana. E se fechou atrás deles. Apenas alguns passos atrás de si, Akin, o último da fila, percebia as paredes se comprimindo. O movimento o fascinou. Em Lo, nenhuma estrutura era gigantesca o suficiente para se mover daquela forma, criando um corredor temporário para conduzi-los por uma grossa camada de tecido vivo. E a carne deveria estar se abrindo diante deles. Ele tentou olhar para além de Tiikuchahk e Dichaan e ver o movimento. Via-o de relance, de vez em quando. Esse era o problema de ser pequeno. Ele não era fraco, mas praticamente todo mundo que conhecia era mais alto e mais largo do que ele, e sempre seria. Durante a metamorfose, caso se tornasse fêmea, Tiikuchahk quase dobraria de tamanho. Mas ele seria macho e a metamorfose fazia pouca diferença no tamanho dos machos.

Akin seria pequeno e solitário, Nikanj disse pouco depois de seu nascimento. Não desejaria ficar em um mesmo lugar e ser um pai para seus filhos. Não desejaria ter nenhuma ligação com outros machos.

Ele não conseguia imaginar tal vida, que não era humana nem oankali. Como ele seria capaz de ajudar os rebeldes se fosse tão solitário?

Nikanj sabia muitas coisas, mas não sabia tudo. Os filhos que teve eram sempre saudáveis e inteligentes, mas nem sempre faziam o que Nikanj esperava deles. Às vezes, tinha melhor sorte ao prever o que os Humanos fariam em determinada série de circunstâncias, e com certeza não sabia tanto quanto imaginava saber a respeito do que Akin faria quando adulto.

— Esse é um péssimo caminho para trazer Humanos para cá — Dichaan estava dizendo enquanto caminhavam. — A maioria deles fica incomodada ao ser trancafiada. Se algum dia vocês precisarem trazer algum, façam a cápsula levá-los o mais próximo possível de um dos corredores verdadeiros e entrem nesse corredor o mais depressa que puderem. Humanos também não gostam do movimento da carne. Tentem impedi-los de ver.

— Eles o veem em casa — disse Tiikuchahk disse.

— Não esse tipo de movimento amplo. Lilith diz que isso a faz pensar em ser engolida viva por algum animal gigantesco. Ela, ao menos, consegue suportar. Alguns Humanos perdem completamente o controle e ferem a si mesmos, ou tentam nos ferir. — Ele fez uma pausa. — Aqui está um corredor verdadeiro. Agora, vamos montar.

Dichaan levou-os a uma estação de alimentação de tílios e escolheu um dos grandes animais planos. Os três subiram nele e Dichaan tocou-o com vários tentáculos de sua cabeça. O animal ficou curioso e lançou pseudotentáculos para cima a fim de investigá-los.

— Este nunca transportou um constructo nascido na Terra antes — explicou Dichaan. — Prove-o. Deixe-o provar você. É inofensivo.

O animal fazia Akin se lembrar de cutias ou lontras, embora fosse mais brilhante do que qualquer desses animais. O tílio os transportou em meio a outros passageiros e pedestres: Oankali, constructos e Humanos. Dichaan disse ao animal aonde queria ir e ele encontrou o caminho sem problemas, apreciando o encontro com os visitantes de sabor estranho.

— Teremos esses animais na Terra um dia? — perguntou Tiikuchahk.

— Nós os teremos quando precisarmos deles — respondeu Dichaan. — Toda a nossa população ooloi sabe como construí-los.

Construir era a palavra certa, pensou Akin. O tílio era formado a partir dos genes combinados de vários animais. Os Humanos colocavam animais em gaiolas ou os amarravam para evitar que fugissem. Os Oankali simplesmente criavam animais que não queriam fugir e que gostavam de fazer o que estavam destinados a fazer. Eles também ficavam satisfeitos em ser recompensados com sensações novas ou sensações agradáveis já conhecidas. Aquele tílio tinha um interesse especial em Akin, que passou o trajeto lhe contando sobre a Terra e sobre si mesmo, transmitindo ao animal impressões sensoriais simples. O deleite do animal com aquilo deu a Akin tanto prazer quanto o que proporcionou ao tílio. Quando chegaram ao fim da jornada, Akin detestou abandoná-lo. Dichaan e Tiikuchahk esperaram pacientemente enquanto ele se desapegava do animal e dava um toque final de despedida.

— Gostei dele — disse Akin, sem necessidade, enquanto seguia Dichaan através de uma parede e subindo um aclive em direção a outro andar.

Sem se virar, Dichaan voltou para ele um cone de tentáculos da cabeça.

— O tílio prestou muita atenção em você. Mais do que em qualquer um de nós. Os animais terrestres prestam atenção em você, também, não prestam?

— Eles me deixam tocá-los, às vezes, e até me deixam prová-los. Mas se alguém estiver comigo, eles fogem.

— Aqui você pode aprender a cuidar dos animais, entender seus corpos e mantê-los saudáveis.

— Trabalho ooloi?

— Você pode ser treinado para fazê-lo. Tudo exceto controlar sua criação. E ooloi devem combinar seus filhotes.

Claro. Controlava-se os animais e as pessoas controlando sua reprodução, controlando-a de uma vez por todas. Mas talvez Akin pudesse aprender algo que teria utilidade para os rebeldes. E ele gostava de animais.

— Eu seria capaz de trabalhar com cápsulas ou com Chkahichdahk? — perguntou.

— Se você ainda quiser depois da sua transformação. Pessoas que façam esse tipo de trabalho serão necessárias em sua geração.

— Você me disse uma vez que as pessoas que trabalham com a nave têm que parecer diferentes, bem diferentes.

— Essa mudança não será necessária na Terra por várias gerações.

— Trabalhar com animais não afetará de modo algum a minha aparência?

— De modo algum.

— Então, quero fazer isso. — Depois de alguns passos, ele se virou, olhando para Tiikuchahk. — O que você vai fazer?

— Encontrar um indivíduo ooloi subadulto para nós — disse.

Ele teria caminhado mais depressa se soubesse o caminho. Queria se afastar de Tiikuchahk. A ideia de se unir a Tiikuchahk – ainda que de forma breve, e por um ser ooloi imaturo – era perturbadora, repugnante. A ideia de encontrar um ser ooloi, mesmo que imaturo, para uni-los, ainda que brevemente, era perturbadora, quase repugnante.

— Eu quis dizer: que trabalho você fará?

— Reunir conhecimento. Coletar informações sobre as mudanças que ocorreram nos Toaht e nos Akjai desde que os Dinso se estabeleceram na Terra. Acho que não seria permitido fazer muito mais. Você sabe qual será o seu sexo. É como se você nunca fosse realmente eka. Mas eu sou.

— Vocês não terão empecilhos para aprender seu trabalho — disse Dichaan. — Não receberão muita consideração, mas ninguém os impedirá de fazer o que escolherem. E se quiserem ajuda, as pessoas ajudarão.

— Vou reunir conhecimento — insistiu Tiikuchahk.

— Talvez, enquanto estiver fazendo isso, descubra algum trabalho que queira fazer.

— Este é Lo aj Toaht — falou Dichaan, levando-os para uma das vastas áreas vivas. Ali cresciam grandes estruturas semelhantes a árvores, maiores do que qualquer árvore que Akin já tinha visto na Terra. Lilith dissera que eram tão grandes quanto edifícios comerciais, mas aquilo não significava nada para Akin. Aquelas estruturas eram alojamentos, espaços de armazenamento, estruturas internas de apoio e fornecedoras de alimentos, roupas e outros itens desejados, como papel, revestimento à prova d'água e materiais de construção. Não eram árvores, mas partes da nave. Sua carne era a mesma do restante da nave.

Quando Dichaan tocou, com os tentáculos de sua cabeça, o que pareceu ser a casca de uma delas, ela se abriu como as paredes se abriam em casa; dentro havia uma sala familiar, sem nenhuma mobília ao estilo dos rebeldes, mas contendo várias plataformas para sentar ou apoiar recipientes de comida. As paredes e plataformas eram todas de um pálido marrom amarelado.

Enquanto os três entravam, a parede do outro lado da sala se abriu e chegaram três Oankali que Akin jamais vira.

Akin puxou o ar pela língua e seu olfato lhe disse que os recém-chegados dos sexos masculino e feminino eram de Lo, parentes próximos, na verdade. A figura ooloi deveria ser parceira deles. Não havia cheiro de relação familiar com ele, como teria acontecido se fosse ooan de Dichaan. Então, eles não eram seus progenitores. Mas eram parentes. Talvez o irmão e a irmã de Dichaan com sua companhia ooloi.

Os adultos se reuniram em silêncio e os tentáculos de suas cabeças e corpos se entrelaçaram, juntando-se com um sentimento intenso. Passado algum tempo, provavelmente depois que a troca de sentimentos e a comunicação haviam desacelerado, arrefecido até o ponto que uma criança poderia tolerar, eles atraíram Tiikuchahk, a quem tocaram e examinaram com grande curiosidade. Ti também os examinou e se familiarizou com eles. Akin teve inveja de seus tentáculos de cabeça. Quando os adultos liberaram Ti e levaram Akin para o meio deles, ele pode provar apenas um deles de cada vez, e não havia tempo para provar todos como ele desejava. Era mais fácil lidar com crianças e rebeldes.

No entanto, aquelas pessoas o receberam bem. Conseguiram se enxergar nele e perceber sua Humanidade alienígena. Ela os fascinou e decidiram não ter pressa em perceberem-se através dos sentidos de Akin.

A criatura ooloi ficou particularmente fascinada por ele. Taishokaht era seu nome, Jahtaishokahtlo lei Surohahwahj aj Toaht. Akin nunca tocara em ooloi Jah antes. Sua estrutura era menor e mais atarracada do que a de ooloi Kaal ou Lo. Na verdade, Taishokaht era um constructo como o próprio Akin, embora sua altura fosse maior. Todo mundo era mais alto do que Akin. Taishokaht exibia um sentimento de intensidade e confiança, quase de humor, como se Akin lhe parecesse muito divertido, mas também agradável.

— Você não sabe a mistura intrincada que é — disse-lhe em silêncio. — Se você é o protótipo de machos nascidos Humanos, grande parte de nós se contentará em ter apenas filhas com nossos companheiros Humanos. E isso seria uma perda.

— Há vários outros agora — informou Dichaan em voz alta. — Estude-o. Talvez você faça a primeira combinação de Lo Toaht.

— Não sei se quero.

Akin ainda estava em contato com Taishokaht; interrompeu-o, recuando para observar. Queria sim. Queria muito.

— Estude-me o quanto quiser — disse Akin. — Mas compartilhe comigo o que você aprender, o máximo que puder.

— Permuta, Eka — Taishokaht disse, se divertindo. — Tenho interesse em ver o quanto você consegue sentir.

Akin não tinha certeza se gostava daquela criatura ooloi. Sua voz era suave e seca e sua atitude o irritava. Taishokaht não se importava com o fato de que Akin seria, claramente, do sexo masculino e estivesse perto da metamorfose. Para Taishokaht, ele era eka: criança sem sexo. Criança tentando fazer barganhas adultas. Divertida. Mas foi aquilo que Dichaan prometera a Tiikuchahk: eles seriam ajudados e ensinados sem muita seriedade. De certo modo, seriam alvos de deboche. As crianças que viviam na segurança da nave não precisavam crescer tão depressa quanto as da Terra. Exceto jovens ooloi, que sofriam duas metamorfoses durante seus anos como subadultos, todas podiam ter uma infância longa e tranquila. Nem mesmo ooloi passavam por desafios sérios antes de provarem que seriam ooloi, antes de chegarem à fase de subadultos. Ninguém sequestrava as crianças na primeira infância ou as carregava pelos braços e pernas. Ninguém as ameaçava. Elas não precisavam se manter vivas em meio a rebeldes bem-intencionados, mas ignorantes.

Akin olhou para Dichaan.

— Como pode me fazer bem ser tratado como se fosse mais novo do sou? — perguntou. — Que lição a condescendência deveria me ensinar sobre este grupo do meu povo?

Ele não teria falado tão francamente se Lilith estivesse ali. Ela insistia que tivesse mais respeito pelos adultos. Dichaan, no entanto, apenas respondeu à sua pergunta, como Akin esperava.

— Ensine a eles quem você é. Agora eles só sabem *o que* você é. Vocês dois. — Por um instante, ele voltou a atenção para Tiikuchahk. — Vocês estão aqui tanto para ensinar como para aprender. — Era exatamente o que Taishokaht dissera, mas como se falasse a uma criança muito mais nova.

Naquele momento, por nenhum motivo que Akin conseguisse entender, Tiikuchahk o tocou e eles caíram em sua gritante e dissonante quase-sincronização.

— Isso também é o que somos — Akin explicou a Taishokaht, apenas para ouvir as mesmas palavras vindas de Tiikuchahk. — É por isso que precisamos de ajuda!

Os três Oankali os provaram e depois recuaram. A fêmea, Suroh, apertou seus tentáculos corporais junto a si e pareceu falar por todos eles.

— Ouvimos falar desse problema. É pior do que eu pensava.

— Foi errado separá-los — disse Dichaan em voz baixa.

Silêncio. O que havia para dizer? A escolha fora tomada por consenso anos antes. Os adultos da Terra e de Chkahichdahk tomaram aquela decisão.

— Conheço uma família Tiej com uma criança ooloi — disse Suroh. Não podia haver crianças do sexo masculino nem crianças do sexo feminino entre os Oankali, mas ooloi na fase subadulta recebiam a denominação de crianças ooloi. Akin ouvira aquelas palavras a vida inteira. Agora os adultos encontrariam uma criança ooloi para ele e Tiikuchahk. Esse pensamento o fez estremecer.

— Meu irmão e minha irmã mais próximos têm uma criança ooloi — disse Taishokaht. — Mas é nova. Saindo de sua primeira metamorfose.

— Nova demais — respondeu Dichaan. — Precisamos de alguém que se compreenda. Devo ficar e ajudar a escolher?

— Nós vamos escolher — falou o macho, alisando os tentáculos do corpo contra a pele. — Há mais de um problema a ser resolvido aqui. Você nos trouxe algo muito interessante.

— Eu lhes trouxe meus filhos — Dichaan falou baixinho.

Os três o tocaram ao mesmo tempo e o tranquilizaram diretamente, chamando Akin e Tiikuchahk para que Dichaan soubesse que tinham ali uma casa, que seriam bem cuidados.

Akin queria desesperadamente voltar para sua verdadeira casa. Quando a comida foi servida, não comeu. Comida não lhe interessava. Quando Dichaan partiu, precisou se esforçar ao máximo para não o seguir exigindo ser levado para a Terra. Dichaan não o teria levado. E ninguém ali teria entendido por que ele estava fazendo aquilo. Nikanj entenderia, mas Nikanj estava na Terra. Akin olhou para aquele ser ooloi Toaht e viu que não tinha sua atenção.

Sozinho e mais solitário do que já estivera desde que os assaltantes o raptaram, Akin se deitou em sua plataforma para dormir.

6

— Você está com medo? — perguntou Taishokaht. — Os seres humanos estão sempre com medo deles. — Não estou — disse Akin. Eles estavam em uma grande área escura e aberta. As paredes emanavam um brilho suave por causa do calor do corpo de Chkahichdahk. Só dava para enxergar graças ao calor corporal ali, no interior da nave. Os alojamentos e corredores de deslocamento ficavam acima – ao menos Akin pensava na direção deles como acima. Ele tinha passado por áreas onde a gravidade era menor, ou mesmo em que estava ausente. Palavras como *acima* e *abaixo* não faziam sentido, mas Akin não conseguia evitar pensar por meio delas.

Ele conseguia ver Taishokaht pelo calor corporal, menor que o seu e maior que o de Chkahichdahk. E viu outra pessoa no recinto.

— Não estou com medo — repetiu. — Esse ser consegue ouvir?

— Não. Permita que toque em você. Então, prove a parte do corpo que lhe oferecerá.

Akin andou em direção ao que o olfato lhe indicava ser uma criatura ooloi e a visão lhe dizia ser grande e semelhante a uma lagarta, coberta por placas lisas que criavam um padrão de brilho e escuridão, à medida que o calor de seu corpo escapava entre elas e não através delas. Pelo que Akin ouvira dizer, aquela criatura ooloi podia se fechar dentro de sua casca para não perder ar ou calor corporal. Conseguia retardar seus processos corporais e induzir a animação suspensa para poder sobreviver mesmo à deriva no espaço. Seres ooloi parecidos foram os primeiros a explorar a Terra arruinada pela guerra.

A criatura tinha partes da boca vagamente semelhantes às de alguns insetos terrestres. Mesmo se possuísse orelhas e cordas vocais, não poderia ter criado nenhum som parecido com o discurso humano ou oankali.

No entanto, era Oankali como Dichaan ou Nikanj. Era tão Oankali quanto qualquer ser inteligente composto por ooloi para incorporar organelas oankali dentro de suas células. Tão Oankali quanto o próprio Akin.

Era o que os Oankali tinham sido na permuta anterior à descoberta da Terra, antes de usarem suas memórias e seu vasto estoque de material genético para criar crianças que falavam, ouviam e andavam sobre dois pés. Crianças que, esperavam, pareceriam mais aceitáveis para os Humanos. A linguagem falada, uma renovação de sua habilidade antiga, fora incorporada geneticamente. Os primeiros cativos Humanos despertados foram usados para estimular as primeiras crianças bípedes a conversar, a "lembrar" como falar.

Agora, a maioria dos Oankali com aparência de lagarta era Akjai, como aquele indivíduo ooloi que estava diante de Akin. Ela ou seus filhos partiriam dos arredores da Terra sem nenhuma alteração física, não levando consigo nada do planeta ou da Humanidade, exceto conhecimento e memória.

O Akjai estendeu uma parte delgada do corpo. Akin pegou-a entre as mãos como se fosse um braço sensorial, e parecia exatamente isso, embora Akin tivesse descoberto, no primeiro instante de contato, que aquela criatura ooloi tinha seis membros sensoriais em vez de apenas dois.

Sua linguagem de toque era a que Akin sentira antes de seu nascimento. Essa familiaridade o consolou e, ansioso para entender a mistura de estranheza alienígena e familiaridade, ele provou o Akjai.

Houve um longo período para travar conhecimento com o Akjai e compreender que possuíam o mesmo interesse um pelo outro. Em determinado ponto, Akin não tinha certeza de quando, Taishokaht se juntou a eles. Akin usara a visão para descobrir se Taishokaht tocara nele ou no Akjai. Havia uma fusão completa entre aquelas duas criaturas ooloi, maior do que qualquer fusão entre pares fraternos. Deveria ser aquilo, ele pensou, que os adultos obtinham quando buscavam um consenso em algum assunto controverso. Mas se fosse, como eles continuavam a pensar como indivíduos? Taishokaht e Kohj, o Akjai, pareciam completamente fundidos, um sistema nervoso realizando comunicações internas, como qualquer sistema nervoso fazia.

— Não entendo — comunicou ele.

E, apenas por um instante, mostraram-lhe, trazendo-o para dentro daquela unidade incrível. Ele não conseguiu sequer lidar com o terror até que esse instante terminasse.

Como eles não se perdiam? Como era possível se separar outra vez? Era como imaginar que dois recipientes de água tivessem sido derramados juntos e depois separados, cada molécula retornando a seu recipiente original.

Ele devia ter comunicado aquilo. O Akjai respondeu.

— Mesmo no seu estágio de desenvolvimento, Eka, você consegue sentir moléculas. Nós sentimos moléculas subatômicas, e romper esse contato não é mais difícil para nós do que é, para os Humanos, dar um aperto de mãos e soltá-las.

— Isso acontece porque vocês são ooloi? — perguntou Akin.

— Ooloi sentem e, no interior das células reprodutivas, manipulam. Machos e fêmeas apenas sentem. Logo você entenderá.

— Posso aprender a cuidar de animais enquanto sou...
tão limitado?

— Pode aprender um pouco. Pode começar. Primeiro,
entretanto, como você não tem percepção adulta, precisa
aprender a confiar em nós. O que permitimos que você sentisse, por um breve período, não foi uma união tão profunda. A usamos para ensinar ou para chegar a um consenso.
Você precisa aprender a tolerar um pouco dela desde cedo.
Consegue fazer isso?

Akin estremeceu.

— Não sei.

— Vou tentar ajudá-lo. Posso?

— Se você não ajudar, não serei capaz de fazê-lo. É
assustador para mim.

— Sei disso. Você não terá tanto medo agora.

A criatura estava controlando o sistema nervoso de Akin
com delicadeza, estimulando a liberação de certas endorfinas
em seu cérebro, fazendo com que ele drogasse efetivamente
a si mesmo, entrando em relaxamento e aceitação. Seu corpo
estava se recusando a permitir que ele entrasse em pânico.
Enquanto era envolvido naquela união que trazia mais o sentimento de submersão do que de ligação, Akin continuava
sendo puxado rumo ao pânico, apenas para sentir a emoção
sufocada em algo que era quase prazer. Ele sentia como se
algo descesse rastejando por sua garganta e ele não conseguisse ter o reflexo da tosse para trazê-lo de volta para cima.

O Akjai poderia tê-lo ajudado mais, poderia ter eli-
minado todo o desconforto. Mas, Akin percebeu, não o
fez porque aquele já era um ensinamento. Akin se esforçou
para controlar os próprios sentimentos, se esforçou para
aceitar a proximidade em que se dissolvia.

Aos poucos, a aceitou. Descobriu que poderia, com uma mudança de atenção, sentir o que o Akjai sentia: um mundo silencioso, predominantemente tátil. Aquele ser conseguia olhar para uma parede e ver grandes diferenças na carne, enquanto Akin não via nenhuma. E aquele ser conhecia, conseguia ver, o sistema circulatório da nave. De alguma maneira, conseguia ver suas placas externas mais próximas. Na realidade, as placas externas mais próximas estavam a alguma distância de suas cabeças, na direção onde deveria estar o céu, de acordo com os sentidos de Akin, treinados na Terra. O Akjai conhecia tudo isso e mais ainda simplesmente pela visão. Entretanto, pelo tato, estava em constante comunicação com Chkahichdahk. Se quisesse, poderia saber o que a nave estava fazendo em qualquer parte de seu imenso corpo, a qualquer momento. Na verdade, já sabia. Apenas não se importava, porque nada requeria sua atenção. Todas as pequenas criaturas que tinham saído errado ou que pareciam prestes a dar errado estavam sendo atendidas por outros. O Akjai sabia disso pelo contato de seus muitos membros com o chão.

O impressionante era que Taishokaht também sabia disso. Os 32 dedos de seus dois pés nus indicavam a Taishokaht o mesmo que os membros do Akjai. Ele nunca observara um Oankali fazer aquilo em sua aldeia. Ele mesmo certamente nunca fizera aquilo com seus pés tão humanos, de apenas cinco dedos.

Ele não estava mais com medo.

Não importava o quão intensamente estivesse unido àquelas duas criaturas ooloi, Akin estava ciente de si. Estava igualmente ciente deles e de seus corpos e suas sensações. Mas, de alguma maneira, eles ainda eram eles, e Akin ainda era Akin. Ele se sentiu como se fosse uma mente flutuante, desprovida de corpo, como as almas das quais alguns rebeldes falavam em suas igrejas, como se ele olhasse de algum ângulo impossível e visse tudo, incluindo o próprio corpo, enquanto se encostava no Akjai. Ele tentou mover a mão esquerda e a viu se movendo. Tentou mover um dos membros do Akjai e, assim que ele entendeu seus nervos e musculaturas, o membro se moveu.

— Vê? — o Akjai disse, seu toque causando uma sensação estranha, como se Akin tocasse a própria pele. — As pessoas não se perdem. Você consegue fazer isso.

Ele conseguia. Examinou o corpo do Akjai, comparando-o com o de Taishokaht e com o seu.

— Como os povos Dinso e Toaht abriram mão de corpos tão fortes e versáteis para fazer permutas com os Humanos? — perguntou ele.

As duas criaturas ooloi acharam engraçado.

— Você só pergunta isso porque não conhece o próprio potencial — explicou-lhe o Akjai. — Agora vou lhe mostrar a estrutura de um tílio. Você não a conhece tão completamente quanto uma criança pode conhecer. Quando a compreender, vou lhe mostrar as coisas que acontecem de errado com o animal e o que você pode fazer a respeito.

7

Akin viveu com o Akjai, em suas viagens pelo interior da nave. O Akjai o ensinou, sem omitir nada que ele conseguisse absorver. Aprendeu a entender não apenas os animais de Chkahichdahk e da Terra, mas também as plantas. Quando pediu informações sobre os corpos dos rebeldes, o Akjai encontrou turistas Dinso ooloi. Em questão de minutos, aprendeu tudo o que podiam lhe ensinar. Então, transmitiu as informações a Akin em uma longa série de aulas.

— Agora você sabe mais do que imagina — disse o Akjai quando transmitiu as informações que tinha sobre os Humanos. — Você tem informações que não será sequer capaz de usar até a conclusão de sua metamorfose.

— Sei mais do que pensei que poderia aprender — falou Akin. — Sei o suficiente para curar úlceras estomacais ou cortes e perfurações na carne e nos órgãos.

— Eka, acho que não vão deixar você fazer isso.

— Sim, vão. Deixarão ao menos até eu mudar. Alguns deixarão.

— O que você quer para eles, Eka? O que você lhes daria?

— O que você tem. O que você é. — Akin se sentou com as costas apoiadas no flanco encurvado do Akjai, que podia tocá-lo com diversos membros e lhe dar um membro sensorial no qual fazer sinais. — Quero Humanos Akjai — ele explicou.

— Ouvi dizer que você queria. Mas sua espécie não pode existir ao lado dos Humanos. Não separadamente. Você sabe disso.

Akin tirou o braço delgado e brilhante de sua boca e olhou para ele. Gostava do Akjai. Já o ensinava havia meses. E o tinha levado a partes da nave que a maioria das pessoas nunca vira. Tinha apreciado o fascínio de Akin e sugerido, de propósito, coisas novas que ele poderia estar interessado em aprender. Akin era, de acordo com o Akjai, mais enérgico que antigos alunos que tivera.

Era um amigo. Talvez Akin pudesse falar com o Akjai, fazê-lo compreender como não conseguira fazer sua família entender. Talvez pudesse confiar nele. Provou-o mais uma vez.

— Quero criar um lugar para eles — disse. — Sei o que vai acontecer com a Terra. Mas existem outros mundos. Podemos alterar o segundo ou quarto planeta. Alguns de nós poderíamos fazer isso. Ouvi dizer que não há nada vivo em nenhum desses dois mundos.

— Não há nada vivo lá. Talvez o quarto mundo fosse mais fácil de transformar do que o segundo.

— Isso poderia ser feito?

— Sim.

— Era tão óbvio... Pensei que eu poderia estar errado, pensei que tinha deixado passar algo.

— O tempo, Akin.

— Poderíamos começar as coisas e as entregar aos rebeldes. Eles precisam de metal, maquinário, coisas que possam controlar.

— Não.

Akin voltou toda sua atenção ao Akjai. Não estava dizendo "não, os Humanos não podem ter suas máquinas". Seus sinais absolutamente não comunicavam isso. Estava dizendo "não, os Humanos não precisam de máquinas".

— Podemos tornar possível que vivam no quarto mundo — disse. — Eles não vão *precisar* de máquinas. Se as quisessem, as construiriam sozinhos.

— Eu ajudaria. Eu faria o que fosse necessário.

— Quando você mudar, vai querer acasalar.

— Eu sei. Mas...

— Você não sabe. O desejo é mais forte do que você consegue entender agora.

— É... — Ele transparecia diversão. — É bem forte agora. Sei que será diferente depois da metamorfose. Se precisarei acasalar, precisarei acasalar. Vou encontrar pessoas que trabalharão comigo nisso. Deve haver outras que eu possa convencer.

— Encontre-as agora.

Surpreso, Akin não disse nada por um instante. Por fim, perguntou:

— Você quer dizer que já estou próximo da metamorfose?

— Mais próximo do que imagina. Mas não foi isso que eu quis dizer.

— Você concorda comigo que isso pode ser feito? Os rebeldes podem ser transplantados? A fertilidade entre Humanos pode ser restaurada?

— É possível, se você obtiver um consenso. Mas, se esse consenso acontecer, você pode descobrir que escolheu a missão da sua vida.

— Essa missão não foi escolhida para mim anos atrás? O Akjai hesitou.

— Eu fiquei sabendo disso. Os Akjai não participaram da decisão de deixá-lo com os rebeldes.

— Não achei que tinham. Nunca fui capaz de falar sobre isso com ninguém que eu senti que participou, que escolheu me negar uma união fraterna.

— Mesmo assim, vai cumprir a missão que foi escolhida para você?

— Vou. Mas farei isso pelos Humanos e pela minha parte humana. Não pelos Oankali.

— Eka...

— Devo mostrar a você o que posso sentir, *tudo* que posso sentir com Tiikuchahk, de quem sou o irmão mais próximo? Devo mostrar tudo que já tivemos juntos? Todos os Oankali, todos os constructos, têm algo que Oankali e constructos se reuniram e decidiram negar a mim.

— Mostre-me.

Akin ficou surpreso outra vez. Mas por quê? Qual Oankali recusaria uma sensação nova? Ele recordou para o Akjai toda a dissonância desafinada e dilacerante de seu relacionamento com Tiikuchahk. Duplicou as sensações no corpo do Akjai junto com a repulsa que elas o faziam sentir e a necessidade que tinha de evitar aquela pessoa, que deveria ser sua conexão mais próxima.

— Acho que Ti quase deseja ser macho para evitar qualquer sentimento sexual por mim — concluiu ele.

— Manter vocês separados foi um erro — concordou o Akjai. — Agora entendo por que fizeram isso, mas foi um erro.

Apenas a família de Akin já havia dito isso antes. Eles disseram isso porque ele era um deles, e era doloroso vê-lo magoado. Era doloroso para eles ver a família desequilibrada por um par fraterno que falhara em ser um par. As pessoas que nunca tiveram uma irmã ou um irmão próximo ou cujo par fraterno havia morrido não causavam tanto dano ao equilíbrio quanto um par fraterno que falhava em formar vínculos.

— Vocês devem retornar para seus parentes — disse o Akjai. — Façam com que encontrem uma companhia ooloi jovem para você e Tiikuchahk. Você não deve passar pela metamorfose com tanta dor arrancando você de seu par fraterno.

— Antes de eu partir para estudar com você, Ti estava falando sobre encontrar uma companhia ooloi jovem. Acho que não aguentaria compartilhar um ser ooloi com Tiikuchahk.

— Você vai aguentar — disse o Akjai. — Precisa. Volte agora, Eka. Eu consigo sentir o que você está sentindo, mas isso não importa. Algumas coisas doem. Volte e se reconcilie com seu par fraterno. Depois venha até mim e vou encontrar novos professores para você, pessoas que conhecem o processo de transformar um mundo frio, seco e sem vida em algo onde os Humanos talvez sobrevivam.

O Akjai endireitou o corpo e desfez o contato entre eles. Akin ficou observando-o sem desejar partir, então o Akjai se virou e o deixou, abrindo o chão abaixo de si e precipitando-se na abertura criada. Akin deixou o buraco se fechar, sabendo que, uma vez vedado, ele não encontraria outra vez o Akjai até que desejasse ser encontrado.

8

O subadulto ooloi era parente de Taishokaht. Jahdehkiaht era seu nome próprio naquela fase da vida. Dehkiaht. Estava morando com a família de Taishokaht e Tiikuchahk, aguardando que Akin voltasse do estudo com o Akjai.

A jovem criatura ooloi parecia desprovida de sexo, mas não tinha um cheiro livre de sexo. Desenvolveria seus braços sensoriais até sua segunda metamorfose. Isso tornava seu odor ainda mais surpreendente e perturbador.

Akin nunca ficara excitado com o cheiro de uma criatura ooloi antes. Ele gostava de ooloi, mas apenas mulheres rebeldes e constructo tinham despertado seu interesse sexual. De qualquer forma, o que uma criatura ooloi imatura poderia fazer por alguém, sexualmente?

Akin deu um passo para trás no momento em que sentiu o odor ooloi. Olhou para Tiikuchahk, que estava com Dehkiaht e que fizera as apresentações com empolgação.

Não havia mais ninguém na sala. Akin e Dehkiaht se encararam.

— Você não é o que eu pensei — murmurou Dehkiaht. — Ti me falou, me mostrou... e ainda assim não entendi.

— O que você não entendeu? — perguntou Akin, dando outro passos para trás. Ele não queria se sentir tão atraído por alguém que claramente já tinha boas relações com Tiikuchahk.

— Que você também era uma espécie de subadulto — disse Dehkiaht. — Seu estágio de desenvolvimento, agora, é mais parecido com o meu do que com o de Ti.

Ninguém nunca lhe dissera aquilo antes. Sua atenção quase foi desviada do cheiro de Dehkiaht.

— Nikanj diz que não sou fértil.

— Nem eu. Mas com ooloi é tão óbvio que ninguém cometeria um erro.

Para a própria surpresa, Akin riu. De forma tão repentina que soluçou.

— Não sei como isso funciona.

Silêncio.

— Antes eu não queria que desse certo. Agora quero. — Ele não olhou para Tiikuchahk. Não conseguia parar de olhar aquela figura ooloi, embora temesse que Dehkiaht percebesse que seus motivos para desejar que aquilo desse certo tinham pouca relação com aquele ooloi ou com Tiikuchahk. Akin nunca se sentira tão vulnerável quanto naquele instante, diante daquela criatura ooloi imatura. Não sabia o que fazer ou dizer.

Ocorreu a Akin que estava reagindo exatamente como fizera na primeira vez que notara que uma mulher rebelde tentava seduzi-lo.

Ele inspirou fundo, sorriu e sacudiu a cabeça. Sentou-se em uma plataforma.

— Estou reagindo de forma muito humana a algo não humano — disse. — Ao seu cheiro. Se você puder fazer algo para eliminá-lo, gostaria que fizesse. Está me deixando confuso para diabo.

A criatura ooloi relaxou seus tentáculos corporais e dobrou-se sobre uma plataforma.

— Eu não sabia que constructos falavam em diabo.

— Dizemos o que ouvimos quando estamos crescendo. Ti, o que esse cheiro faz com você?

— Eu gosto — respondeu Tiikuchahk. — Faz com que eu não me incomode com você estar na sala.

Akin tentou pensar naquilo envolto no cheiro que o distraía.

— Faz com que eu mal perceba que você está na sala.

— Viu?

— Mas... Isso... Não quero sentir isso o tempo todo se não puder fazer nada a respeito.

— Você é o único aqui que *poderia* fazer algo a respeito — Dehkiaht disse.

Akin ansiava por voltar para seu professor Akjai, ooloi adulto que nunca o fizera se sentir daquela forma. Nenhum adulto ooloi o fizera sentir aquilo.

Dehkiaht tocou nele.

Akin, que não percebera sua aproximação, deu um salto. Sentiu-se mais ansioso do que nunca pela satisfação que a criatura ooloi poderia oferecer. Sabendo disso, quase empurrou Dehkiaht para longe, frustrado. Mas Dehkiaht era ooloi. Tinha aquele cheiro incrível. Akin não podia empurrar ou bater naquela criatura. Em vez disso, ele se virou para o outro lado. O toque fora apenas com a mão, mas mesmo isso era demais. Ele andou para o outro lado do cômodo, até uma parede externa, antes de conseguir parar. Com nítido espanto, a criatura ooloi apenas o observou.

— Você não tem ideia do que está fazendo, tem? — disse Akin. Estava um pouco ofegante.

— Acho que não — admitiu Dehkiaht. — E ainda não consigo controlar meu odor. Talvez não possa ajudá-lo.

— Não! — Tiikuchahk falou, de forma enfática. — Os adultos disseram que você poderia ajudar e de fato você me ajuda.

— Mas magoo Akin. Não sei como parar de magoá-lo.

— Toque-o. Entenda-o como me entendeu. Então saberá como.

A voz de Tiikuchahk impediu Akin de insistir que Dehkiaht partisse. Tiikuchahk pareceu sentir... não apenas medo, mas desespero. Era seu parente, e sentia tanto tormento pela situação quanto Akin. E era uma criança. Mais criança ainda do que ele era, mais jovem, verdadeiramente eka.

— Certo — disse Akin, descontente. — Toque-me. Vou ficar quieto.

Dehkiaht também ficou quieto, observando-o em silêncio. Akin quase machucara a criatura ooloi. Se tivesse escapado apenas um pouco mais devagar, provavelmente teria lhe causado uma grande dor. E Dehkiaht provavelmente o teria ferroado num reflexo e lhe causado uma grande dor. Dehkiaht precisava de mais do que palavras para se assegurar de que Akin não faria aquilo de novo.

Ele se obrigou a caminhar em direção à criatura ooloi. O cheiro o fazia querer correr e agarrá-la. Sua imaturidade e sua conexão com Tiikuchahk o faziam querer correr para o lado oposto. De alguma maneira, ele conseguiu chegar ao outro lado do cômodo, onde Dehkiaht estava.

— Deite-se — Dehkiaht lhe disse. — Vou ajudá-lo a dormir. Quando eu terminar, você saberá se consigo ajudá-lo de qualquer outra maneira.

Akin se deitou na plataforma, ansioso pelo alívio do sono. Os toques suaves dos tentáculos da cabeça ooloi eram quase insuportavelmente estimulantes, e o sono não veio tão depressa como deveria. Enfim, ele percebeu que seu estado de excitação estava tornando o sono impossível.

Dehkiaht pareceu perceber aquilo ao mesmo tempo e fez algo que Akin não foi rápido o suficiente para perceber e, de repente, ele não estava mais excitado. E então não estava mais acordado.

9

Quando acordou, Akin estava sozinho.

Levantou sentindo-se um pouco sonolento, mas inalterado, e vagou pela residência Lo Toaht procurando por Tiikuchahk, por Dehkiaht, por alguém. Não encontrou ninguém até chegar ao lado de fora. Lá, as pessoas cuidavam da própria vida como de costume; os arredores pareciam uma floresta agradável, incrivelmente bem cuidada. As árvores de verdade não ficavam tão grandes quanto as projeções da nave que se pareciam com árvores, mas a fantasia de um terreno ondulante, coberto por uma floresta, era inevitável. Aquela floresta, Akin pensou, era muito mansa, muito plana. Ali não havia relva para crianças exploradoras. A nave lhes dava a comida que pediam. Uma vez ensinada a sintetizar a comida, nunca esquecia. Não havia bananas, papaias ou abacaxis para colher, nem mandiocas para arrancar, nem batatas doces para desenterrar, nem criaturas vivas, em crescimento, exceto apêndices da nave. "Batatas doces" perfeitas poderiam ser criadas para crescer em pseudoárvores se um adulto Oankali ou constructo pedisse a Chkahichdahk.

Ele olhou para o alto, para os galhos acima dele, e viu que não havia nada pendendo das gigantescas pseudoárvores, nada além dos costumeiros tentáculos verdes produtores de oxigênio, parecidos com cabelos.

Por que ele estava pensando aquelas coisas? Saudades de casa? Onde estavam Dehkiaht e Tiikuchahk? Por que o abandonaram?

Ele colocou o rosto na pseudoárvore da qual saíra e provou-a com a língua, permitindo que a nave o identificasse e pudesse transmitir alguma mensagem que eles tivessem deixado.

A nave obedeceu.

— Espere — dizia a mensagem. Nada mais. Então, não o haviam abandonado. O mais provável era que Dehkiaht tivesse levado o que descobriu sobre Akin a alguma criatura ooloi adulta para interpretação. Quando voltasse, provavelmente ainda exalaria o odor perturbador. Um adulto o teria alterado, ou alterado Akin. Teria sido mais simples para os adultos encontrar uma solução direta para ele e Tiikuchahk.

Ele entrou para esperar e logo soube que pelo menos Dehkiaht já havia retornado.

Ele poderia ter descoberto isso sem usar os olhos. Na verdade, o cheiro de Dehkiaht dominava tão completamente seus sentidos que Akin mal conseguia enxergar, ouvir ou sentir qualquer coisa. Estava pior do que antes.

Ele descobriu que suas mãos estavam naquele ser ooloi, agarrando-o como se esperasse que o tirassem dele, como se fosse sua propriedade pessoal.

Então, aos poucos, ele foi capaz de soltar Dehkiaht, capaz de pensar e dirigir a atenção para algo além de seu cheiro envolvente. Percebeu que estava deitado de novo. Deitado ao lado de Dehkiaht, apertado contra seu corpo, e confortável assim.

Satisfeito.

O cheiro de Dehkiaht ainda era interessante, sedutor, mas não o dominava mais. Ele queria ficar a seu lado, sentia-se possessivo em relação àquela criatura ooloi, mas não estava tão completamente concentrado nela. Gostava dela. Já tinha se sentido assim em relação a mulheres rebeldes que o deixaram fazer sexo com elas e que o viam como algo mais do que um recipiente de esperma que elas esperavam ser fértil.

Ele respirou fundo e apreciou os vários toques sutis dos tentáculos do corpo e da cabeça de Dehkiaht.

— Melhor — sussurrou. — Vou continuar assim ou você terá de ficar me reajustando?

— Se você permanecesse assim, nunca mais faria nenhum trabalho — o ser ooloi disse, alisando seus tentáculos livres, divertindo-se. — No entanto, isso é bom. Em especial depois do outro. Tiikuchahk está aqui.

— Ti? — Akin ergueu a cabeça para olhar sobre o corpo ooloi. — Não senti… Não sinto você.

Ti sorriu para ele.

— Eu sinto você, mas não mais do que sinto qualquer outra pessoa de quem esteja perto.

Sentindo-se estranhamente desolado, Akin estendeu o braço para tocar Dehkiaht.

Dehkiaht agarrou sua mão e a colocou de volta ao lado do corpo.

Surpreso, Akin concentrou todos os sentidos em sua direção.

— Por que você se importa se toco em Ti? Você ainda não amadureceu. Não estamos acasalados.

— É verdade. Ainda assim, me importo. Seria melhor se vocês não se tocassem por algum tempo.

— Eu… eu não quero ficar vinculado a você.

— Eu não poderia fazer você se vincular. É por isso que você me confundiu tanto. Fui até meus progenitores para mostrar-lhes o que descobri sobre você e pedir conselhos. Eles dizem que você não pode se vincular. Não foi criado para se vincular.

Akin avançou contra Dehkiaht desejando se aproximar, acolhendo o inadequado braço protetor que o ser ooloi colocou em torno dele. Não era coisa de Oankali colocar braços protetores em torno das pessoas ou acariciá-las com mãos protetoras. Alguém devia ter dito a Dehkiaht que Humanos e constructos achavam tais gestos reconfortantes.

— Disseram para mim que eu iria perambular — falou Akin. — Quando estou na Terra, perambulo, mas volto para casa. Tenho medo de não ter casa quando eu for adulto.

— Lo será sua casa — respondeu Tiikuchahk.

— Não do modo como será sua. — Era quase certo que Ti seria fêmea e se tornaria parte de uma família como a que o criou. Ou acasalaria com um constructo macho como ele ou seus irmãos nascidos Oankali. Mesmo assim, teria um parceiro ooloi e crianças com quem morar. Mas com quem Akin iria morar? A casa de seus progenitores continuaria sendo a única casa verdadeira que ele conheceria.

— Quando você for adulto — disse Dehkiaht —, vai sentir o que pode fazer. Vai sentir o que quer fazer. E isso parecerá bom para você.

— Como pode saber? — questionou Akin, com amargura.

— Você não tem falhas. Percebi, antes mesmo de ir até meus progenitores, que havia integridade em você, uma forte integridade. Não sei se você será o que seus progenitores queriam que fosse, mas seja lá o que se tornar, você será íntegro. Você tem dentro de si tudo de que precisa para satisfazer a si mesmo. Apenas siga o que lhe parecer correto.

— Afastar-me de meus parceiros e meus filhos?

— Apenas se isso parecer correto.

— Alguns Humanos do sexo masculino fazem isso. No entanto, não me parece certo.

— Faça o que parece certo. Inclusive agora.

— Vou lhe dizer o que me parece correto. Vocês dois deveriam saber. É o que me parecia certo desde que eu era bebê. E será certo, não importa o que aconteça com meu estado de acasalamento.

— Por que nós deveríamos saber?

Akin não esperava aquela pergunta. Ele se deitou imóvel, calado, pensativo. De fato, por quê?

— Se vocês me largarem, perderei o controle outra vez?

— Não.

— Então, me larguem. Deixem que eu descubra se ainda quero contar a vocês.

Dehkiaht o soltou e ele se levantou, baixando os olhos para os dois. Tiikuchahk parecia pertencer ao lugar, junto ao ser ooloi. E Dehkiaht parecia... dava a sensação de ser assustadoramente necessário também para ele, Akin. Observar Dehkiaht o fez desejar se deitar outra vez. Ele imaginou retornar à Terra sem Dehkiaht, deixando que encontrasse outros dois parceiros. Eles amadureceriam e ficariam juntos, e o cheiro deles e a sensação de estar com eles encorajariam o corpo ooloi a amadurecer depressa. Quando amadurecesse, seriam uma família. Uma família Toaht, se continuassem a bordo da nave.

Dehkiaht criaria crianças constructos para outras pessoas.

Akin desceu da plataforma que servia de cama e ficou sentado ao lado dela. Ali era mais fácil pensar. Até aquele dia, ele nunca tivera sentimentos sexuais por uma criatura ooloi, não tinha qualquer ideia de como aqueles sentimentos o afetariam. Dehkiaht dissera que não era capaz de vinculá-lo a si. Adultos pareciam querer se vincular a ooloi, se juntar e se unir em uma família. Akin se sentia confuso em relação ao que queria, mas sabia que não queria que Dehkiaht recebesse estímulos de outras pessoas para amadurecer. Queria que viesse para a Terra com ele. E ainda assim não queria estar vinculado a Dehkiaht. Quanto do que ele sentia era químico, uma simples consequência de seu cheiro provocante e de sua habilidade de reconfortar o corpo dele?

— Humanos são mais livres para decidir o que querem — ele falou baixinho.

— Eles só pensam que são — respondeu Dehkiaht.

Verdade. Lilith não era livre. A liberdade repentina a teria aterrorizado, embora, às vezes, ela parecesse desejá-la. Algumas vezes ela desafiou seus vínculos com a família. Perambulou. Ainda perambulava. Mas sempre voltava para casa. Tino provavelmente se mataria se fosse libertado. Mas e quanto aos rebeldes? Eles faziam coisas terríveis uns com os outros porque não podiam gerar filhos. Mas antes da guerra – durante a guerra – fizeram coisas terríveis uns com os outros mesmo podendo ter filhos. A Contradição Humana os dominava. Inteligência a serviço do comportamento hierárquico. Eles não eram livres. Tudo o que conseguiria fazer por eles, se conseguisse fazer algo, era deixar que estabelecessem vínculos a seu próprio modo. Quem sabe, da próxima vez, sua inteligência estivesse em equilíbrio com o comportamento hierárquico e eles não destruíssem uns aos outros.

— Venha para a Terra conosco — ele pediu a Dehkiaht.

— Não — respondeu Dehkiaht, com brandura.

Akin se levantou e examinou Dehkiaht. Nem a criatura ooloi nem Tiikuchahk se mexeram.

— Não?

— Você não pode pedir isso em nome de Tiikuchahk. E Tiikuchahk ainda não sabe se será macho ou fêmea. Então, também não pode pedir por si.

— Não lhe pedi para prometer se acasalar conosco quanto formos adultos. Pedi para vir para a Terra. Ficar conosco por enquanto. Mais tarde, quando eu for adulto, pretendo ter um trabalho que vai interessar a você.

— Que trabalho?

— Dar vida a um mundo morto, e depois dar esse mundo aos rebeldes.

— Aos rebeldes? Mas...

— Quero instituí-los como os Humanos Akjai.

— Eles não vão sobreviver.

— Talvez não.

— Não existe talvez. Não vão sobreviver à própria Contradição.

— Então, os deixaremos falhar. Pelo menos, deixaremos que tenham liberdade para fazer isso.

Silêncio.

— Deixe que eu os mostre a você, não apenas seus corpos interessantes e como eles são aqui e nas aldeias de permuta da Terra. Deixe que eu mostre a você como são quando não há Oankali por perto.

— Por quê?

— Porque você deveria ao menos conhecê-los antes de recusar a eles a segurança que os Oankali sempre reivindicam para si. — Ele subiu na plataforma e olhou para Tiikuchahk. — Você quer participar? — perguntou.

— Sim — respondeu Tiikuchahk em tom solene. — Desde que nasci, será a primeira vez que conseguirei tirar impressões de você sem que as coisas deem errado.

Akin se deitou ao lado de Dehkiaht. Aproximou-se, com a boca contra a carne de seu pescoço; os muitos tentáculos de sua cabeça se conectaram a Akin e a Tiikuchahk. Então, com cuidado, à maneira de um contador de histórias, Akin transmitiu-lhe sua experiência de sequestro, cativeiro e conversão. Fez com que Dehkiaht sentisse tudo que ele sentira. Fez o que não sabia que podia fazer. Dominou a criatura ooloi de modo que, por um tempo, ela mesma foi tanto cativa quanto convertida. Fez a ela o que o abandono dos Oankali fizera com ele em sua primeira infância. Fez a criatura ooloi compreender em um nível totalmente pessoal o que ele sofrera e em que passara a acreditar. Enquanto não terminou, nem Dehkiaht nem Tiikuchahk puderam escapar.

Mas quando terminou e se soltou, os dois o abandonaram. Não disseram nada. Simplesmente se levantaram e o deixaram só.

10

O Akjai falou com as pessoas por Akin. Akin não tinha percebido que isso aconteceria, uma criatura ooloi Akjai explicando aos outros Oankali que deveria existir Humanos Akjai. Falou através da nave e fez a nave transmitir o sinal para as aldeias de permuta na Terra. Solicitou um consenso e então mostrou aos Oankali e à população constructo de Chkahichdahk o que Akin mostrara a Dehkiaht e Tiikuchahk.

Assim que a experiência terminou, as pessoas começaram a fazer objeções quanto a sua intensidade, objeções quanto a ficarem tão subjugadas, objeções à ideia de que aquela pudesse ter sido a experiência de uma criança tão nova...

Ninguém fez objeções à ideia de um grupo Humano Akjai. Por algum tempo, ninguém sequer mencionou isso.

Akin captou o que podia através do Akjai. Às vezes, retrocedia quando a transmissão ficava muito rápida ou muito intensa. Retroceder era quase como emergir para respirar. Viu-se ofegando, quase exausto, todas as vezes. Mas ele sempre voltava, precisando sentir o que o Akjai sentia, precisando acompanhar as reações das pessoas. Era raro que crianças participassem de consensos por mais de alguns segundos. Nenhuma criança que não estivesse profundamente interessada gostaria de participar por mais tempo.

Akin pôde sentir as pessoas evitando o assunto dos Humanos Akjai. Não entendeu suas reações àquilo: rejeição, recusa, negação, repugnância. Aquilo o confundiu e ele tentou comunicar sua confusão ao Akjai.

Primeiro, o Akjai pareceu não perceber seu questionamento sem palavras. Estava completamente empenhado em sua comunicação com as pessoas. Mas de repente, com delicadeza, abraçou Akin para que ele não interrompesse o contato. Transmitiu seu atordoamento e deixou que as pessoas sentissem as emoções de uma criança constructo, uma criança Humana demais para compreender com naturalidade as reações deles. Uma criança Oankali demais e próxima demais da fase adulta para ser negligenciada.

Eles temiam por ele, temiam que essa busca por consenso fosse demais para uma criança. O Akjai deixou que vissem que o estava protegendo, mas que os sentimentos dele deveriam ser levados em consideração. O Akjai voltou sua atenção para os constructos adultos a bordo da nave. Destacou que, entre eles, os que haviam nascido Humanos tiveram de aprender a compreensão oankali de que a vida em si era algo de valor inexprimível. Algo além da permuta. A vida podia ser alterada, alterada por completo. Mas não destruída. A espécie humana poderia deixar de existir independentemente, fundindo-se à Oankali. Akin, disse, ainda estava aprendendo isso.

Alguém interviu: será que poderiam permitir que os Humanos recebessem de volta sua independência e lidassem com sua Contradição até morrerem? Devolver a eles sua existência independente, sua fertilidade, seu próprio território seria ajudá-los a gerar uma nova população apenas para destruí-la uma segunda vez.

Muitas respostas se combinaram através da nave em uma só:

— Demos a eles o que pudemos entre o que valorizam: vida longa, liberdade em relação a doenças e liberdade para viverem como quiserem. Não podemos ajudá-los a criar mais vida apenas para destruí-la.

— Então, deixem que eu e aqueles que escolherem trabalhar comigo façamos isso — Akin lhes disse através do Akjai. — Deem-nos os instrumentos de que precisamos e deixem-nos dar aos Humanos as coisas de que eles precisam. Eles terão um mundo novo para colonizar, um mundo difícil até mesmo depois que nós o tivermos preparado. Talvez, até terem aprendido as habilidades e criado a força para colonizá-lo, a Contradição seja menor. É possível que dessa vez sua inteligência os impeça de se autodestruírem.

Não aconteceu nada. O equivalente neurossensorial do silêncio. Negação.

Ele se comunicou por meio do Akjai outra vez, lutando contra a exaustão. Apenas os esforços do Akjai o mantinham consciente.

— Olhem para os seres nascidos Humanos entre vocês — ele lhes disse. — Se sua carne acredita que vocês fizeram tudo que puderam pela Humanidade, a carne deles deve saber tão bem quanto a minha que não fizeram praticamente nada. A carne deles deve saber que rebeldes Humanos precisam sobreviver como uma espécie separada, autossuficiente. A carne deles deve saber que a Humanidade precisa sobreviver!

Ele parou. Poderia ter continuado, mas era hora de parar. Se ele não tivesse dito o suficiente, mostrado a eles o suficiente, se ele não tivesse conjecturado o suficiente sobre os que nasceram Humanos, ele teria falhado. E precisaria tentar outra vez, quando fosse adulto, ou precisaria encontrar pessoas que pudessem ajudá-lo apesar da opinião majoritária. Isso seria difícil, talvez impossível. Mas precisava ser tentado.

Quando percebeu que estava prestes a ser interceptado, protegido pelo Akjai, sentiu a confusão entre as pessoas. Confusão, discórdia.

Ele tinha conquistado alguns deles, talvez fazendo com que os constructos nascidos Humanos começassem a pensar, a examinar sua herança humana como não tinham feito antes. Constructos Toaht talvez tivessem poucos motivos, até então, para prestar mais atenção à própria Humanidade. Akin iria até eles se a opinião não fosse a seu favor. Iria procurá-los e ensinaria a eles sobre o povo do qual eram parte. Iria até eles mesmo se a opinião fosse a seu favor. A bordo da nave, eles eram o grupo mais propenso a ajudá-lo.

— Durma — aconselhou o Akjai. — Você é jovem demais para tudo isso. Vou argumentar a seu favor agora.

— Por quê? — perguntou Akin. Estava quase dormindo, mas a pergunta era como um comichão em sua mente.

— Por que você se importa tanto, se meu próprio grupo de parentesco não se importa?

— Porque você está certo — disse o Akjai. — Se eu fosse Humano, meu pequeno constructo, eu seria rebelde. Todas as pessoas que sabem o que é chegar ao fim deveriam ter permissão para continuar caso pudessem. Durma.

O Akjai enrolou parte de seu corpo em torno de Akin para que ele se deitasse em uma ampla curva de carne viva. Ele dormiu.

11

Tiikuchahk e Dehkiaht estavam com ele quando acordou. O Akjai também estava lá, mas ele percebeu que não estivera com ele o tempo todo. Ele tinha a lembrança do Akjai partindo e voltando com Tiikuchahk e Dehkiaht. Enquanto reconhecia o entorno, Akin viu o Akjai atrair Dehkiaht em um abraço preocupante, erguer a criança ooloi e apertar e segurá-la com mais de uma dúzia de braços.

— Eles queriam aprender um sobre o outro — disse Tiikuchahk. Aquelas foram as primeiras palavras que dizia a Akin desde que vivenciara suas memórias.

Akin se sentou e concentrou a atenção em Tiikuchahk, inquisitivamente.

— Você não deveria ter sido capaz de nos agarrar e nos manter presos daquela forma — falou Tiikuchahk. — Dehkiaht e seus progenitores disseram que nenhuma criança deveria ser capaz de fazer aquilo.

— Eu não sabia que conseguia.

— Os progenitores de Dehkiaht dizem que é uma coisa pedagógica, o modo como, às vezes, os adultos ensinam ooloi na fase subadulta quando precisam aprender algo para o qual ainda não se prepararam de verdade. Nunca ouviram falar em macho subadulto.

— Mas Dehkiaht diz que é isso que eu sou.

— É isso que você é. Fêmeas constructo nascidas Humanas também podem ser chamadas de subadultas, acho. Mas você é o primeiro. Outra vez.

— Lamento por você não ter gostado do que eu fiz. Vou tentar não fazer isso outra vez.

— Não faça. Não comigo. O Akjai diz que você aprendeu isso aqui.

— Devo ter aprendido, sem perceber. — Ele parou de falar, observando Tiikuchahk, que se sentara ao seu lado, à vontade. — Está tudo certo entre nós?

— Parece que está.

— Você vai me ajudar?

— Não sei. — Tinha colocado toda sua atenção nele. — Não sei o que sou ainda. Nem o que quero ser.

— Você quer Dehkiaht?

— Gosto de Dehkiaht. Tem nos ajudado e me sinto bem quando está por perto. Se eu fosse como você, provavelmente iria querer essa companhia.

— Eu quero.

— Dehkiaht também quer você. Diz que você é a pessoa mais interessante que já conheceu. Acho que irá ajudá-lo.

— Se você se tornar fêmea, poderá se juntar a nós, acasalar com Dehkiaht.

— E você?

Ele desviou o olhar.

— Não consigo imaginar como me sentiria em estar com Dehkiaht e sem você. O que senti em sua companhia era… em parte você.

— Não sei. Ninguém sabe ainda o que vou ser. Ainda não consigo sentir o que você sente.

Ele conseguiu não discutir. Tiikuchahk tinha razão. Akin ainda pensava em Ti como fêmea, mas seu corpo era neutro. Não conseguia sentir o que ele sentia. Ele estava impressionado com os próprios sentimentos, embora fossem naturais. Agora que Tiikuchahk não era mais uma fonte de irritação e confusão, ele poderia começar a ter o mesmo sentimento que as pessoas tendiam a ter por seus irmãos ou irmãs mais próximos. Não sabia se queria mesmo que Tiikuchahk fosse um de seus parceiros, ou mesmo se um macho viajante – do tipo que Akin deveria ser – poderia ter parceiros. Mas, agora, a ideia de que acasalassem parecia adequada. Tiikuchahk, Dehkiaht e ele. Era assim que deveria ser.

— Você sabe o que as pessoas decidiram? — perguntou ele.

Tiikuchahk balançou a cabeça em um gesto humano.

— Não.

Depois de algum tempo, Dehkiaht e o Akjai se separaram e Dehkiaht subiu nas costas longas e largas do Akjai.

— Juntem-se a nós — Dehkiaht chamou.

Akin se levantou e começou a se aproximar deles. Mas Tiikuchahk, atrás dele, não se moveu.

Akin parou e se virou.

— Está com medo? — perguntou.

— Sim.

— Sabe que o Akjai não vai machucar você.

— Vai, se achar que é necessário.

Era verdade. O Akjai machucara Akin a fim de ensinar-lhe algo, e ensinara muito mais do que Akin percebera.

— Venha mesmo assim — disse Akin. Agora, ele queria tocar, atrair e confortar Tiikuchahk. Nunca quisera fazer algo assim. E, apesar do impulso, ele percebeu que não podia tocá-lo agora. Ti não ia querer que o fizesse, tampouco Dehkiaht.

Ele voltou e se sentou a seu lado.

— Vou esperar você — disse.

Tiikuchahk prestou atenção nele, com os tentáculos da cabeça se enrolando em nós, com tristeza.

— Junte-se a eles — falou.

Akin não disse nada. Sentou-se a seu lado, com uma paciência confortável, se perguntando se Ti temia a união porque poderia se ver tomando decisões que sentia não ter preparo para tomar.

Dehkiaht simplesmente relaxou nas costas do Akjai, que se abaixou, deitando-se de bruços e aguardando. Os Humanos diziam que ninguém sabia aguardar melhor que os Oankali. Os Humanos, talvez se lembrando de sua curta expectativa de vida no passado, tinham a tendência de se apressarem sem motivo.

Akin não sabia quanto tempo se passara até Tiikuchahk se levantar; ele despertou e se levantou atrás. Colocou sua atenção em Ti e, quando Ti caminhou em direção ao Akjai e de Dehkiaht, foi atrás.

O Akjai desenhou com seu corpo uma curva familiar e recebeu Tiikuchahk e Akin, para que se sentassem ou deitassem nela. O Akjai deu a cada um deles um braço sensorial, e outro a Dehkiaht, que deslizou por uma de suas placas a fim de ficar ao lado dos outros.

Então Akin soube o que as pessoas haviam decidido. E sentiu o que não fora capaz de sentir antes: que elas o viam como algo que ajudaram a criar.

Ele fora concebido para decidir o destino dos rebeldes. Foi concebido para tomar a decisão que os Dinso e os Toaht não conseguiam tomar. Fora concebido para descobrir o que deveria ser feito e convencer os outros.

Fora abandonado com os rebeldes quando eles o levaram, para poder estudá-los como nenhum adulto poderia, como nenhum constructo nascido Oankali poderia, como nenhum constructo que não parecesse Humano o bastante poderia. Todos conheciam os corpos dos rebeldes, mas ninguém conhecia seus pensamentos tanto como Akin. Ninguém, exceto outros Humanos. E não lhes fora permitido convencer os Oankali a tomar a medida profundamente imoral e contrária à vida que Akin decidira que devia ser tomada. As pessoas imaginavam o que ele iria decidir e temiam aquilo. Não teriam aceitado a decisão se ele não fosse capaz de despertar a confusão e algo como um acordo entre os constructos, tanto os nascidos Oankali como os nascidos Humanos.

As pessoas deliberadamente depositaram o destino dos rebeldes, o destino da espécie Humana, sobre Akin.

Por quê? Por que não sobre uma das fêmeas nascidas Humanas? Algumas delas já eram adultas antes de ele nascer.

O Akjai forneceu-lhe a resposta antes que ele estivesse ciente de ter feito a pergunta.

— Você é mais Oankali do que imagina e está mais distante dos Oankali do que parece. No entanto, é muito Humano. Você passa tão perto da Contradição quanto qualquer pessoa já ousou ir. Você tem tanto deles e tanto de nós quanto seu ooan ousou colocar em você. Largou você com sua própria contradição. Também o tornou a pessoa mais propensa a escolher pelos rebeldes: morte rápida ou morte longa e lenta.

— Ou a vida — protestou Akin.

— Não.

— Uma chance para a vida.

— Só por um tempo.

— Você tem certeza disso... e ainda assim falou a meu favor?

— Eu sou Akjai. Como posso negar a segurança de um grupo Akjai a outras pessoas? Mesmo que seja uma crueldade para esse povo. Entenda isto, Akin: é uma crueldade. Você e aqueles que o ajudarem darão a eles as ferramentas para criar uma civilização cuja autodestruição é tão certa como é certo que a força gravitacional manterá seu novo mundo em órbita ao redor de seu sol.

Akin não sentiu absolutamente nenhum sinal de dúvida ou incerteza no Akjai. Acreditava mesmo no que estava dizendo. Acreditava saber, com base nos fatos, que a Humanidade estava condenada. Cedo ou tarde.

— A missão de sua vida é decidir por eles — continuou o Akjai — e depois agir de acordo com sua decisão. As pessoas vão permitir que você faça o que acredita ser certo. Mas você não deve fazer isso na ignorância.

Akin sacudiu a cabeça. Ele podia sentir a atenção de Tiikuchahk e Dehkiaht sobre ele. Ele pensou por algum tempo, tentando digerir a certeza indigesta do Akjai. Akin confiara no Akjai, que não o decepcionara. Poderia estar enganado, mas somente se todos os Oankali estivessem enganados. Sua certeza era uma certeza oankali. Uma certeza da carne. Eles leram os genes humanos e analisaram o comportamento humano. Sabiam o que sabiam.

Ainda assim...

— Não consigo não fazer isso — disse Akin. — Continuo tentando optar pelo contrário, e não consigo.

— Vou ajudar você — disse Dehkiaht de repente.

— Encontre uma companheira do sexo feminino que possa, sobretudo, ser próxima a você — o Akjai disse a Dehkiaht. — Akin não vai ficar com você. Você sabe disso.

— Sei.

Então o Akjai voltou sua atenção para Tiikuchahk.

— Você não é tão criança quanto quer ser.

— Eu não sei o que serei — foi a resposta.

— O que sente a respeito dos rebeldes?

— Eles pegaram Akin. Eles o machucaram e me machucaram. Não quero me importar com eles.

— Mas se importa.

— Não quero me importar.

— Parte de você é humana. Você não deveria carregar tais sentimentos por um grupo tão grande de Humanos.

Silêncio.

— Encontrei professores para Akin e Dehkiaht. Eles vão ensinar você também. Vocês aprenderão a preparar um mundo sem vida para receber a vida.

— Não quero.

— O que você quer fazer?

— Eu... não sei.

— Então faça isso. O conhecimento não lhe causará mal se você decidir não o usar. Você precisa fazer isso. Esteve se refugiando por muito tempo em não fazer absolutamente nada.

E foi só isso. De alguma forma, Tiikuchahk não conseguiu continuar discutindo com o Akjai. Akin foi lembrado de que, apesar da aparência do Akjai, era um ser ooloi. Com perfume, toque e estímulo neural, ooloi manipulavam as pessoas. Ele se concentrou em Dehkiaht com cautela, imaginando se saberia quando esse ser ooloi começasse a manipulá--lo com outras coisas além de palavras. A ideia o perturbou e, pela primeira vez, ele ficou impaciente para perambular.

IV
LAR

1

Por algum tempo, a Terra pareceu selvagem e estranha para Akin, uma profusão de vida quase assustadora em sua complexidade. Em Chkahichdahk, havia apenas uma profusão em potencial, armazenada na memória das pessoas, e em bancos de sementes, células, impressões genéticas. A Terra ainda era um gigantesco banco biológico em si, equilibrando sua própria ecologia com ajuda oankali.

Akin não poderia fazer nada no quarto planeta (Marte, como os Humanos o chamavam) antes de sua metamorfose. Seu treinamento também chegara o mais longe possível antes da metamorfose. Seus professores o mandaram para casa. Tiikuchahk, agora em paz consigo e com ele, pareceu feliz em voltar. E Dehkiaht tinha simplesmente se apegado a Akin. Quando foi buscar Akin e Tiikuchahk, nem mesmo Dichaan sugeriu deixar Dehkiaht para trás.

Assim que chegaram à Terra, entretanto, Akin precisou se afastar de Dehkiaht, se afastar de todo mundo por algum tempo. Ele quis ver alguns de seus amigos rebeldes antes de sua metamorfose, antes de se transformar de modo irreconhecível. Precisava explicar a eles o que acontecera, o que tinha a lhes oferecer. Além disso, precisava de aliados Humanos respeitáveis. Primeiro, pensou em pessoas que visitara durante suas perambulações, homens e mulheres que o conheciam como um homem pequeno, quase Humano. Mas não queria vê-los. Ainda não. Sentiu-se atraído para outro lugar, um lugar onde as pessoas dificilmente o reconheceriam. Ele não estivera lá desde os três anos. Iria para Fênix, junto a Gabe e Tate Rinaldi, onde sua obsessão com os rebeldes começara.

Ele instalou Dehkiaht com seus progenitores e percebeu que Tiikuchahk parecia estar passando mais e mais tempo com Dichaan. Observou isso com tristeza, sabendo que estava perdendo seu par fraterno mais próximo pela segunda e última vez. Se depois Ti decidisse ajudá-lo com a transformação de Marte, não faria isso como parceiro ou potencial parceiro. Ia se tornar macho.

Visitou Margit, que agora tinha a pele de tom marrom, estava acasalada, grávida e contente.

Pediu a seus progenitores para encontrarem uma parceira para Dehkiaht.

Então, foi para Fênix. Queria, principalmente, ver Tate outra vez enquanto ainda tinha aparência humana. Queria dizer a ela que cumprira sua promessa.

2

Fênix continuava sendo mais uma cidade do que uma aldeia, mas era uma cidade mais degradada. Akin não pôde deixar de comparar a Fênix de que lembrava com a Fênix de agora.

Havia lixo nas vias. Ervas daninhas mortas, restos de comida, pedaços de madeira, tecido e papel. Era nítido que algumas das casas estavam vazias. Algumas delas tinham sido parcialmente derrubadas. Outras pareciam prestes a despencar.

Akin entrou na cidade exposto, como sempre entrava em assentamentos rebeldes. Apenas uma vez fora baleado ao fazer isso. Aquilo não fora nada além de um incômodo doloroso. Um Humano teria morrido. Akin apenas fugiu e se curou. Lilith lhe avisara que ele não deveria permitir que os rebeldes vissem como seu corpo se curava, que a visão das feridas cicatrizando diante de seus olhos poderia assustá-los. E os Humanos eram mais perigosos, mais imprevisíveis, quando estavam com medo.

Havia fuzis apontados para ele enquanto caminhava pela rua de Fênix. Então, Fênix agora estava armada. Ele podia ver as armas de fogo e as pessoas através das janelas, embora, aparentemente, as pessoas tentassem não ser vistas. Alguns poucos indivíduos, que trabalhavam ou vagavam pela rua, o encararam. Ao menos dois estavam bêbados demais para notá-lo.

Armas escondidas e embriaguez exposta.

Fênix estava morrendo. Um dos homens bêbados era Macy Wilton, que agira como pai para Amma e Shkaht.

O outro era Stancio Roybal, marido de Neci, a mulher que queria amputar os tentáculos sensoriais das meninas. E onde estavam Kolina Wilton e Neci? Como podiam deixar seus parceiros, seus maridos, deitados na lama, semiconscientes ou inconscientes?

E onde estava Gabe?

Chegou à casa que tinha compartilhado com Tate e Gabe e, por um instante, teve medo de subir os degraus que davam para a varanda e bater na porta, ao estilo humano. A casa estava fechada e parecia bem cuidada, mas... quem poderia morar lá agora?

Um homem armado saiu na varanda e olhou para baixo. Gabe.

— Você fala inglês? — perguntou, apontando o fuzil para Akin.

— Sempre falei, Gabe. — Ele fez uma pausa, dando ao homem tempo para observá-lo. — Sou Akin.

O homem ficou olhando para ele, observando-o primeiro de um ângulo, depois se movendo levemente para olhar de outro. Afinal de contas, Akin havia mudado, crescido. Gabe parecia o mesmo.

— Eu tive receio de que você estivesse nas colinas ou em outra aldeia — disse Akin. — Nunca pensei em me preocupar que você não me reconhecesse. Voltei para cumprir uma promessa que fiz a Tate.

Gabe não falou nada.

Akin suspirou e resolveu esperar. Era improvável que alguém atirasse nele contanto que permanecesse quieto, com as mãos à vista, sem representar ameaça.

Homens se juntaram ao redor de Akin, esperando por algum sinal de Gabe.

— Reviste-o — Gabe disse para um deles.

O homem esfregou as mãos ásperas sobre o corpo de Akin. Era Gilbert Senn. Ele e sua esposa, Anne, ficaram ao lado de Neci uma vez, achando que tentáculos sensoriais deviam ser removidos. Akin não falou com ele. Em vez disso, esperou, com os olhos em Gabe. Os Humanos precisavam da contemplação firme e visível dos olhos. Os machos respeitavam aquilo. As fêmeas achavam aquilo sexualmente interessante.

— Ele alega ser aquele garoto que compramos quase vinte anos atrás — explicou Gabe aos homens. — Diz que é Akin.

Os homens olharam para Akin com hostilidade e desconfiança. Akin não deu nenhuma indicação de ter percebido isso.

— Sem vermes — disse um homem. — Ele não deveria tê-los a essa altura?

Ninguém respondeu. Akin não respondeu porque não queria que lhe mandassem ficar quieto. Vestia apenas uma bermuda, como usava quando aquelas pessoas o conheceram. Os insetos não o picavam mais. Aprendera a tornar seu corpo intragável para eles. Ele tinha a pele escura, quase marrom, era pequeno, mas obviamente não era fraco. E obviamente não estava com medo.

— Você é adulto? — perguntou Gabe.

— Não — disse Akin, em tom suave.

— Como não?

— Não tenho idade suficiente.

— Por que você veio aqui?

— Para ver você e Tate. Vocês foram meus pais por um tempo.

O fuzil oscilou ligeiramente.

— Aproxime-se.

Akin obedeceu.

— Mostre-me sua língua.

Akin sorriu, depois mostrou a língua. Não parecia nem um pouco mais humana agora do que quando Gabe o vira pela primeira vez.

Gabe recuou, depois respirou fundo. Deixou o fuzil apontar para o chão.

— Então é você.

Quase tímido, Akin estendeu a mão. Os seres humanos sempre apertavam as mãos uns dos outros. Vários se recusavam a apertar a dele.

Gabe pegou a mão e apertou-a, então agarrou Akin pelos ombros e o abraçou.

— Não acredito — ele ficava repetindo. — Droga, não acredito! Tudo bem — disse aos outros homens. — É ele mesmo!

Os homens observaram por mais um instante e começaram a se afastar. Observando-os sem se virar, Akin teve a impressão de que estavam desapontados, de que teriam preferido bater nele, talvez matá-lo.

Gabe levou Akin para a casa, onde tudo parecia igual: fresco, escuro e limpo.

Tate estava deitada em um longo banco encostado na parede. Ela virou a cabeça em sua direção e ele viu dor em seu rosto. Ela, claro, não o reconheceu.

— Ela sofreu uma queda — disse Gabe. Havia uma dor profunda em sua voz. — Yori está cuidando dela. Você se lembra de Yori?

— Lembro — respondeu Akin. — Yori disse uma vez que deixaria Fênix se as pessoas daqui fizessem armas.

Gabe lançou-lhe um olhar estranho.

— Armas são necessárias. Os assaltos ensinaram isso a todo mundo.

— Quem...? — perguntou Tate. E então, o que foi surpreendente: — Akin?

Ele foi até ela, ajoelhou-se a seu lado e segurou sua mão. Não gostou do cheiro levemente azedo ou das rugas ao redor de seus olhos. Quanto mal fora feito a ela?

Quanta ajuda ela e Gabe tolerariam?

— Akin — repetiu ele. — Como você caiu? O que aconteceu?

— Você está igual — disse ela, tocando seu rosto. — Quer dizer, você ainda não é adulto.

— Não. Mas cumpri minha promessa para você. Descobri... Descobri o que pode ser a resposta para o seu povo. Mas me conte como você se machucou.

Ele não havia esquecido nada a respeito dela. Sua mente rápida, sua tendência a tratá-lo como um pequeno adulto, a sensação que ela projetava, de não ser plenamente confiável, apenas imprevisível o suficiente para deixá-lo desconfortável. No entanto, ele a aceitara, gostara dela desde os primeiros momentos a seu lado. Perturbava-o mais do que ele poderia expressar o fato de que ela parecesse tão mudada agora. Ela perdera peso, e sua cor, assim como seu cheiro, era ruim. Estava muito pálida. Quase cinza. Os cabelos também pareciam estar grisalhos. Estavam muito menos amarelos do que haviam sido. E ela estava magra demais.

— Eu caí — falou ela. Seus olhos eram os mesmos. Examinaram o rosto dele, seu corpo. Ela pegou uma das mãos dele e a olhou. — Meu Deus — sussurrou.

— Estávamos em uma exploração — disse Gabe. — Ela perdeu o equilíbrio e caiu de uma colina. Eu a carreguei de volta para o campo de recuperação. — Ele fez uma pausa. — O antigo acampamento é uma cidade agora. Há residentes fixos. Mas eles não têm seu próprio médico. Alguns deles me ajudaram a levá-la até Yori. Foi... foi horrível. Mas ela está melhorando agora. — Não estava. Ele sabia que não estava.

Ela fechou os olhos. Sabia daquilo tão bem quanto ele. Ela estava morrendo.

Akin tocou seu rosto para que ela abrisse os olhos. Os Humanos pareciam quase não estar presentes quando fechavam os olhos. Eles conseguiam encerrar toda consciência visual e se fechavam completamente dentro da própria carne.

— Quando isso aconteceu? — perguntou Akin.

— Deus... Dois, quase três meses atrás.

Ela sofrera todo esse tempo. Gabe não buscou ajuda ooloi para ela. Qualquer indivíduo ooloi teria ajudado sem qualquer custo para os Humanos. Até alguns machos e fêmeas Oankali poderiam ajudar. Ele acreditava que podia. Estava claro que ela morreria se nada fosse feito.

Qual era a etiqueta para pedir para salvar a vida de alguém usando um método inaceitável? Se Akin perguntasse da maneira errada, Tate morreria.

Melhor nem mesmo perguntar. Ainda não. Talvez nunca.

— Voltei para lhe dizer que cumpri minha promessa — contou ele. — Não sei se você e os outros podem aceitar o que tenho a oferecer, mas significaria restaurar a fertilidade e... ter um lugar só para vocês.

Agora os olhos dela estavam arregalados e fixos nele.

— Que lugar? — ela sussurrou. Gabe se aproximou deles e olhou para baixo.

— Onde? — ele quis saber.

— Não pode ser aqui — disse Akin. — Vocês teriam que construir novas cidades inteiras em um novo ambiente, aprender novas maneiras de viver. Isso seria difícil. Mas encontrei pessoas, outros constructos, para me ajudar a tornar isso possível.

— Akin, onde? — sussurrou ela.

— Marte — ele disse apenas. Eles o olharam, sem palavras. Akin não sabia o que eles talvez conhecessem sobre Marte, então começou a tranquilizá-los. — Podemos capacitar o planeta a suportar vida humana. Vamos começar assim que eu estiver maduro. Foi-me dada essa missão. Ninguém sentia tão fortemente a necessidade de fazê-lo quanto eu.

— Marte? — repetiu Gabe. — Deixar a Terra para os Oankali? Toda a Terra?

— Sim. — Ele virou o rosto para Gabe outra vez. O homem precisava entender o mais rápido possível que Akin estava falando sério. Ele precisava ter um motivo para confiar Tate a Akin. E ela precisava de um motivo para continuar vivendo. Ocorreu a Akin que ela poderia estar cansada de sua vida longa e inútil. Isso, ele percebeu, era algo que não ocorreria aos Oankali. Não entenderiam, mesmo que lhes explicassem. Alguns aceitariam sem entender. A maioria não.

Akin virou o rosto para Tate outra vez.

— Eles me deixaram ficar tanto tempo com vocês durante a infância para que vocês pudessem me ensinar se o que fizeram com vocês estava certo. Eles não conseguiam avaliar. Estavam tão... perturbados por sua estrutura genética, que não conseguiriam fazer, não conseguiriam sequer pensar em fazer o que vou fazer.

— Marte? — questionou ela. — Marte?

— Posso dá-lo a vocês. Outras pessoas vão me ajudar. Mas você e Gabe precisam me ajudar a convencer os rebeldes.

Ela olhou para Gabe.

— Marte — sussurrou, e conseguiu balançar a cabeça.

— Eu estudei — disse Akin. — Com proteção, vocês poderiam viver lá agora, mas teriam que viver no subsolo ou dentro de alguma estrutura. Há muita luz ultravioleta, uma atmosfera de dióxido de carbono e nenhuma água líquida. E está frio. Será sempre mais frio do que aqui, mas podemos torná-lo mais quente do que é agora.

— Como? — Gabe perguntou.

— Com plantas modificadas e, depois, animais modificados. Os Oankali usaram eles no passado para tornar os planetas sem vida habitáveis.

— Plantas oankali? — Gabe quis saber. — Não plantas terrestres?

Akin suspirou.

— Se tudo o que os Oankali modificaram pertencer a eles, então você e todo seu povo lhes pertencem agora.

Silêncio.

— As plantas modificadas e os animais trabalham muito mais rápido do que qualquer coisa que pudesse ser encontrada na Terra ao natural. Precisamos deles para preparar o caminho para vocês em um tempo relativamente curto. Os Oankali não permitirão que sua fertilidade seja restaurada aqui na Terra. Vocês estão mais velhos agora do que a maioria dos Humanos conseguia viver. E ainda podem viver por muito tempo, mas quero que vocês saiam o mais rápido possível para que ainda possam criar seus filhos lá, do jeito que minha mãe cria aqui, e ensinar a eles o que são.

Os olhos de Tate se fecharam mais uma vez. Ela colocou uma mão sobre eles e Akin conteve o impulso para tirá-la. Será que ela estava chorando?

— Já perdemos quase tudo — disse Gabe. — Agora perderemos nosso mundo e tudo que há nele.

— Não tudo. Vocês poderão pegar o que quiserem. E a vida vegetal da Terra será adicionada à medida que o novo ambiente puder suportá-la. — Ele hesitou. — As plantas que nascem aqui... Apenas poucas delas crescerão lá. Mas muitas das plantas da montanha acabarão crescendo lá.

Gabe sacudiu a cabeça.

— Tudo isso enquanto estamos vivos?

— Se vocês se mantiverem seguros, viverão o dobro do tempo que já têm. Viverão para ver as plantas da Terra crescendo em Marte sem proteção.

Tate afastou a mão do rosto e olhou para ele.

— Akin, eu provavelmente não vou viver mais um mês — disse ela. — Antes disso, eu não queria viver. Mas agora... Você pode conseguir ajuda para mim?

— Não! — protestou Gabe. — Você não precisa de ajuda. Vai ficar bem!

— Eu vou morrer! — Ela conseguiu olhar para ele. — Você acredita em Akin? — perguntou.

Ele levou o olhar que estava nela para Akin e encarou-o enquanto respondia.

— Não sei.

— O quê? Acha que ele está mentindo?

— Não sei. Ele é apenas uma criança. As crianças mentem.

— Sim. E os homens mentem. Mas você não acha que pode mentir para mim depois de todos esses anos. Se há algo pelo que viver, quero viver! Está dizendo que eu deveria morrer?

— Não. Claro que não.

— Então, deixe-me obter a única ajuda disponível. Yori desistiu de mim.

Gabe parecia querer protestar, mas apenas olhou para ela. Depois de algum tempo, falou para Akin:

— Arranje alguém para ajudá-la.

Akin lembrava de ouvi-lo xingar com aquele mesmo tom de voz. Somente os humanos poderiam fazer isso, dizer "arranje alguém para ajudá-la" pela boca e dizer "ela que vá para o inferno!" com o tom de voz e com o corpo.

— Eu posso ajudá-la — disse Akin.

De repente, os dois Humanos olharam para ele com uma desconfiança que ele absolutamente não compreendia.

— Pedi para ser treinado — explicou ele. — Por que estão me olhando desse jeito?

— Se você não é ooloi — disse Gabe —, como pode curar alguém?

— Já expliquei, pedi para ser ensinado. Tive aula com uma criatura ooloi. Não posso fazer tudo que ela poderia fazer, mas posso ajudar sua carne e seus ossos a se curarem. Posso estimular seus órgãos a se regenerarem, mesmo que normalmente não fossem fazer isso.

— Nunca soube que machos poderiam fazer isso — falou Gabe.

— Um indivíduo ooloi poderia fazer melhor. Você sentiria prazer com o que fizesse. O jeito mais seguro para mim é fazer você dormir.

— Isso é o que você faria se fosse uma criança ooloi, não é? — perguntou Tate.

— Sim. Mas é o que sempre farei, mesmo quando for adulto. Ooloi mudam e se tornam fisicamente capazes de fazer mais.

— Não quero que nada mais seja feito — disse Tate. — Quero ser curada, curada de tudo. E só.

— Não posso fazer nada mais.

Gabe fez um som curto e sem palavras.

— Você ainda consegue ferroar, não consegue?

Akin reprimiu um desejo de se levantar, de encarar Gabe. Seu corpo era quase minúsculo comparado ao dele. Mesmo se fosse maior, o confronto físico teria sido inútil. Ele apenas olhou para o homem.

Depois de um tempo, Gabe chegou mais perto e se inclinou para ficar de frente com Tate.

— Você quer mesmo deixar que ele faça isso?

Ela suspirou, fechando os olhos por um instante.

— Estou morrendo. Claro que vou deixar.

E ele suspirou, fez uma leve carícia no cabelo dela.

— Certo. — Então se virou para encarar Akin. — Tudo bem, faça o que quer que seja.

Akin não falou nem se mexeu. Ele continuou a observar Gabe, ressentindo-se da atitude do homem, sabendo que ela não vinha apenas de preocupação com Tate.

— Bem? — disse Gabe, ficando em pé e olhando para baixo. Os homens altos faziam aquilo. Queriam intimidar. Alguns deles queriam lutar. Gabe pretendia apenas defender um ponto de vista que não estava em posição de defender.

Akin esperou.

Tate disse:

— Saia daqui, Gabe. Deixe-nos a sós por um tempo.

— Deixar você com ele!

— Sim. Agora. Estou farta de me sentir como a merda em que alguém pisou. Vá.

Ele saiu. Para ele, era melhor sair porque Tate preferia isso do que sair por submissão a Akin. Akin preferiria deixá--lo partir em silêncio, mas não se atreveu.

— Gabe — ele chamou quando o homem estava saindo.

Gabe parou, mas não se virou.

— Vigie a porta. Uma interrupção poderia matá-la.

Gabe fechou a porta atrás de si sem falar nada. No mesmo instante, Tate expirou numa espécie de gemido. Olhou para a porta e depois para Akin.

— Preciso fazer algo?

— Não. Só suportar que eu sente nesse banco junto com você.

Aquilo não pareceu perturbá-la.

— Você é pequeno o bastante — disse. — Vamos.

Ele não era menor do que ela.

Com cuidado, ele se acomodou entre ela e a parede.

— Eu ainda tenho apenas a minha língua para trabalhar — disse. — Isso significa que vai parecer que estou mordendo você no pescoço.

— Você costumava fazer isso sempre que eu deixava.

— Eu sei. Mas, ao que tudo indica, agora parece mais ameaçador ou mais suspeito.

Ela tentou rir.

— Não acha que ele vai entrar, acha? Você realmente poderia morrer se alguém tentasse nos separar.

— Ele não vai. Aprendeu há muito tempo a não fazer coisas assim.

— Certo. Você não vai dormir tão depressa quanto dormiria com cuidados ooloi, porque não consigo deixá-la inconsciente. Tenho que convencer seu corpo a fazer todo o trabalho. Agora, fique parada.

Ele colocou um braço ao redor dela para mantê-la na posição quando ela perdesse a consciência; em seguida, colocou a boca na lateral de seu pescoço. A partir daí, ele só tinha consciência do corpo dela: seus órgãos feridos e as fraturas mal curadas... e a ativação de sua antiga doença, doença de Huntington. Será que ela sabia? Será que a doença a fizera cair? Poderia ter feito. Ou ela poderia ter caído de propósito na esperança de escapar da doença.

Ela tinha distendido e contundido os ligamentos das costas. Deslocara um dos discos de cartilagem entre as vértebras do pescoço. Quebrara a patela do joelho esquerdo gravemente. Seus rins estavam danificados. Os dois rins. Como ela conseguira fazer aquilo? De que altura tinha caído?

Seu pulso esquerdo estava quebrado, mas se fixara e estava quase curado. Havia também duas fraturas de costela, quase curadas.

Akin se perdeu no trabalho, no prazer, de buscar ferimentos e estimular a capacidade de cura do corpo dela. Ele o estimulou a produzir uma enzima que desativava o gene de Huntington. O gene acabaria se tornando ativo novamente. Ela *precisava* que ooloi lhe dessem um tratamento definitivo para a doença antes que ela saísse da Terra. Akin não poderia substituir o gene mortal ou enganar o corpo dela usando genes que ela não usava desde antes de seu nascimento. Ele não podia ajudá-la a criar novos óvulos livres do gene de Huntington. Suprimir o gene era o máximo que ousava fazer.

3

A interrupção de Gabe ao processo de cura de Akin causou o único distúrbio sério de memória que Akin experimentou na vida. Depois, tudo o que ele se lembrava a respeito daquele momento era uma agonia abrupta.

Apesar de seu aviso, apesar do risco à segurança de Tate, Gabe entrou no quarto antes que a cura estivesse completa. Mais tarde, Akin descobriu que Gabe tinha voltado porque passaram-se horas sem qualquer som vindo de Akin ou de Tate. Ele estava com medo por Tate, com medo de que algo tivesse dado errado, e desconfiou de Akin.

Encontrou Akin aparentemente inconsciente, com boca ainda encostada no pescoço de Tate. Ele nem parecia respirar. Tate também não. Sua carne estava fria, quase gelada, e isso assustou Gabe. Ele achou que ela estivesse morrendo, temeu que ela já estivesse morta. Entrou em pânico.

Primeiro, tentou libertar Tate, alertando Akin de que, em algum nível, algo estava errado. Mas a atenção de Akin estava toda em Tate. O contato apenas começou a ser desfeito quando Gabe o atingiu.

Gabe estava com medo da ferroada de Akin. Não quis agarrá-lo e tentar afastá-lo de Tate. Em vez disso, tentou derrubar Akin com socos rápidos e fortes.

O primeiro golpe praticamente soltou Akin. Machucou-o mais do que ele já fora machucado antes, e ele não conseguiu evitar passar parte de sua dor para Tate.

Mesmo assim, conseguiu não a envenenar. Ele não sabia dizer quando ela começou a gritar. Continuou automaticamente a abraçá-la. Isso e o fato de que ele era mais forte que Gabe, que era maior, permitiu que ele se desvinculasse do sistema nervoso de Tate e depois do corpo dela sem sofrer ferimentos graves ou matá-la. Mais tarde, ele ficou surpreso por ter feito isso. Seu professor avisara que machos não tinham controle para procedimentos assim. Oankali machos e fêmeas evitavam curar não só porque não eram necessários como curandeiros, mas porque tinham maior possibilidade do que um ooloi de causar uma morte acidental. Poderiam ser levados a matar por acidente devido a interrupções e até mesmo por seus pacientes, se algo desse errado. Até Gabe corria perigo. Akin poderia tê-lo atingido às cegas, por reflexo.

No entanto, não atingiu.

O corpo de Akin se enrolou em um doloroso nó fetal e ficou ali, vulnerável e mais inconsciente do que nunca.

4

Quando Akin voltou a perceber o mundo ao seu redor, descobriu que não conseguia se mexer nem falar. Estava paralisado, às vezes consciente de que havia Humanos ao redor. Olhavam para ele, às vezes se sentavam a seu lado, mas não o tocavam. Por algum tempo ele não soube quem eram ou onde ele estava. Mais tarde, ele comparou esse período com sua primeira infância. Era uma época da qual se lembrava, mas da qual não participou. Mas, mesmo quando bebê, fora alimentado, lavado e segurado. Agora nenhuma mão o tocava.

Aos poucos, ele se deu conta de que duas pessoas conversaram com ele. Duas fêmeas, ambas humanas, uma pequena, de cabelos amarelos, e pálida. Outra ligeiramente maior, de cabelos escuros e pele bronzeada pelo sol.

Ficava contente quando elas estavam com ele.

Ficava apreensivo com a chegada delas.

Elas o excitavam. Seus cheiros penetravam fundo nele e o atraíram. No entanto, Akin não conseguia se mexer. Estava deitado, sendo atraído, mas totalmente imóvel. Foi um tormento, mas preferia aquilo à solidão.

As fêmeas falavam com ele. Depois de um tempo, ele ficou sabendo que eram Tate e Yori. E se lembrou de tudo o que sabia sobre Tate e Yori.

Tate sentava-se perto dele e dizia seu nome. Contava a ele como se sentia bem, como suas plantações estavam crescendo e o que diferentes pessoas do acampamento estavam fazendo. Ela costurava e escrevia enquanto ficava sentada ao lado de Akin. Mantinha um diário.

Yori também mantinha um. O de Yori se tornara um estudo sobre o caso dele. Ela lhe contou isso. Ele estava passando pela metamorfose, Yori disse. Ela nunca tinha visto uma metamorfose antes, mas ouvira descrições. Já havia novos e pequenos tentáculos sensoriais nas costas, na cabeça e nas pernas dele. Sua pele era cinza agora e ele estava perdendo os cabelos. Ela disse que ele precisava encontrar uma maneira de dizer se queria ser tocado. Disse que Tate estava bem e que Akin precisava encontrar uma maneira de se comunicar. Disse que qualquer coisa que pedisse seria feita por ele. Ela garantiria isso. E disse que ele não deveria se preocupar em ficar sozinho porque ela garantiria que sempre houvesse alguém com ele.

Isso o reconfortou mais do que ela poderia imaginar. Pessoas em metamorfose tinham pouca tolerância à solidão.

Gabe se sentou a seu lado. Gabe e as duas mulheres levantaram o banco em que ele estava deitado e levaram-no para um cômodo pequeno iluminado pelo sol.

Às vezes, Gabe o tentava com comida ou água. Não tinha como saber que o cheiro das mulheres era mais tentador para Akin do que qualquer outra coisa que Gabe pudesse colocar perto dele. Akin teria desejado a comida antes de adormecer se estivesse passando pela metamorfose normalmente. Teria comido e, depois, dormido. Ouvira dizer que, durante a maior parte de sua segunda metamorfose, ooloi não dormiam. Lilith havia contado que Nikanj dormia a maior parte do tempo, mas acordava de vez em quando para comer e conversar. Por fim, caía em outro sono profundo. Machos e fêmeas dormiam durante a maior parte de sua metamorfose. Não comiam, nem bebiam, urinavam ou defecavam. As mulheres excitavam Akin, atraíam sua atenção, mas o cheiro de comida e água não lhe interessava. Ele os percebia porque eram intermitentes. Eram mudanças ambientais que ele não podia deixar de notar.

Gabe lhe trouxe ervas, e ele percebeu, depois de algum tempo, que eram algumas das que gostava de comer quando era mais novo, das quais Gabe o tinha visto se alimentar. O homem se lembrava. Isso o agradou e aliviou do choque repentino quando, um dia, Gabe tocou nele.

Não houve aviso. Assim como Gabe decidira entrar no quarto e separar Akin e Tate, ele decidira fazer uma das coisas que Yori dissera a ele e a Tate para não fazer.

Simplesmente colocou a mão nas costas de Akin e o sacudiu.

Depois de um momento, Akin estremeceu. Seus pequenos e novos tentáculos sensoriais se moviam pela primeira vez, alongando-se por reflexo em direção à mão que o tocara.

Gabe puxou a mão. Não teria se machucado, mas não sabia disso, e Akin não podia contar a ele. Gabe não o tocou outra vez.

Pilar e Mateo Leal se revezavam para ficar com Akin. Os pais de Tino. Mateo assassinara pessoas com as quais Akin se importara muito. Por um tempo, a presença dele causou a Akin um profundo desconforto. Então, por não ter escolha, Akin se adaptou.

Kolina Wilton ficou com ele algumas vezes, mas nunca falou com ele. Um dia, para sua surpresa, Macy Wilton sentou-se a seu lado. Então, o homem nem sempre estava bêbado largado na rua.

Macy voltou várias vezes. Entalhava coisas na madeira enquanto ficava com Akin e os cheiros das madeiras eram o anúncio de sua chegada. Ele começou a conversar com Akin para especular sobre o que havia acontecido com Amma e

Shkaht, especular sobre as crianças de quem ele poderia, um dia, ser pai, especular sobre Marte.

Aquilo indicou a Akin, pela primeira vez, que Gabe e Tate espalharam a história, a esperança que ele trouxera.

Marte.

— Nem todo mundo quer ir — disse Macy. — Acho que eles são malucos se ficarem aqui. Eu daria qualquer coisa para ver o *homo sap* ter outra chance. Lina e eu iremos. E não se preocupe com os outros!

Akin começou a se preocupar de imediato. Não havia como apressar a metamorfose. Provocá-la tão traumaticamente quase o matara. Agora não havia nada a fazer senão esperar. Esperar e saber que, quando os humanos discordam, às vezes lutam, e quando lutam, muitas vezes matam uns aos outros.

5

A metamorfose de Akin se arrastou. Ele ficou em silêncio e imóvel por meses enquanto seu corpo se remodelava por dentro e por fora. Ele escutava e se lembrava automaticamente de uma discussão após a outra sobre sua missão, seu direito de estar em Fênix, o direito humano à Terra. Não houve nenhuma decisão. Havia xingamentos, gritos, ameaças, brigas, mas nenhuma decisão. Então, no dia em que seu silêncio terminou, houve um assalto. Houve um tiroteio. Um homem foi morto. Uma mulher foi levada. Akin ouviu o barulho, mas não sabia o que estava acontecendo. Pilar Leal estava com ele. Ficou com ele até o tiroteio acabar. Então o deixou por alguns minutos para ver se seu marido estava bem. Quando voltou, Akin estava tentando falar, desesperado.

Pilar deu um grito curto e assustado e Akin soube que estava fazendo algo que ela conseguia ver. Ele conseguia vê-la, ouvi-la, sentir o cheiro dela, mas ele, de alguma maneira, estava distante de si mesmo. Não possuía uma imagem de si mesmo e não tinha certeza se estava movendo alguma parte de seu corpo. A reação de Pilar dizia que estava.

Ele conseguiu emitir um som e soube que fizera aquilo. Não foi nada além de um grasnido rouco, mas ele o fizera deliberadamente.

Pilar se aproximou e olhou para ele:

— *¿Estás despierto?* — ela quis saber. Ele estava acordado?

— *Sí* — disse ele, ofegante e tossindo. Não tinha forças. Podia ouvir a si mesmo, mas ainda se sentia distanciado do próprio corpo. Tentou endireitá-lo e não conseguiu.

— Você está com dor? — ela perguntou.

— Não. Fraco. Fraco.

— O que posso fazer? O que posso trazer para você?

Por vários segundos, ele não conseguiu responder.

— Tiros — disse por fim. — Por quê?

— Saqueadores. Filhos da puta sujos! Eles levaram Rudra. Mataram o marido dela. Nós matamos dois deles.

Akin quis voltar ao refúgio da inconsciência. Eles não estavam matando uns aos outros por causa da decisão a respeito de Marte, mas estavam matando uns aos outros. Sempre parecia haver uma razão para os Humanos se matarem. Ele lhes daria um novo mundo, um mundo difícil, que exigiria cooperação e inteligência. Sem isso, esse mundo certamente os mataria. Será que Marte poderia distraí-los por tempo suficiente para que conseguissem criar uma saída para sua Contradição?

Ele se sentiu mais forte e tentou falar com Pilar outra vez. Descobriu que ela tinha saído. Yori estava com ele agora. Ele dormira. Sim, tinha uma lembrança armazenada: Yori entrando, Pilar relatando que ele tinha falado, Pilar saindo. Yori conversando com ele e depois compreendendo que ele tinha dormido.

— Yori?

Ela se sobressaltou e percebeu que havia adormecido.

— Então você está acordado — disse.

Ele respirou fundo.

— Não acabou. Ainda não consigo me mexer muito.

— Você deveria tentar?

Ele tentou dar um sorriso.

— Estou tentando. — E, um instante depois: — Eles trouxeram Rudra de volta? — Ele não conhecia a mulher, embora se lembrasse de vê-la durante sua permanência em Fênix. Ela era uma mulher pequena, de pele marrom, cabelos lisos e negros que varreriam o chão se ela não os prendesse. Ela e o marido eram asiáticos de um lugar chamado África do Sul.

— Os homens foram atrás dela. Acho que ainda não voltaram.

— Há muitos assaltos?

— Muitos. Mais constantes.

— Por quê?

— Por quê? Bem, porque somos falhos. Seu povo disse isso. — Ele nunca a escutara falar com tanta amargura antes.

— Não havia tantos assaltos antes.

— As pessoas aqui tinham esperança quando você era bebê. Éramos mais poderosos. E... nossos homens não tinham começado a assaltar na época.

— Homens de Fênix assaltando?

— A Humanidade extinguindo-se, por tédio, desespero, amargura... Estou surpresa que tenhamos durado tanto tempo.

— Você vai para Marte, Yori?

Ela o encarou por vários segundos.

— É verdade?

— Sim. Eu tenho que preparar o caminho. Depois disso, a Humanidade terá um lugar próprio.

— Eu me pergunto: o que vamos fazer com esse planeta?

— Trabalhar duro para evitar que ele mate vocês. Vocês poderão viver lá quando eu terminar de prepará-lo, mas a vida será difícil. Se forem descuidados ou não conseguirem trabalhar juntos, vão morrer.

— Poderemos ter filhos?

— Não posso fazer isso por vocês. Vocês terão de deixar ooloi fazerem isso.

— Mas será feito!

— Sim.

Ela suspirou.

— Então, eu vou. — Ela o observou por um momento.

— Quando?

— Daqui a alguns anos. Alguns de vocês irão logo, no entanto. Alguns deverão ver e entender o que eu fizer, para que entendam desde o início como seu novo mundo funciona.

Ela se sentou, observando-o em silêncio.

— E preciso de ajuda com outros rebeldes — disse ele. Esforçou-se por um instante, tentando desfazer o nó de seu corpo. Era como se ele tivesse esquecido como se mover. No entanto, aquilo não dependia dele. Akin sabia que estava apenas tentando apressar processos que não podiam ser apressados. Ele conseguia falar. Isso deveria ser o suficiente. — Provavelmente pareço muito menos Humano do que sou — continuou. — Não serei capaz de abordar pessoas que me conheciam antes. Não gosto de ser baleado ou ter que ameaçar as pessoas. Preciso de Humanos para conversar com outros Humanos e uni-los.

— Você está errado.

— O quê?

— Para isso, você precisa principalmente de Oankali. Ou de constructos adultos.

— Mas...

— Você precisa de pessoas que não serão baleadas ao serem vistas. Pessoas sãs só atiram em Oankali por acidente. Você precisa de pessoas que não serão aprisionadas e cujas palavras não serão ignoradas. É assim que os seres humanos são agora. Atire nos homens. Sequestre as mulheres. Se não tiver nada melhor para fazer, vá assaltar seus vizinhos.

— Tão ruim assim?

— Pior.

Ele suspirou.

— Você me ajudaria, Yori?

— O que devo fazer?

— Aconselhar. Vou precisar de consultores Humanos.

— Pelo que ouvi dizer, sua mãe deveria ser uma delas.

Ele tentou investigar seu rosto impassível.

— Eu não sabia que você sabia quem ela era.

— As pessoas me dizem coisas.

— Então, escolhi uma boa conselheira.

— Não sei. Não acho que posso sair de Fênix, exceto com o grupo que vai para Marte. Treinei outras pessoas, mas sou a única formalmente treinada como médica. E isso é uma piada, na verdade. Eu era psiquiatra. Mas pelo menos tenho treinamento formal.

— O que é uma psiquiatra?

— Uma médica especializada no tratamento de doenças mentais. — Ela deu uma risada amarga. — Os Oankali dizem que pessoas como eu lidam muito mais com distúrbios físicos do que somos capazes de reconhecer.

Akin não disse nada. Ele precisava de alguém como Yori, que conhecesse os rebeldes e que parecesse não ter medo dos Oankali. Mas ela deveria convencer a si mesma. Ela deveria perceber que ajudar a Humanidade a mudar para seu novo mundo era mais importante do que colar ossos quebrados e tratar ferimentos. Ela provavelmente já sabia disso, mas levaria tempo para aceitar. Ele mudou de assunto.

— Como estou, Yori? Mudei muito?

— Completamente.

— O quê?

— Você parece um Oankali. A voz não parece com a de um, mas se eu não soubesse quem você é, diria que era um Oankali pequeno. Talvez uma criança.

— Merda!

— Você vai mudar mais?

— Não. — Ele fechou os olhos. — Meus sentidos não estão tão nítidos quanto serão. Mas a forma que tenho é a definitiva.

— Você se importa, de verdade?

— Claro que me importo. Oh, Deus. Quantos rebeldes vão confiar em mim agora? Quantos vão acreditar que sou um constructo?

— Não importa. Quantos deles confiam um no outro? E eles sabem que são Humanos.

— Não é assim em todos os lugares. Há assentamentos rebeldes perto de Lo que não brigam tanto.

— Talvez você tenha que levá-los, então, e desistir de algumas das pessoas daqui.

— Não sei se consigo fazer isso.

— Eu consigo.

Ele olhou para ela. Ela havia se colocado em uma posição em que ele pudesse vê-la com os olhos, ainda que não conseguisse se mexer. Ela voltaria para Lo com ele. E o aconselharia e observaria a metamorfose de Marte.

— Você ainda precisa de comida? — perguntou Yori.

A ideia o enojou.

— Não. Em breve, talvez, mas não agora.

— Precisa de algo?

— Não. Mas obrigado por garantir que eu nunca fique sozinho.

— Ouvi dizer que era importante.

— Muito. Eu devo começar a me mover em mais alguns dias. Ainda preciso de pessoas por perto.

— Alguém em particular?

— Você escolheu as pessoas que vieram ficar comigo? Quero dizer, além dos Rinaldi?

— Tate e eu escolhemos.

— Vocês fizeram um bom trabalho. Acha que todas elas vão emigrar para Marte?

— Não foi por isso que nós as escolhemos.

— Elas vão emigrar?

Depois de um tempo, ela assentiu.

— Vão. Depois, algumas outras.

— Mande as outras para mim, se achar que minha aparência atual não vai assustá-las.

— Todas elas já viram Oankali antes.

Será que ela teve a intenção de insultá-lo, ele se perguntou. Ela falou em um tom tão estranho. Amargura e outra coisa. Yori se levantou.

— Espere — disse Akin.

Ela parou, sem alterar a expressão.

— Minha percepção não é o que será um dia. Não sei o que está errado.

Ela olhou para ele com hostilidade inconfundível.

— Eu estava pensando que muitas pessoas sofreram e morreram — disse. — Muitas se tornaram... irrecuperáveis. Muitas mais serão perdidas. — Ela parou, respirou fundo. — Por que os Oankali provocaram isso? Por que não nos ofereceram Marte anos atrás?

— Eles nunca lhes ofereceriam Marte. Eu lhes ofereço Marte.

— *Por quê?*

— Porque eu sou parte de vocês. Porque acho que vocês deveriam ter mais uma chance de se reproduzir fora de sua Contradição genética.

— E o que os Oankali dizem?

— Que vocês não podem deixá-la de lado, não podem solucioná-la a favor da inteligência. Que comportamento hierárquico, devendo ou não, seleciona comportamento hierárquico. Que nem mesmo Marte será um desafio suficiente para mudar vocês. — Ele fez uma pausa. — Que lhes dar um novo mundo e deixar que vocês procriem novamente seria... como criar seres inteligentes com o único propósito de fazê--los matar uns aos outros.

— Esse não seria o nosso propósito — protestou ela.

Ele pensou sobre aquilo por um instante, imaginando o que deveria dizer. A verdade ou nada. A verdade.

— Yori, o propósito humano não é o que vocês dizem que é ou o que eu digo que é. É o que sua biologia diz, o que seus genes dizem.

— Você acredita nisso?

—... sim.

— Então, por quê?

— Existe o acaso. Mutação. Efeitos inesperados do novo ambiente. Coisas que ninguém pensou. Os Oankali podem cometer erros.

— Nós podemos?

Ele apenas a encarou.

— Por que os Oankali estão deixando você fazer isso, Akin?

— Eu quero fazer isso. Outros constructos dizem que devo. Alguns vão me ajudar. Mesmo aqueles que não acham que eu deveria fazer isso entendem por que eu quero. E os

Oankali aceitam. Houve um consenso. Os Oankali não ajudarão, exceto para ensinar. Eles não pisarão em Marte quando começarmos. Eles não vão transportar vocês. — Ele tentou pensar em uma maneira de fazê-la entender. — Para eles, o que estou fazendo é terrível. A única coisa mais terrível seria assassinar todos vocês com minhas próprias mãos.

— Não é razoável — sussurrou ela.

— Vocês não podem ver e ler a estrutura genética da maneira que eles fazem. Não é como ler palavras em uma página. Eles a sentem e entendem. Eles... não existe palavra em inglês para o que eles fazem. Dizer que eles entendem é totalmente inadequado. Fui obrigado a perceber isso antes de estar preparado. Agora, entendo isso de uma maneira que na época não conseguiria.

— E você vai nos ajudar mesmo assim.

— Mesmo assim vou ajudar. Tenho que ajudar.

Yori deixou-o sozinho. A expressão de hostilidade desapareceu de seu rosto quando ela o olhou antes de fechar a porta de madeira. Parecia confusa e, mesmo assim, esperançosa.

— Vou mandar alguém para você — disse, e fechou a porta.

6

Akin dormiu e soube apenas por alto que Gabe entrou para se sentar ao seu lado. O homem falou com ele pela primeira vez, mas ele não despertou para responder.

— Sinto muito — disse Gabe assim que teve certeza de que Akin estava dormindo. Ele não repetiu as palavras nem as explicou.

Gabe ainda estava lá quando, algum tempo depois, começou um barulho do lado de fora. Não foi alto ou ameaçador, mas Gabe saiu para ver o que tinha acontecido. Akin acordou e ouviu.

Rudra fora resgatada, mas estava morta. Seus captores a espancaram e estupraram até que ela ficasse tão gravemente ferida que a pessoas que foram salvá-la não conseguiram trazê-la viva para casa. Eles não conseguiram sequer pegar ou matar nenhum de seus captores. Estavam cansados e com raiva. Trouxeram o corpo de Rudra de volta para ser enterrado com o do marido. Mais duas pessoas foram perdidas. Os homens xingaram todos os assaltantes e tentaram descobrir de onde aquele grupo tinha vindo. Onde deveria acontecer o assalto de represália?

Alguém, não Gabe, mencionou Marte.

Outra pessoa mandou essa calar a boca.

Uma terceira pessoa perguntou como Akin estava.

— Bem — respondeu Gabe. Havia algo de errado com a maneira como disse isso, mas Akin não sabia definir o quê.

Os homens ficaram em silêncio por algum tempo.

— Vamos dar uma olhada nele — um deles disse de repente.

— Ele não roubou Rudra nem matou Mehtar — falou Gabe.

— Eu disse que foi ele? Só quero dar uma olhada.

— Ele parece Oankali agora. Apenas Oankali. Yori diz que ele não está muito empolgado com isso, mas não há nada que possa fazer a respeito.

— Ouvi dizer que eles poderiam mudar de forma após a metamorfose — disse alguém. — Quer dizer, como aqueles lagartos camaleões que mudavam de cor.

— Eles esperavam usar algo que obtivessem de nós para desenvolver essa capacidade — explicou Gabe. — Câncer, eu acho. Mas não vi nenhum sinal de que tenham conseguido fazê-lo.

Aquilo não poderia ser feito. Não seria tentado até que as pessoas se sentissem mais seguras em relação a constructos como Akin, machos nascidos Humanos, que pensavam ser mais propensos a causar problemas. Não poderia ser feito até que houvesse constructos ooloi.

— Vamos todos vê-lo. — Aquela voz de novo. O mesmo homem que havia sugerido que queria ver Akin. Quem era ele? Akin pensou por um momento, procurando em sua memória.

Ele não conhecia o homem.

— Espere — Gabe estava dizendo. — Esta é a minha casa. Você não pode simplesmente entrar quando quiser!

— O que você está escondendo aí dentro? Todos nós já vimos essas malditas sanguessugas antes.

— Então não precisam ver Akin.

— É apenas mais um verme para se alimentar de nós.

— Ele salvou a vida da minha esposa — disse Gabe. — Que merda *você* salvou?

— Ei, eu só queria olhar para ele... ter certeza de que está bem.

— Ótimo. Pode olhar para ele quando ele conseguir se levantar e olhar para você.

Akin logo começou a se preocupar com a possibilidade de aquele homem entrar na casa. Era óbvio que os Humanos tinham uma forte tentação por fazer coisas que eram avisados para não fazer. E Akin estava mais vulnerável agora do que estivera desde a primeira infância. Ele poderia ser perturbado à distância. Poderia levar um tiro. Se um agressor persistisse o suficiente, Akin poderia ser morto. E, naquele momento, ele estava sozinho. Nenhuma companhia. Nenhuma proteção.

Ele tentou se mexer outra vez, tentou desesperadamente. Mas apenas seus novos tentáculos sensoriais se moviam. Eles se contorciam e se enroscavam, impotentes.

Então Tate entrou. Ela parou, olhou para os muitos tentáculos sensoriais em movimento e se acomodou na cadeira que Gabe ocupara. Atravessado em seu colo, ela segurava um fuzil comprido, cinza-escuro.

— Você ouviu essa porcaria, não é? — falou.

— Sim — murmurou ele.

— Eu estava com medo de que tivesse ouvido. Relaxe. Essas pessoas nos conhecem. Não virão aqui a menos que estejam com sentimentos suicidas. — No passado, ela fora tão fortemente contrária às armas. No entanto, segurava aquela coisa no colo como se fosse uma amiga. E ele tinha que estar feliz por ela fazer isso, feliz por sua proteção. Confuso, Akin ficou em silêncio até que ela perguntou: — Você está bem?

— Estou com medo de que alguém seja morto por minha causa.

Ela não disse nada por um tempo. Por fim, perguntou:

— Quanto tempo até você conseguir andar?

— Alguns dias. Três ou quatro. Talvez.

— Espero que isso seja breve o suficiente. Se você estiver se movendo, eles não ousarão lhe causar problemas. Você parece completamente Oankali.

— Quando eu puder andar, irei embora.

— Nós vamos com você. Já passou da hora de deixarmos este lugar.

Ele a olhou e pensou ter sorrido.

Ela riu.

— Eu me perguntava se você conseguia fazer isso.

Ele percebeu, então, pelo súbito enfraquecimento de seus sentidos, que seus novos tentáculos sensoriais tinham se aplanado contra o corpo, tinham se alisado como uma segunda pele e se pareciam mais com pinturas do que reais. Ele tinha visto aquilo por toda a vida, em Oankali e em constructos. Agora, parecia absolutamente natural que ele mesmo fizesse aquele gesto.

Ela tocou-o.

Ele a viu se aproximar, sentiu o calor de sua mão muito antes que ela a colocasse em seu ombro e a passasse por seus tentáculos lisos. Por um segundo, Akin foi capaz de mantê-los lisos. Então, eles se prenderam à mão de Tate. A feminilidade dela o atormentava mais do que nunca, mas ele só podia saboreá-la, apreciá-la. Mesmo que ela tivesse interesse sexual nele, ele estaria impotente.

— Solte — disse Tate. Não estava com medo nem com raiva. Apenas esperou que ele a soltasse. Não fazia ideia de como era difícil para ele puxar seus tentáculos sensoriais de volta, interromper o contato profundo e frustrante.

— O que foi tudo isso? — ela perguntou quando recuperou a mão.

Ele não foi rápido o suficiente para pensar em uma resposta inócua antes que ela começasse a rir.

— Imaginei — disse. — Definitivamente deveríamos levá-lo para casa. Você tem parceiros esperando?

Constrangido, ele não falou nada.

— Desculpe. Não queria envergonhá-lo. Já faz muito tempo que fui adolescente.

— Os Humanos me chamavam assim antes de eu mudar.

— Jovem adulto, então.

— Como você pode ser condescendente comigo e ainda assim me seguir?

Ela sorriu.

— Não sei. Ainda não descobri meus sentimentos em relação ao novo você.

Algo em suas maneiras era falso. Nada do que ela dizia era uma mentira direta, mas havia algo errado.

— Você vai a Marte, Tate, ou ficará na Terra? — perguntou Akin. Ela pareceu se afastar dele sem se mexer.

— Você será livre tanto para ficar como para ir. — Ela tinha companheiros Oankali que ficariam muito felizes em vê-la ficar. Se ela não o fizesse, talvez nunca se acomodassem na Terra.

— Trégua — disse Tate, serena.

Ele desejou que ela fosse Oankali para que ele pudesse lhe mostrar que estava falando sério. Ele não falara como uma reação à sua condescendência, como ela nitidamente acreditava. Em vez disso, reagira à falsidade de seu comportamento. Mas a comunicação com os Humanos sempre era incompleta.

— Seu maldito — disse Tate, baixinho.

— O quê?

Ela desviou o olhar dele. Levantou-se, andou até uma janela e olhou para fora. Ficou de lado, dificultando que qualquer um lá fora a visse. Mas não havia ninguém do lado de fora daquela janela. Tate caminhou pela sala, inquieta e sombria.

— Achei que tinha tomado minha decisão — disse. — Achei que sair daqui seria o suficiente, por enquanto.

— E é — falou Akin. — Não há pressa. Você ainda não precisa tomar nenhuma outra decisão.

— Quem está sendo condescendente com quem? — retrucou ela, em tom amargo.

Mais um mal-entendido.

— Entenda-me de forma literal — disse Akin. — Suponha que o que digo é exatamente o quero dizer.

Ela o olhou com descrença e desconfiança.

— Você *pode* decidir depois — insistiu Akin.

Depois de certo tempo, ela suspirou.

— Não — insistiu ela —, não posso.

Ele não entendeu, então não falou nada.

— Na verdade, é esse o meu problema — ela continuou. — Não tenho mais escolha. Eu tenho que ir.

— Não tem.

Ela sacudiu a cabeça.

— Fiz minha escolha há muito tempo, assim como Lilith fez a dela. Escolhi Gabe e Fênix e a Humanidade. Meu próprio povo me irrita, às vezes, mas ainda é meu povo. Preciso ir com ele.

— Precisa?

— Sim.

Ela se sentou de novo depois de um tempo, colocou a arma no colo e fechou os olhos.

— Tate? — chamou ele, quando ela pareceu calma.

Ela abriu os olhos, mas não disse nada.

— A aparência que tenho agora incomoda você?

A pergunta pareceu irritá-la a princípio. Então, ela encolheu os ombros.

— Se alguém me perguntasse como eu me sentiria se você mudasse tão completamente, eu diria que, no mínimo, me incomodaria. Não incomoda. Acho que também não incomoda os outros. Todos nós observamos sua mudança.

— E aqueles que não observaram?

— Para eles você será um Oankali, acho.

Ele suspirou.

— Haverá menos emigrantes por minha causa.

— Por nossa causa — disse ela.

Por causa de Gabe, ela quis dizer.

— Ele pensou que eu estava morta, Akin. Entrou em pânico.

— Eu sei.

— Conversei com ele. Ajudaremos você a reunir pessoas. Iremos às aldeias, sozinhos, com você ou com outros constructos. Diga-nos o que você quer que façamos.

Seus tentáculos sensoriais voltaram a se alisar com prazer.

— Você vai me deixar melhorar sua capacidade de sobreviver a lesões e de se curar? — perguntou ele. — Vai deixar alguém corrigir geneticamente sua doença de Huntington?

Ela hesitou.

— A doença de Huntington?

— Você não quer passá-la para seus filhos.

— Mas mudanças genéticas... Isso significaria passar tempo com uma criatura ooloi. Muito tempo.

— A doença se tornou ativa, Tate. Estava ativa quando curei você. Achei que talvez... você tivesse notado.

— Quer dizer que eu vou ficar doente por causa disso? Louca?

— Não. Eu a corrigi outra vez. Uma correção temporária. A desativação de um gene que deveria ter sido substituído há muito tempo.

— Eu... não poderia ter passado por isso.

— A doença pode ser a razão pela qual você caiu.

— Oh, meu Deus — sussurrou Tate. — Foi assim que aconteceu com minha mãe. Ela caía o tempo todo. E tinha... mudanças de personalidade. E eu li isso: a doença causa dano cerebral... irreversível...

— Ooloi podem revertê-lo. Ainda não está sério, de qualquer forma.

— Qualquer dano cerebral é sério!

— Pode ser corrigido.

Ela olhou para ele, claramente desejando acreditar.

— Você não pode introduzir a doença na colônia de Marte. Sabe que não pode. Ela se espalharia pela população em algumas gerações.

— Eu sei.

— Então, vai deixar que seja corrigida?

— Sim. — A palavra foi pouco mais que um movimento de seus lábios, mas Akin viu e acreditou nela.

Aliviado e com um cansaço surpreendente, Akin adormeceu. Com a ajuda dela e de outras pessoas de Fênix, ele tinha chances de fazer a colônia de Marte funcionar.

7

uando ele acordou, a casa estava em chamas.

Akin pensou, a princípio, que o som que ouvia era da chuva. O cheiro de fumaça o fez reconhecer o fogo. Não havia ninguém com ele. O quarto estava escuro e ele tinha apenas uma memória armazenada: Macy Wilton sentado ao seu lado, com uma arma de cano curto e grosso sobre os joelhos. Uma arma de cano duplo, um tipo que Akin nunca vira antes. Ele se levantou e foi investigar um barulho estranho do lado de fora da casa. Akin repetiu sua lembrança do barulho. Mesmo dormindo, ele ouvira o que Macy provavelmente não tinha ouvido.

Pessoas sussurrando.

— Não coloque isso aí. Jogue-o contra a parede, onde fará algum bem. E jogue na varanda.

— Cale a boca. Eles não são surdos aqui.

Passos, estranhamente vacilantes.

— Vá derramar um pouco sob a janela do vira-lata, Babe.

Passos se aproximando da janela de Akin, quase tropeçando mais perto. E alguém caiu. Esse foi o som que Macy ouviu: um grunhido de dor e um corpo caindo, pesado.

Akin soube de tudo isso assim que acordou completamente. Sabia que as pessoas de fora estavam bebendo. Uma deles era o homem que queria passar por Gabe para ver Akin.

A outra era Neci. Ela tinha evoluído de tentativa de mutilação para tentativa de assassinato.

O que aconteceu com Macy? Onde estavam Tate e Gabe? Como o incêndio poderia fazer tanto barulho e luz e não despertar a todos? O fogo já tinha alcançado o lado de fora de uma janela agora. As janelas eram altas. O fogo que Akin podia ver já devia estar consumindo a parede e o piso. Ele começou a gritar o nome de Tate, o nome de Gabe. Conseguia se mexer um pouco, mas não o suficiente para surtir diferença.

Ninguém veio.

O fogo entrou no quarto, produzindo uma fumaça sufocante que Akin descobriu que podia inalar com mais facilidade se não respirasse pela boca. Agora ele tinha um sa'ir na garganta, cercado por tentáculos sensoriais grandes e fortes. Eles se moviam automaticamente para filtrar a fumaça do ar que ele respirava.

Mas, ainda assim, ninguém veio ajudá-lo. Ele seria queimado. Não tinha proteção contra o fogo.

Ele morreria. Neci e seu amigo destruiriam as chances humanas em um mundo novo porque estavam bêbados e fora de si.

Akin chegaria ao fim.

Gritou e engasgou porque não entendia muito bem como falar através de um orifício conhecido e respirar através de outro, desconhecido.

Por que estavam deixando que ele fosse queimado? As pessoas o ouviram. Deviam ter ouvido! Ele conseguia ouvi-las naquele instante, correndo, gritando, seus sons se misturando ao estalo e ao rugido do fogo.

Ele conseguiu se jogar da cama.

O pouso foi apenas uma pequena batida. Seus tentáculos sensoriais se protegiam automaticamente, achatando-se no corpo. Uma vez no piso de madeira, ele tentou rolar em direção à porta.

Então parou, tentando entender o que seus sentidos estavam mostrando. Vibrações. Alguém chegando.

Alguém correndo em direção ao quarto em que ele estava. Os passos de Gabe.

Ele gritou, esperando guiar o homem em meio à fumaça. Viu a porta abrir, sentiu as mãos de Gabe nele.

Com um esforço quase doloroso, Akin conseguiu não afundar seus tentáculos sensoriais na carne do homem. O toque do homem era como um convite para investigá-lo com sentidos adultos aprimorados. Mas agora não era a hora para isso. Ele devia fazer tudo o que pudesse para não atrapalhar Gabe.

Permitiu-se se transformar em uma coisa, um saco de batata para ser jogado sobre o ombro de alguém. Pela primeira vez, ficou feliz por ser pequeno.

Gabe caiu uma vez, tossindo, queimado pelo calor. Deixou Akin cair, levantou-o e jogou-o de novo sobre o ombro.

A porta da frente estava bloqueada por labaredas. A de trás seria bloqueada em um instante. Gabe abriu-a com um chute e desceu os degraus correndo, mergulhando de cabeça nas chamas. Seu cabelo pegou fogo e Akin gritou para que o apagasse.

Assim que saiu da casa, Gabe parou, jogou Akin no chão e desabou, batendo em si mesmo e tossindo.

A árvore em que haviam parado pegou fogo vindo da casa. Eles tiveram que se deslocar de novo, depressa, para evitar os galhos em chamas. Após apagar o próprio fogo, Gabe pegou Akin e cambaleou para mais longe, em direção à floresta.

— Onde você está indo? — perguntou Akin.

Ele não respondeu. Parecia que tudo o que conseguia fazer era respirar e se mover.

Atrás deles, a casa foi engolida por completo. Agora, nada lá dentro poderia estar vivo.

— Tate! — disse Akin de repente. Onde ela estava? Gabe jamais iria salvá-lo e deixar Tate morrer queimada.

— Lá na frente — falou Gabe, ofegante.

Então, ela estava bem.

Gabe caiu de novo, desta vez quase por cima de Akin. Machucado, Akin se agarrou a ele em um reflexo inútil. Paralisou o homem imediatamente, interrompendo mensagens significativas de movimento entre o cérebro e o resto do corpo.

— Fique deitado — disse, esperando dar a Gabe a ilusão de escolha. — Apenas deite-se e deixe-me ajudá-lo.

— Você não pode nem ajudar a si mesmo — sussurrou Gabe, lutando para respirar, para se mover.

— Posso me ajudar curando você! Se você cair de novo, eu posso ferroá-lo. Agora cale a boca e pare de tentar se mexer. Seus pulmões estão danificados e você está queimado. — O dano pulmonar era sério e poderia matá-lo. As queimaduras só eram muito dolorosas. No entanto, Gabe não ficava quieto.

— A cidade... eles podem nos ver?

— Não. Há um milharal entre nós e Fênix agora. Mas o fogo ainda é visível. E está se espalhando. — Pelo menos mais uma casa estava queimando. Talvez tivesse pegado o fogo da árvore em chamas.

— Se não chover, metade da cidade pode ser incendiada. Idiotas.

— Não vai chover. Agora fique quieto, Gabe.

— Se nos pegarem, provavelmente vão nos matar!

— O quê? Quem?

— Pessoas da cidade. Não todos. Apenas os encrenqueiros.

— Eles estarão ocupados demais tentando apagar o fogo. Não chove há dias. Escolheram a estação errada para tudo isso. Apenas fique quieto e deixe-me ajudá-lo. Eu não vou fazer você dormir, então você pode sentir alguma coisa. Mas não vou machucá-lo.

— Já me machuquei tanto, acho que não perceberia se você me machucasse.

Akin interrompeu as mensagens de dor que os nervos de Gabe enviavam para seu cérebro e encorajou o cérebro a secretar endorfinas específicas.

— Deus do céu! — O homem disse, ofegando, tossindo. Para ele, a dor cessou de repente. Ele não sentia nada. Era menos confuso para ele assim. Para Akin, aquilo significava uma dor súbita e terrível, depois um alívio lento. Não euforia. Ele não queria Gabe bêbado com as próprias endorfinas. Mas era possível fazer o homem se sentir bem e alerta. Era quase como compor música, equilibrando endorfinas, silenciando a dor, mantendo a sobriedade. Ele compunha uma música simples. Ooloi compunham grandes harmonias, entrecruzando pessoas e compartilhando prazer. E ooloi contribuíam com substâncias próprias para a união. Akin logo sentiria aquilo, quando Dehkiaht mudasse. Por enquanto, havia o prazer de curar.

Gabe começou a respirar com mais facilidade quando seus pulmões melhoraram. Ele não percebeu quando sua carne começou a cicatrizar. Akin deixou a carne inútil e queimada se soltar. Gabe precisaria de água e comida em breve. Akin acabaria por estimular sentimentos de fome e sede no homem para que ele tivesse vontade de comer ou beber qualquer coisa que Akin encontrasse para ele. Era especialmente importante que ele bebesse algo logo.

— Alguém está vindo — sussurrou Gabe.

— Gilbert Senn — disse Akin em seu ouvido. — Ele está procurando há algum tempo. Se ficarmos quietos, talvez não nos encontre.

— Como você sabe que é...?

— Passos. Ele ainda faz o mesmo som de quando eu vivia aqui. Está sozinho.

Akin terminou seu trabalho em silêncio e retirou os filamentos de seus tentáculos sensoriais de Gabe.

— Você pode se mexer agora — sussurrou. — Mas não se mexa.

Akin também podia se mexer um pouco mais, embora duvidasse que pudesse andar.

Gilbert Senn os encontrou de repente, quase tropeçou neles sob a luz da lua e do fogo. Saltou para trás com seu rifle apontado para eles.

Gabe sentou-se. Akin usou Gabe para se levantar e conseguiu não cair quando o soltou. Ele conseguia acelerar todos os processos corporais, exceto os seus. Gilbert Senn olhou para ele, então cuidadosamente evitou olhar para ele. Abaixou o rifle.

— Você está bem, Gabe? — perguntou.

— Estou bem.

— Está queimado.

— Eu estava. — Gabe olhou para Akin.

Cauteloso, Gilbert Senn não olhou para Akin.

— Entendo. — Ele se virou para o fogo. — Queria que isso não tivesse acontecido. Jamais teríamos incendiado sua casa.

— Até onde sei, incendiaram — murmurou Gabe.

— Neci incendiou — disse Akin depressa. — Ela e o homem que queria entrar na casa para me ver. Eu os ouvi.

O rifle subiu novamente, desta vez apontado apenas para Akin.

— Você vai ficar quieto — disse o homem.

— Se ele morrer, todos nós morremos — falou Gabe em voz baixa.

— Todos nós morremos, não importa o que aconteça. Alguns de nós preferem morrer livres!

— Haverá liberdade em Marte, Gil.

Os cantos da boca de Gilbert Senn penderam. Gabe sacudiu a cabeça e falou para Akin:

— Ele acha que sua ideia de Marte é um engodo. Uma maneira de unir os rebeldes com facilidade para usá-los na nave ou nas aldeias oankali na Terra. Muitas pessoas acham isso.

— *Este* é o meu mundo — disse Gilbert Senn. — Nasci aqui e vou morrer aqui. E se eu não puder ter filhos Humanos, não terei nenhum filho.

Aquele era o homem que teria ajudado a cortar os tentáculos sensoriais de Amma e Shkaht. Ele não queria fazer esse tipo de coisa com crianças, com mulheres, mas acreditava sinceramente que era o certo a fazer.

— Marte não é para você — afirmou Akin.

A arma oscilou.

— O quê?

— Marte não é para quem não quer. Será trabalho duro, risco e desafio. Será um mundo humano algum dia. Mas nunca será a Terra. Você precisa da Terra.

— Acha que sua psicologia infantil vai me influenciar?

— Não — disse Akin.

— Não quero ouvir isso, nem de você nem de Yori.

— Se você me matar agora, nenhum Humano irá para Marte.

— Nenhum irá, de qualquer maneira.

— A Humanidade viverá ou morrerá de acordo com o que você fizer agora.

— Não!

O homem queria atirar em Akin. Talvez ele nunca quisesse tanto. Talvez até tivesse ido para o campo na esperança de encontrar Akin e atirar nele. Agora não podia atirar em Akin porque Akin poderia, de alguma forma, estar dizendo a verdade.

Depois de muito tempo, Gilbert Senn se virou e andou em direção ao fogo.

Gabe esperou um instante, então se levantou e se sacudiu.

— Se aquilo foi psicologia, foi bom para caramba — disse.

— Foi a verdade literal — respondeu Akin.

— Eu estava com medo de que pudesse ser. Gil quase atirou em você.

— Achei que atiraria.

— Ele poderia ter matado você?

— Sim, com munição suficiente e persistência suficiente. Ou talvez pudesse ter feito com que eu o matasse.

Ele se inclinou para pegar Akin.

— Você se tornou valioso demais para assumir riscos como esse. Conheço caras que não teriam hesitado. — Ele se sacudiu mais uma vez, sacudindo Akin. — Meu Deus, o que é essa coisa que você esfregou em mim? Maldita merda pegajosa.

Akin não respondeu.

— O que é isso? — Gabe insistiu. — Isso fede.

— Carne cozida.

Gabe estremeceu e não disse nada.

8

Tate esperava na entrada da floresta, em meio a um aglomerado de outras pessoas. Mateo e Pilar Leal estavam lá. Como Tino reagiria ao vê-los novamente? Como eles reagiriam ao vê-lo com Nikanj? Ficaria com seus companheiros e filhos ou partiria com o povo de seus pais? Não era provável que Nikanj o deixasse partir ou que ele pudesse sobreviver por muito tempo sem Nikanj. Talvez, Marte até tornasse a escolha de Tino pelos Oankali mais aceitável para o próprio Tino. Ele não estaria mais ajudando a Humanidade se extinguir. Mas também não ajudaria a moldar seu novo mundo.

Yori estava lá, em pé, com Kolina Wilton e Stancio Roybal. Agora sóbrio, Stancio parecia cansado e doente. Havia pessoas que Akin não reconhecia, pessoas novas. Entre elas, estava Abira: um braço que se esticara para fora da rede e o levantara.

— Onde está Macy? — perguntou Gabe ao colocar Akin no chão.

— Ele não veio — respondeu Kolina. — Esperávamos que estivesse ajudando você com Akin.

— Ele saiu quando ouviu Neci e seu amigo iniciando o incêndio — disse Akin. — Perdi o rastro dele depois disso.

— Ele estava ferido? — Kolina quis saber.

— Não sei. Sinto muito.

Ela pensou sobre aquilo por um instante.

— Temos que esperar por ele!

— Vamos esperar — afirmou Tate. — Ele sabe onde nos encontrar.

Eles se deslocaram um pouco mais para dentro da floresta quando a luz do fogo ficou mais brilhante.

— Minha casa está pegando fogo — disse Abira enquanto todos observavam. — Nunca achei que teria de assistir minha casa queimar outra vez.

— Fique feliz por você não estar nela — falou um dos estranhos. Akin soube imediatamente que aquele homem não gostava de Abira. Os Humanos carregariam suas antipatias consigo para ficarem confinadas com eles em Marte.

O incêndio continuou durante a noite, mas Macy não veio. Algumas outras pessoas chegaram. Yori pediu à maioria delas para vir. Foi ela quem impediu que os outros atirassem nelas quando eram avistadas. Se atirassem em alguém, teriam que sair depressa, antes que o som atraísse os inimigos.

— Tenho que voltar — disse Kolina, por fim.

Ninguém falou nada. Talvez estivessem esperando por isso.

— Eles podem estar detendo Macy — disse Tate. — Podem estar esperando por você.

— Não. Não com o fogo. Eles não pensariam em mim.

— Alguns deles pensariam. O tipo de gente que deteria você e a venderia se achassem que poderiam se safar.

— Eu vou — disse Stancio. — Ninguém deve ter notado que saí da cidade. Vou encontrá-lo.

— Não posso partir sem ele — afirmou Kolina.

— Mas precisamos sair em breve — disse Gabe. — Gil Senn quase matou Akin lá no campo. Se ele tiver outra chance, pode puxar o gatilho. Sei que há outros que não hesitariam e que sairão caçando assim que o dia clarear.

— Alguém me dê uma arma — pediu Stancio.

Um dos estranhos entregou-lhe uma.

— Também quero uma — disse Kolina. Ela estava olhando para o fogo e, quando Yori empurrou um rifle fuzil para ela, pegou-o sem virar a cabeça. — Mantenham Akin em segurança.

Yori abraçou-a.

— Mantenha-se em segurança. Traga Macy para nós. Você conseguirá achar o caminho.

— Norte até o grande rio, depois leste ao longo da margem. Eu sei.

Ninguém disse nada a Stancio, então Akin o chamou. Gabe apoiara Akin contra uma árvore e agora Stancio se agachou diante dele, sem se incomodar com sua aparência.

— Você permite que eu o examine? — perguntou Akin. — Você não parece bem, e para fazer isso você pode precisar ser... muito saudável.

Stancio encolheu os ombros.

— Não tenho nada que você possa curar.

— Deixe-me dar uma olhada. Não vai doer.

Stancio levantou-se.

— Essa história de Marte é real?

— É real. Outra chance para a Humanidade.

— Então, garanta isso. Não se preocupe comigo. — Ele colocou a arma no ombro e caminhou com Kolina em direção ao incêndio.

Akin observou-os até desaparecerem na entrada do milharal. Nunca mais viu nenhum dos dois.

Depois de um tempo, Gabe levantou-o, pendurou-o sobre um ombro e começou a andar. Akin seria capaz de andar por si mesmo no dia seguinte ou no próximo. Por enquanto, ele observou, do ombro de Gabe, enquanto os outros os seguiam, um atrás do outro. Eles se dirigiram para o norte, em direção ao rio. Lá, virariam para o leste em direção a Lo. Em menos tempo do que provavelmente imaginavam, estariam a bordo de uma cápsula para Marte, para ver as mudanças começarem e para ser testemunhas de seu povo.

Akin foi, talvez, o último a ver a nuvem de fumaça atrás deles, e Fênix ainda ardendo.

V
QUESTÕES PARA
DISCUSSÃO

1. O primeiro volume da trilogia, *Despertar*, é contado pelo ponto de vista de Lilith, uma mulher adulta. Em *Ritos de passagem*, o ponto de vista é masculino, começando pelo nascimento e pela infância de Akin. Quais diferenças essa mudança de perspectiva trazem à nossa percepção dos Oankali?

2. Akin é um constructo que se ressente com muita frequência de ser pequeno e tratado com condescendência. Supostamente as tendências hierárquicas, que são mais intensas nos Humanos homens, foram atenuadas por seu progenitor ooloi, Nikanj. Até que ponto os Oankali estão livres de hierarquias?

3. Akin fica à mercê dos rebeldes em dois momentos de grande vulnerabilidade: a primeira infância e a metamorfose. Como essa dinâmica contribui para a relação entre eles? Lembre-se que em suas perambulações na adolescência ele escolheu não ir a aldeias de permuta.

4. Os Oankali veem a Contradição Humana como um defeito biológico que leva à autodestruição. Desse pon-

to de vista, impedir que os Humanos se reproduzam livremente seria um ato de misericórdia.

"Akin foi até a cutia, viu que ela ainda estava viva, ainda lutava para fugir. Suas patas traseiras não funcionavam, mas as dianteiras davam passos curtos no ar. Havia um buraco aberto em seu flanco.

Ele se curvou até o pescoço do animal e provou-o; então, pela primeira vez, de modo deliberado, injetou nele seu veneno. Alguns segundos depois, a cutia parou de lutar e morreu." (p. 136)

Depois de conviver com os rebeldes, Akin passa a acreditar que a humanidade merece a chance de ter seus próprios Akjai – grupo que permanece com as características originais da espécie – e que pode superar a Contradição se enfrentar novos desafios. Você também acredita nisso? Teria tomado as mesmas decisões que ele?

5. A colonização de Marte é a solução encontrada por Akin para dar à humanidade uma nova chance, pois os Oankali irão esgotar os recursos da Terra antes de partir para um novo planeta em sua eterna busca por permuta genética. Você acredita que a autora se inspirou na história humana ao criar este padrão oankali? O que garante que os Humanos não terão o mesmo comportamento no Planeta Vermelho?

6. Mesmo as pequenas comunidades humanas têm dificuldades de chegar a um consenso, como acontece com a proibição de armas em Fênix. Já os Oankali têm um respeito intransponível pelo consenso, muito devido aos profundos vínculos que estabelecem com seus parceiros e familiares. Você acredita que essa diferença interfere na comunicação entre as duas espécies?

7. Na história humana, a comparação de grupos opositores a animais é muito comum. Porcos, macacos e baratas foram usados como símbolos para aqueles que deveriam ser eliminados. E os Oankali são chamados de "vermes" por rebeldes diversas vezes.

Amma e Shkaht fogem de Fênix depois de Akin relatar que entreouviu uma conversa em que alguns Humanos planejavam cortar os tentáculos sensoriais delas. Torná-las mais parecidas com os Humanos iria sanar as suas diferenças?

8. De certa maneira, *Ritos de passagem* é também sobre o pertencimento de um híbrido e é justamente no momento em que Akin mais precisa despertar empatia nos Humanos para convencê-los a irem para Marte que sua metamorfose acontece. Qual o resultado imediato disso? E a longo prazo, o que você acha que aconteceria na colonização?

9. Na história da literatura norte-americana, narrativas de cativos são comuns: geralmente um indivíduo de uma "raça hegemônica" torna-se prisioneiro de uma civilização mais "primitiva" à beira de um colapso. Quais características deste gênero literário podem ser identificadas em *Ritos de passagem*? Em que pontos a obra se diferencia do modelo estabelecido?

10. Ainda que o determinismo biológico seja reforçado por diversos personagens, *Ritos de passagem* é um romance de formação centrado no jovem Akin. Além dele, que outros personagens apresentaram crescimento e aprendizado que ultrapassam as expectativas oankali? Em quais aspectos?

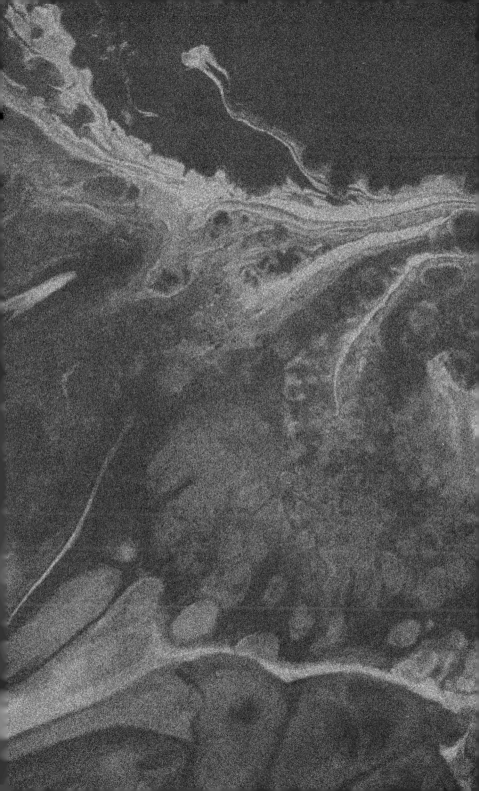

Esta obra foi composta pela Desenho Editorial em
Caslon e impressa em papel Pólen Soft 70g com capa
em Triplex Imune 250g pela Gráfica Santa Marta
para Editora Morro Branco em agosto de 2019